滄海叢刊

情愛與文學

周伯乃 著

1984

東大圖書公司印行

行政院新聞局登記證局版臺業字第〇一九七號

中華民國七十三年八月初版

© 情愛與文學

基本定價貳元捌角玖分

著作者 周伯乃
發行人 莊剛彰
出版者 東大圖書有限公司
總經銷 三民書局股份有限公司
印刷所 東大圖書有限公司
臺北市重慶南路一段六十一號二樓
郵政劃撥一〇七一七五號

自序

寫詩要用情，寫散文要用愛，寫小說要有豐富的生活經驗。惟有寫評論，毋需用情、用愛，更無需豐富的生活經驗，但必須要有冷靜的理性和客觀的態度。

在我將近四分之一世紀的文學生涯裡，我曾經寫過詩，也寫過散文，卻發現自己根本沒有那份才具，只好以苦讀別人的作品來滿足自己喜愛文學的心靈。在這數十年孤寂的生涯裡，我讀詩、讀小說、讀散文，也讀各種人文科學的書，如哲學、心理學、社會學，語言學，以至民俗學、文化人類學等等，涉獵之廣，非我早年從事電機工程時所及於萬一的精力。公元一七四二年，伏爾泰在巴黎訓練杜麥密兒小姐排演他的名劇麥羅普一劇時，要她如何才能表現悲劇的高潮。杜麥密兒埋怨說，如果要我裝到像你要求的那種狂熱，我就得像着魔似的。伏爾泰回答說：「你說的正是。如果你想在任何一門藝術上有所成就，你就必須像着魔似的。」我不敢說我對文學有伏爾泰所要求的那樣着魔似的狂熱，但我的確有一種非常人所能承受的狂熱。我曾經在一篇文章裡說過：「我是依恃情愛活着的男人，但我亦更需要文學來輝煌我的生命，延續我的生命。所以，在我有生之年，我必須擁有情愛與文學。情愛使我的生活充實、愉快；文學使我的生命輝煌、恒遠。」

基於這個對生命意義的體認和情愛的認知理由，我幾乎是全生命的投入於文學與情愛的追求中，冀圖在這兩者中肯定我的生存意義和生命的價值。我常常覺得，現代人所面臨的危機，不是物質的缺如，而是精神的虛空。本世紀一位前衛詩人艾略特（T.S. Eliot）曾經慨嘆地說：「我用咖啡匙量去了我的一生。」這是多麼令人悽楚的一種嘆息，一個對生存抱着無限的依戀，却又面臨着死亡的聲音一句又一句的緊迫而來。法國存在主義哲學家沙特（Jean-paul Sartre）說：「人不過是孤獨地生存，在上帝已死的世界裡，毫無價值，人愈瞭解自己，就變得愈壞，他們所能作的就是活下去，接受最壞的生活。」另一個存在主義者阿爾波特（G. W. Allport）亦說：「生存卽是受苦，繼續生存卽是在受苦中找尋出生存的意義。」

我常常和朋友說起，我是被犧牲的一代，幼年在戰火中煎熬，少年在顛沛中流浪，壯年在孤燈下、寒窗前生吞活嚥地苦讀了些許名著，吸取了一些文學的知識，而憑着這一點點知識，開始自己的文學創作生涯，這部書內的評論，都是在這種情況之下完成的。所以，在寫作的時間上前後不一，有的遠在十數年前，如「論嘲弄的藝術」、「感覺性的小說」、「王默人的『留不住的脚步』」等；有的是最近幾年才寫成的，如「中國古典文學中的情愛觀」、「談現代文學批評」、「不廢江河萬古流」、「黃春明小說中的鄉土情懷」等等。寫作年代不同，難免有些文學觀點也會產生差異，或者有些已與時代不能協調，但自認還有點兒價值，猶如自己看重自己的生命一樣，不管好壞，都是屬於自己的，是一字一句把它累積起來的。

我對文學批評，從不堅持某種法則，或固執於自己的見解。我認爲文學批評是導源於對文學創作的鑑賞與研究的需要，所產生的一種回顧與前瞻式的自覺歷程。它不僅對文學作品本身具有嚴肅的評鑑功能，而且對作品相關的歷史、作者背景、創作環境，以及社會形態、民族淵源、人類發展，都有極密切的關係。於是，當我從事一部作品或一首小詩的評論時，都會蒐集一些相關的資料，苦心竭慮地去將作品和相關資料研讀再研讀，然後，再作評論。在評論的過程中，儘量作到超越於個人情感與情緒之外，作客觀而嚴肅的評論。也許由於個人的學養與天資的關係，對某些作品難免會有部份理解得不夠深刻、洞察得不夠透徹，而導致評論的缺失。

最後，還要提及兩篇附錄，一篇是大華晚報採訪主任程榕寧小姐在主持該報「讀書人」專欄時，要我談有關中國新詩的問題。原以爲概略地談一些新詩的創作問題，沒想到竟談及我國新詩的興起與發展。在這樣的一個大題目之下，竟連續談了將近半年，從我國新詩的起源、發展，談到民國六十年左右的中國新詩動態及詩壇軼聞。在一個晚報來說，能讓我這樣長談，實在不是一件容易的事，我想程榕寧小姐的功勞是不可抹殺的。

另一篇「談文化的自覺與反省」，雖然內容與本書其他各文沒有直接關係，但一個國家或一個民族的文化發展，文學與藝術是其最大的主流，而這篇短文，正是想說明知識分子對國家的責任。一個有深厚文化傳統的民族，其本身必然有悠久的歷史背景，也必然有其源遠流長的文化根基，這種深厚的文化根基，是歷代知識分子的智慧結晶。我想在這國家處境面臨到嚴重挑戰的今天，身爲這一代的知識分子，應該有勇氣、有毅力肩負起一切責任，爲國家的安危、民族的絕續盡一分子力量，杖一支筆能爲人類的歷史寫下千秋的見證。

周伯乃

民國七十三年六月於

行政院文化建設委員會

情愛與文學　目次

中國古典文學中的情愛觀

人所以能超越於其他動物，是因爲他具有超越於其他動物的理性、情愛，和智慧。理性使他能辨別是非、善惡；情愛使他懂得與人相處之道；智慧使他創造歷史和認識歷史文化，而同時又能接受歷史的教訓改變自己，使自己適應生存的環境。人類最大的本能就是能以各種條件去適應環境、改變環境、創造環境，使自己生存在最適於自己的生活環境中。

當一個人被賦予生命的存有時，便形成爲一個自然人，繼而進入社會，成爲社會人，在其接受社會化的過程中，他必然是由一個主體的存在經驗之累積，且具有充分的主體自覺意識的個人。以個人存在經驗的累積而論，他是屬於歷史的產物，他活着的每一分每一秒都將滑過歷史軌跡，但歷史也是人的產物，它的每一章每一節都必須依賴於人類的不斷創造，不斷完遂，使其形成綿延不絕的人類文化之累積。

人類的一切文化，都是由於人類自身的歷史累積，因爲他能運用自己的理性和智慧，接受歷史教訓，改變自己，創造自己的文化，其他生物沒有歷史，它缺乏理性去承受歷史的教訓，又缺少智慧去創造歷史，千百年前的生活方式和千百年後的生活方式，沒有多少改變。德國當代心理學家佛洛姆（Erich Fromm 1900-）曾經說過：「人在不經自己同意或意志的情況下，給拋進了這個世界，而又不經自己同意或意願給拋離了這個世界。就這點而言，他跟動物、植物或無機物，並沒有什麼不同。可是，由於天賦的理性與想像，他無法以這被動、消極的生物角色爲滿足，無法以擲骰子似來決定自己的命運爲滿足。他受到一種驅策力，要做個『創造者』來超越其他生物的地位，超越他生存的偶然性與被動性。」❶當他尙在自然生命的階段，他的一切行爲都是依循着自然法則而生存，全憑本能的需求追求原始欲望的滿足。一直到他進入社會，成爲社會化的生命，必須取得與自己以外的一切發生和諧，在這時，他必須服從社會的一切制度、法則，遵循社會的秩序和道德規範，努力把自己投入社會的結構中，符合社會的種種條件，而成爲一個健全的社會人。

人創造了自己，亦同時是被人所創造。一個母親在她孕育孩子之前，必然要與一個男人相結合，結合的最原始力量就是情愛。情愛的最原始方式是一種慾的滿足，或者說是性生理的需求與

❶ 佛洛姆著「理性的掙扎」（The Sane Society）又名「社會健全之路」，（陳琍華譯）中譯本第五八頁臺北志文出版社出版。

發洩。一個男人對一個女人發生情愛，他的最後目的，是希望能獲得肉體上的媾合，但媾合的目的，却不是單純爲了性的發洩與滿足，而是企圖透過肉體上的媾合消弭個體的孤絕感和疏離感。人與人之間的陌生和冷漠，是由於個體的孤絕和隔離所致。人不可能永遠處於完全孤絕的情境中生存下去，必須與人羣與自然取得和諧。否則，他會全然喪失愛和被愛的權利。一個喪失了愛和被愛的人，就如同長年生活在陰溝裏的蛆，或者是猶如一羣埋藏在地層底裏的爬行動物，沒有理性、沒有想像、沒有智慧，只依靠一種生物的本能而生存，既不懂得與人相互聯繫，更不會有親密的關係產生。愛情是人類生命的重要部分，任何一個人都有追尋愛情的慾望與需求，所謂「食色性也」，這是人的本能。但這種本能的發洩與接受，必須同時爲社會所接納。因而，他必須受社會的規範約制，始能構成合理的婚姻關係，使其完遂人類的社會共同責任，這就是人倫之始。

從文化人類學的觀點來看，在太古以前的人類，其性生活與其他動物的性生活並沒有顯著的差別，只是人類的腦細胞組織特別發達，而促使其產生超越於其他動物的智慧，有了智慧便產生超越於萬物的理性，有了理性便能辨別是非善惡，有了是非善惡的觀念，便有情緒的變化。情緒的變化是人類生命意志的最原始活動力。美國社會學家顧里（C. H. Cooley）說：「所謂人性，據我們所瞭解的是人類具有優於下等動物的那些情緒與衝動。並且它們是屬於全體人類的，而不是屬於任何一個特殊種族或時間的，它特別是指同情心與含有同情心的許多情緒。如愛情、怨恨、奢望、虛榮心，英雄崇拜，和對社會的是非感。」❷這些情緒的變化，也正是激起作家們從事各種文學藝術的創作因素。古今中外，許許多多偉大的作品，都是從諸多的人類情緒變化中產生出來，這種情緒不僅是作者本身的情緒，亦同時含有廣大羣衆的共同情緒。

我國向以農業立國，人們以農耕生產爲求取生活之目的，農業生產多寡，一方面靠自己的努力，另一方面亦依賴於天候。天候好，災害少，生產量自然增加，米穀豐收，是農人的最大報酬。所以，農業社會生活方式，乃求安定，求農產品豐收。人與人之間乃力求和平相處，團結合作，和商業社會完全不同。商業社會，人與人之間講求的是交易。交易是雙方的買賣行爲，是貨幣與物質的交換條件。商業之利得，是以賬簿上的數字來顯示其財富的多寡，賬簿上的數字愈多，表示其個人的財富就愈豐富，而賬簿上的赤字愈大，表示其所負的債務愈多，而其所擁有的財富就愈薄弱。一個商人爲了獲得更多的財富，必須時時刻刻去想着計算別人，賺取別人的金錢。然而，當他在極力想計算別人的時候，自己又何嘗不是正被別人所計算。爲了彼此的經濟利益，爲了實現買賣關係，商人就不能不廣結四方。而廣結四方，人與人之間的關係，勢必變爲複雜化，且容易產生爭執、競爭之事。因此，商業社會的人性，是重功利而薄情誼，而農業社會的人性，是重情誼淡功利。數千年來，我國都是以農業爲主，無形中形成了國民的普遍傳統性格：愛好和

❷ 顧里 (Charles Horton Cooley) 著有「人性與社會秩序」(Human Nature and the Social Order) 等書。本文乃引述於該書。

平，厭惡戰爭，養成一種各盡其責，互不侵犯的悠久情誼。而這種情誼也形成了他們各自安居樂業的保守觀念。這種保守觀念，成爲中國人的特質，無論在那一種場合都缺乏攻擊性，尤其是在古典文學中的情愛最爲顯著，他們大都是採取被動式的被愛和愛人。

以詩經三百篇來看，當時的自由戀愛風氣是非常風行。譬如「國風」「周南篇」中第一首就是歌詠君子追求淑女，終成眷屬的戀詩。

關關雎鳩，在河之洲。窈窕淑女，君子好逑。

參差荇菜，左右流之。窈窕淑女，寤寐求之。求之不得，寤寐思服。悠哉悠哉，輾轉反側。

參差荇菜，左右采之。窈窕淑女，琴瑟友之。

參差荇菜，左右芼之。窈窕淑女，鐘鼓樂之。

在文字尚未普遍被人們所運用之時，口頭創作的歌謠是男女傳達情感最主要的文學形式，也是男女青年作爲挑情的一種手段，或隔山和唱，或在田間桑園相對唱，以表達自己的愛慕之情。無論對方是否接納自己的情愛,但都能透過歌詞和優美的旋律領悟彼此的心意。雎鳩是一種鳥名，相傳這種鳥雌雄情意專一，無論誰先死，另一隻便憂鬱而死，篤於伉儷之情。關關是雌雄二鳥的相互和答唱鳴之聲音，詩人因看見河中的可棲之地有一對對雎鳩，而聯想到男女的愛慕之情，乃以此作爲淑女是君子佳偶的象徵。同時暗示古代男女相悅、相愛，以至成婚的條件。那就是凡容貌姣美的女子，都成爲有才有德，或有官有祿者所追求的婚姻對象，與我國流行了數千年的門當戶對、郎才女貌的婚姻制度有着密切關係。

第二章以長短不齊的荇菜起興，寫出男子追求女子未成之前的苦悶情緒，寫他求之不得，便輾轉反側難以入眠，愈不能入眠愈感到夜長，這種爲情所苦，爲愛所惱的滋味，我相信很多人都嘗過。最後兩章是描寫男子想像求得女子以後的歡欣心情。琴瑟相和，鐘鼓樂之，這種愉悅，是追求愛情的最高潮，也是這首情歌的最完美境界，全詩雖然只有八十個字，但把男歡女愛，兩情相悅的種種複雜情緒都栩栩呈現出來。

「詩經」以「國風」所佔的篇幅最多，是詩經中的精華，概凡先民的生活感受、愛情憧憬、工作願望，理想的奮鬥，都以廻環複沓的民歌形式反覆詠歎，成爲中國古代民歌的一大特質。在「十五國風」中，又以詠歌男女愛情的最多，有的表現愛情的戀慕與婚前婚後的悲歡離合，有的歌頌愛情的偉大與莊嚴，也有寫追求不得，而造成兩地相思之苦，如周南中的「漢廣」，就是以不能在喬木之下休息和不能渡過寬濶綿延的江水做比喻，寫出男子追求女子不得的苦悶心情。詩云：

南有喬木，不可休息；漢有游女，不可求思。漢之廣矣，不可泳思；江之永矣，不可方思。

詩序云：「漢廣，德廣所及也。文王之道被于南國，美化行乎江漢之域，無思犯禮，求而不得也。」此說似有些牽強附會。我個人比較同意清代方玉潤的觀點。他說：「所謂樵唱是也。近世楚粵滇黔間樵子入山，多唱山謳，響應林谷。蓋勞者善歌，所以忘勞耳。其詞大抵男女贈答，私心愛慕之情。」❸

根據當時的江漢風俗，其女好游。而樵夫見其出游乃以情歌挑逗之。由南有喬木說起，意思是雖有喬木，但喬木高而無葉，不能遮蔭，無法在其樹下休息乘涼。游女雖美，但不能追求，因爲漢廣、江長，既不能泳泅過去，也不能筏而渡江，故不可追求漢之游女也。

翹翹錯薪，言刈其楚；之子于歸，言秣其馬。漢之廣矣，不可泳思；江之永矣，不可方思。

翹翹錯薪，言刈其蔞；之子于歸，言秣其駒。漢之廣矣，不可泳思；江之永矣，不可方思。

照歐陽修的解釋，認爲是男人對女人的一種愛的奉獻，卽使婚後替其秣馬做奴僕也是心甘情願的。❹但這種願望是無法實現的，乃仍用「漢之廣矣……」反覆詠歎，表示內心的無可奈何之苦悶情緒。我國古代民歌在形式上有一種最顯著特點，就是運用廻環複沓，重覆的節奏造成音樂

❸ 見方玉潤著「詩經原始」。方氏根據詩中的「喬木」、「錯薪」、「刈楚」等描寫，肯定漢廣爲江邊的樵夫所唱之情歌。

❹ 見歐陽修著「詩本義」。

上的效果。「因而具備了深刻的韻律性與機動性。它不像後來許多詩歌作品那麼嚴密，一字一句，都不能隨便更動，而是變化自如，伸縮任意，顯示出一個創造的開始，一個廣泛的無限局面；它雖似未曾定型，但却最有生命。它們所用的旋律，含孕着最豐富的詩歌生命的源泉；往復三歎，變化廻環。」❺

詩經的國風中除了描寫那些信誓旦旦、互相期約的纏綿愛情外，也有敍述情變和婚姻失敗而遭遺棄的悽惻哀怨的詩篇，如邶風裏的「柏舟」、「谷風」篇；衞風裏的「氓」，都是棄婦的怨詩。而以「氓」表現最爲完整，第一、二章寫相愛到結婚的經過，那是甜蜜的；第三章開始追悔自陷情網，無法自拔；第四章寫女子被棄而對那負心的人表示怨恨；第五章寫三年爲婦，一切都由自己操勞負擔，夙興夜寐，天天如此，卻得不到丈夫的同情與憐憫，反而遭到兄弟的嘲笑，想想也只有自己傷悼自己了。最後一章詩人用反諷的手法嘲弄那些信誓旦旦的盟約都是騙人的鬼話。「不思其反。反是不思，亦已焉哉！」一切都讓其過去吧，想起那些過去的往事反增其懊也。

我國在秦漢以前，男女之間的愛情是比較自由，婚姻的選擇亦較多有自主力量。如鄭風裏的「褰裳」：

子惠思我，褰裳涉溱。子不我思，豈無他人？狂童之狂也且！

❺ 見「民間文學與愛情」一書，作者名字佚，臺北莊嚴出版社出版，僅註明本社編輯部，可能是有意刪掉原作者名字。

子惠思我，褰裳涉洧。子不思我，豈無他士？狂童之狂也且！

也許是一種戲言，女子對其所愛的男子的一種調笑。告訴他說，如果你想我，你就涉水來和我相會，如果你不想我，一樣有其他的人想我，我照樣可以和別人相好。這等自由、大膽的戀愛作風，在秦漢之後已不多見。

自秦漢以降，我國的婚姻制度，始終是在儒家的禮教之下遵行着「父母之命，媒妁之言」的體制。在這種體制下，婚姻成爲盲目的賭注，成敗都只能靠自己的命運。在婚前沒有選擇的餘地，婚後更不可能有婚姻關係以外的戀情。於是，所謂名節，所謂道義，所謂節烈，所謂貞潔，便步步爲營，把中國的女性囚困在縱使是一夜夫妻亦有百日之恩的狹小處境中。婚前既沒有戀愛的自由，婚後也就只好認命，那怕不能彼此相愛，甚至根本沒有絲毫情愛，也只好在因爲是夫妻的關係，不能不設法去與對方共同生活，年長月久下來，中國女性也就養成嫁鷄隨鷄、嫁狗隨狗的宿命觀念。相反的，男人却可以三妻四妾，帝王還可以三宮六院七十二妃，以及後宮佳麗三千的任君選擇的無限權力。由於這種無限權力，而造成「休妻」的單向權力的使用。到了這種地步，女性的尊嚴已完全喪失，竟自甘淪爲男人的附屬品。而許多愛情悲劇，婚姻悲劇也就相繼而來。再加上歷來文人雅士的渲染和帝王們的律法褒獎，許多不合理的婦道，甚至有些違反人性的行爲也被視爲當然。自己只期望做一個柔順的媳婦，不必有自我的存在。這種爲媳爲婦之道，遠自戰國時代已經形成。如「曲禮」中說的：「聽於無聲，視於無形，不登高，不臨深，不苟訾，不苟笑；立必正方，不傾聽，毋噭應，毋淫視，毋怠荒。」這些都是作爲一個好女子的條件，凡女子在未嫁之前，先講究事奉父母之道，出嫁之後，要懂得事奉姑舅、丈夫。而秦始皇更到處勒石表彰女子貞節之事。如刻在會稽的：「飾省宣義：有子而嫁，倍死不貞。防隔內外，禁止淫佚；男女絜誠，夫爲寄豭，殺之無罪；男秉義程，妻爲逃嫁，子不得母，感化廉淸。」❻

漢代沿襲了一些秦代的禮法和習俗。高祖時，叔孫通的制禮作樂，大抵都是依據秦代的模式。到了漢武帝曾「招致儒術之士，令共定儀。」但古法繁冗，這些儒士也不敢輕易法古來創造。所以，歷經十數年間，仍一無所成。後來，還是漢武帝自已訂定禮制傳以子孫，並正式褒獎貞節。漢宣帝神爵四年（公元前五八年）詔賜貞婦順女帛，是我國有史以來第一次褒獎貞順。❼又過了一百七十七年，「元初六年二月，詔賜貞婦有節義穀十斛；甄表門閭，旌顯厥行。」❽這大概是我國正式立法褒獎婦女貞節之始，和秦代用律法勸導婦女貞節之事已大不相同。足見中國人對婦女的貞節觀念相沿已久，且歷經一千多年來並沒有改變，這種根深蒂固的觀念不但普遍被接受，而且被視爲當然。在班昭論「夫婦」中說：

> 夫有再娶之義，婦無二適之文，故曰夫者天也；天固不可逃，夫固不可違也。行違神祇

❻顧炎武在「日知錄」中解釋秦始皇勒石於會稽表彰貞節，是因爲越王勾踐在會稽曾提倡生聚教訓，鼓勵人們大量生產蕃殖人口，故該地風俗較他處淫佚，始皇乃特別刻石於此，昭告天下。

❼見漢書宣帝本紀。

❽見後漢書安帝本紀。

，夫則罰之；禮義有愆，夫則薄之：——故事夫如事天，與孝子事父，忠臣事君同也。

班昭不但把事夫如事天的觀念灌輸在當時的婦女心目中，而且還把三從四德的許許多多枷鎖架在婦女身上，更且將丈夫對妻子的關係視爲一種恩德，這種悖謬思想壓制了中國婦女一千八百多年，使許多婦女根本與丈夫沒有絲毫感情，但仍然存在着報恩的心理，不得不相依着丈夫活下去。甚至有些只在桑間濮上偶爾結合，在女子方面也認爲是受了男人的大恩，而必須作終身的報答。而許多愛情悲劇、婚姻失敗，就是因爲這種種枷鎖而造成不可挽救的悲慘結局。如「列女傳」裏的楚昭貞姜：

楚昭貞姜，齊侯之女，楚昭王之夫人也。昭王出遊，留夫人漸臺之上而去。王聞江水大至，至使者迎夫人。忘持符。侍者至，請夫人出。夫人曰：大王與宮人約，命曰：召宮人，必以符，今使者不持符，妾不敢從使者而行。妾聞之，貞女之義不犯約，勇者不畏死，守節而已。妾知從使者必生，留必死也。然妾不敢異約越義而求生，大水至而死。乃號曰貞姜。

在這個故事裏，不僅呈現出我國古代婦女的貞節觀念，而且還有恪守信約觀念。因爲她和楚昭王有約在先，他出城以後，如果要召她，必然要有令符，偏偏這位使者卻倉促受命而沒有帶令符。她雖然明知使者所說不虛，也不敢隨便跟去，因爲貞女之義不犯約。她爲了恪守信約，寧願被大水淹死，也不願犯約。這種死，固然死得寃枉，死得固執，但畢竟爲後人所傳頌其貞節。在「太平御覽」中也有一則記載：「武昌新縣北山上有望夫石，狀若人立者。相傳云，昔有貞婦，其夫從役，遠赴國難，婦携幼子，餞送此山，立望而形化爲石。」這固然有點近乎神話，但其主旨，無疑的是爲了要闡釋中國婦女的貞節觀念，也就所謂從一而終的婦道德性。

在東漢有焦仲卿與劉蘭芝的愛情故事，梁代徐陵編的「玉臺新詠」中卷收錄了題作「古詩爲焦仲卿妻作」，詩前有一段序文說：「漢末建安中，廬江府小吏焦仲卿妻劉氏，爲仲卿母所遣，自誓不嫁。其家逼之，乃沒水而死。仲卿聞之，亦自縊於庭樹。時傷之，爲詩云爾。」

「孔雀東南飛」的悲劇形成，最重要的是由於我國傳統習俗中的父母權威，尤其是婆媳之間，婆婆的無限權力，不但能使喚支配其媳，而且有「休媳」的無限權力。這和丈夫擁有「休妻」的權力一樣，只要對她不滿，就可以休掉她，而做媳婦的亦必須承受「七出」的約束。所謂「七出」，根據唐代賈公彥的解釋：「七出者，無子，一也；淫泆，二也；不事舅姑，三也；口舌，四也；盜竊，五也；妒忌，六也；惡疾，七也。」做媳婦的，無論犯了那一條，做婆婆的都有權利將她休掉。劉蘭芝可能就是犯了「無子」，或者「不事舅姑」的誡條。雖然劉蘭芝一再辯稱：「事奉循公姥，進止敢自專？晝夜勤作息，伶俜縈苦辛。」但她的婆婆仍然對她不滿，仍然認爲「此婦無禮節，舉動自專由。吾意久懷忿，汝豈得自由！」

另一個導致婚姻悲劇的成因，是焦仲卿的懦弱性格，他既要挺身維護妻子的權益，又不敢徹底反抗母親的專權。當劉蘭芝在枕邊訴說婆婆的種種虐待行爲和自己如何孝順公婆，以及勤於耕織時，焦仲卿竟然火冒三丈，跑去責備自己的母親。但當他的母親大發脾氣，罵他：「小子無所畏，何敢助婦語！吾已失恩義，會不相從許。」經他母親這一斥責，又無可奈何，只好把休妻的責任推給母親，要蘭芝暫時回娘家去，等待機會再去迎接。在我國古代傳統的習俗上，一個嫁出去的女子，就如潑出去的水。如果被婆家休掉，認爲是最大的恥辱，決不能見諒於自己的家人和族人。所以，當劉蘭芝被迫返娘家後，她的母親哥哥都對她不滿，認爲有辱家門。因此，返家不及十日，乃迫着要她再嫁。雖然她一再向他們解釋焦仲卿會再來迎接，她含着淚苦苦哀求說：「蘭芝初還時，府吏見丁寧，結誓不別離。今日違情義，恐此事非奇。」誓約和情義是迫使劉蘭芝殉情的主因。從這裏也可以看出古人對信守的重視，有時會比自己的生命還重要。如戰國策裏的尾生與女子相期約於橋下，久待不遇，一直等到潮水上漲，將橋淹沒，而尾生爲了遵守信誓，乃抱橋柱而不捨，活活被潮水淹死。

從「孔雀東南飛」這個愛情悲劇，我們還可以看出一個以男性爲中心的父系社會裏的父性權威。當蘭芝的母親聽到她女兒與丈夫的臨別誓言，認爲既然先有誓約，只好婉謝了媒人，但她的哥哥却不以爲然，乃理直氣壯的說：「作計何不量？先嫁得府吏，後嫁得郎君。否泰如天地，足以榮自身。不嫁義郎體，其往欲何云？」蘭芝被她哥哥如此訓斥一頓之後，只好認命任由擺佈了。這個兄長的無限權威，正象徵着一個以男性爲中心的舊式社會裏的父性權威，和長兄當父，長嫂當母的習俗。這種父性權威，不僅出現在我國古代的文學作品中，同時也出現在西方的現代文學

裏。如卡夫卡的「審判」等。❾

論及「孔雀東南飛」的悲劇成因，我想最後焦仲卿聞知劉蘭芝被哥哥迫嫁前夕的一段話也是非常重要，這段話與焦仲卿的懦弱性格有絕對的關係。當焦仲卿策馬趕至劉府，蘭芝便急急向他訴說：「自君別我後，人事不可量，果不如先願，又非君所詳。我有親父母，逼迫兼弟兄，以我應他人，君還何所望！」沈旣濟、費錫璜合著「漢詩說」中說：「此詩乃言情之文，非寫義夫節婦也。後人作節烈詩，輒擬其體，更益以綱常名敎等語，遂惡俗不可耐。……蓋情到婉轉纏綿，不言節義而節義自見。直寫節義，便傖父面目。」❿

仲卿聽了蘭芝的訴說，不但沒有安慰幾句，反而帶着嘲弄的語氣諷刺她說：「賀卿得高遷！磐石方且厚，可以卒千年，蒲葦一時紉，便作旦夕閒。卿當日勝貴，吾獨向黃泉。」蘭芝聽到丈夫那樣不諒解自己的話，乃對他說：「何意出此言！同是被逼迫，君爾妾亦然。黃泉下相見，勿違今日言！」這一番話是刺激他們共赴黃泉，以明彼此對愛情的信守，是悲劇成因眞正的主因。

❾ 卡夫卡 (Franz Kafka 1883-1924) 生於捷克的首都布拉克 (Prague)，父母都是猶太人。卡氏於一九〇二年考入布拉克的德國大學法律系，一九〇六年畢業，一九〇八年入布拉克國家保險公司服務。但他的志趣以寫作爲主，著有小說「蛻變」、「阿美利加」、「審判」、「城堡」等，在臺北可以買到中文譯本和英文譯本。在現代前衞作家中，評價極高。

❿ 見沈旣濟、費錫璜著「漢詩說」。

「孔雀東南飛」裏的另一個悲劇形成的因素，是中國人的「報償」觀念所致。焦仲卿爲了報答母親的養育之恩，雖然明知其對自己的妻子所作所爲都不合情理，且幾近於暴虐，但自己仍然不敢堅決反抗，只能聽任其將自己的妻子逐出家門，而蘭芝所以沒有再嫁縣令的兒子，是因爲要報償丈夫焦仲卿的臨別叮嚀，要報償夫婦的信誓。尤其是當焦仲卿得知蘭芝要改嫁的消息後，特別趕到她家信誓旦旦，說自己要以死來報答蘭芝的情愛。蘭芝信以爲眞，便自己先以身殉情，這時焦仲卿也不得不以死來報償，這是我國的報償觀念，迫使他們雙雙殉情。

在我國古代的愛情故事中，「報償」幾乎成爲不可或缺的條件，如太平廣記裏的「鶯鶯傳」，就是典型的報償式的愛情。寡母崔夫人帶着她的女兒鶯鶯、兒子和丫環旅居在蒲州的普救寺中，適時蒲州發生兵變，亂兵四出搶刼掠財。幸而，這時在普救寺中住着一位書生張生與蒲州的守軍將領頗有私交，乃馳書求救，解了普救寺的圍，使崔鶯鶯全家免於兵刼。崔母爲了報答這份救命之恩，乃設宴款待張生，並要鶯鶯當面拜謝張生。但鶯鶯認爲這樣不合禮法，不能因張生對我們有恩就不顧禮法，她母親却說：「張兄保了妳的命，不然，妳被亂軍搶去，早就不知怎樣了。還避什麼男女之嫌？」鶯鶯被母親一頓訓斥，只好彆着一肚子不高興出來拜見張生，頭亦不梳，面亦沒有化粧，就出來了。但她依然「顏色豔異，光輝動人。」張生驚爲國色，乃發動愛情攻勢，而鶯鶯亦被張生的「性溫茂，美丰容」所感。再加上紅娘的推波助瀾，彼此很快的就墜入情網。並且寫了一首挑情的詩暗示張生到西廂去幽會，鶯鶯便因此而造成一失足成千古恨，被張生始亂終棄。這個愛情的悲劇固然是由鶯鶯的「自獻」，而又「不復明侍巾櫛」所致，但悲劇的眞正導因，還是因爲崔夫人爲了報償張生的救命之恩的謝恩宴。如果沒有那一餐謝恩宴，使他們相識，就不會有詩書投情，引來張生翻牆而入西廂的繾情。所以，鶯鶯在最後給張生的信中說：「君子有授琴之挑，鄙人無投梭之拒，及薦寢席，義盛意深。」這就是悲劇形成的因素，但比這些因素更嚴重的是魏晉時代的門第觀念和舊禮教舊道德的崩潰，而造成男女青年極力爭取婚姻自主所致。「韓憑夫婦」的故事，是另一種批判社會的情愛。

> 宋康王舍人韓憑，娶妻何氏，美。康王奪之。憑怨，王囚之，淪爲城旦。妻密遺憑書，繆其辭曰：「其雨淫淫，河大水深，日出當心。」既而王得其書，以示左右，左右莫解其意。臣蘇賀對曰：「其雨淫淫，言愁且思也；河大水深，不得往來也；日出當心，心有死志也。」俄而憑乃自殺。
>
> 其妻乃陰腐其衣。王與之登臺，妻遂自投臺；右左攬之，衣不中手而死。遺書於帶曰：「王利其生，妾利其死，願以屍骨賜憑合葬！」
>
> 王怒，弗聽，使里人埋之，冢相望也。王曰：「爾夫婦相愛不已，若能使冢合，則吾弗阻也。」宿昔之間，便有大梓木生於二冢之端，旬日而大盈抱。屈體相就，根交於下，枝錯於上。又有鴛鴦雌雄各一，恆棲樹上，晨夕不去，交頸悲鳴，音聲感人。宋人哀之，遂號其木曰相思樹；相思之名，起於此也。南人謂此禽卽韓憑夫婦之精魂。

今睢陽，有韓憑城。其歌謠至今猶存。

這個故事流傳很廣，而且歷來都有詩人、小說家根據這個故事的基型寫成詩歌或小說。如唐代李商隱的「青陵臺」一詩，就是根據這個故事所寫的。詩云：

青陵臺畔日光斜，萬古貞魂倚暮霞。
莫訝韓憑爲蛺蝶，等閒飛上別枝花。⑪

在唐以前，即有「韓朋賦」，故事與晉朝干寶的「搜神記」相同，只是男女主角的名字稍有一點異動。在「搜神記」是韓憑，在「韓朋賦」裏，改爲韓朋。女主角，前者沒有名字，只有姓，稱何氏。後者改爲貞夫。這個名字多少已暗示影射對丈夫的堅貞不二的貞節精神。孟郊有一首歌頌貞節婦女的「烈女操」詩云：「梧桐相待老，鴛鴦會雙死；貞婦貴殉夫，捨生亦如此，波瀾誓不起，妾心古井水。」⑫

孟郊這首詩正說明我國古代女子在禮敎之下，是如何的重視自己的貞操與名節。韓憑的妻子何氏，所以能如此感人，也正因爲她的誓死不變的貞節精神。她雖然受宋康王的迫逼而作了皇后，但她寧願效烏鵲之雙飛，也不願作鳳凰。所以有歌云：「妾是庶人，不樂宋王。」她所以不樂

⑪ 見全唐詩卷五百三十九。

⑫ 見全唐詩卷三百七十二。「烈女操」又作「烈婦操」。

於宋康王，是因爲她要誓爲夫婿守貞節。所謂「與君一日爲夫婦，千年萬歲亦相守」。⑬

根據歷史學家們考證，宋康王本性酷好酒色，任性罔殺之徒，且缺乏理性，是一個自私自利、荒淫無度的暴君。當他從他哥哥的手裡篡奪到政權以後，便自立爲王。韓憑是他左右最親近的官，而宋康王爲了奪取其屬下的美眷，不惜以重刑置韓憑於白天去守衞，防備寇虜，夜晚又命他做苦役築長城。弄得韓憑與其妻子何氏，朝夕都不能相見，何氏乃萌死志，以一死來示貞節。於是，乃偸偸的寫信告訴韓憑，表示自己決心要以死來抗拒暴君的壓迫，以顯示出她對愛情的堅貞不二。在「搜神記」裏，何氏這封信只有短短三句話，而在「韓朋賦」裏，却變成一封情文並茂的長書，且有了情節的敍述。其原文如下：

浩浩白水，迴波如流。皎皎明月，浮雲映之。青青之水，冬夏有時。失時不種，禾豆不滋。萬物吐化，不違天時。久不相見，心中在思。百年相守，竟好一時。君不憶親，老母心悲。妻獨單弱，夜常孤栖，常懷大憂。蓋聞百鳥失伴，其聲哀哀；日暮獨宿，夜長栖栖。太山初生，高下崔嵬。上有雙鳥，下有神龜，晝夜遊戲，恆則同皈。妾今何罪，獨無光輝。海水蕩蕩，無風自波，成人者少，破人者多。南山有鳥，北山張羅，鳥自高飛，羅當奈何。君

⑬見全唐詩三百八十二。全詩：「薄命婦。良家子。無事從軍去萬里。漢家天子平四夷。護羌都尉裹尸歸。念君此行爲死別。對君裁縫泉下衣。與君一日爲夫婦。千年萬歲亦相守。君愛龍城征戰功。妾願青樓歌樂同。人生各各有所欲。詎得將心入君腹。」

但平安，妾亦無他。

這兩封信的時間背景都完全不同，前者是作於何氏已被宋康王搶奪之後，而後者是作於被宋康王搶奪之前，貞夫在家苦守多年，耐不住對丈夫的思念，乃作此信，欲寄相思之苦，偏偏碰到韓朋「懷書不謹，遺失殿前。」這是悲劇成因的最大因素。因爲宋康王讀到貞夫這封情文並茂的情書，心裏便生妬忌，由妬忌而產生破壞和佔有的自私慾。這和他簒奪其兄的地位時的心理意識是相類同的。像宋康王這種人的心理，是不能看見別人擁有比他更好的東西，或者比他更高的職位。否則，他就會不顧一切去奪取。依照現代精神分析學家佛洛姆的解釋：自私是因爲過分的自愛所致。自愛是利己的行爲，是排他性的。而我國的倫理觀念是強調愛人如愛己。像宋康王這種自私的行爲，是不能受人尊重的，也不容於現實社會，且被一般人視爲一種罪孽。

在我國古代社會裏，女人的美，往往是禍而不是福。「搜神記」裏只用了一個「美」形容何氏，到了「韓朋賦」就不同了，說她是「至賢至聖，明顯絕華，形容窈窕，天下更無。雖是女人身，明解經書，凡所造作，皆合天符。」使宋康王不僅妬於她的才，也羨於她的絕華容貌。更由於貞夫的明解經書，而懂得至聖至賢的倫理道德，這也是她的悲劇成因。如果貞夫是個奇醜無比，而又無才無德的女子，宋康王自然不會想方設法要把她奪取到手，佔爲己有，韓朋夫婦的命運也就會隨之而改觀亦未定。

若根據現代精神分析學來解釋這個悲劇形成的原始類型，應該是導源於作者干寶的少年經歷。他說，他父親生前有一個寵愛的侍婢，母親非常妬忌她。父親死後，他母親就活活的把她推進父親的坟裏，但事隔十年後，他母親去世後。干寶開墓打算將他母親和父親葬在一起，沒想到開墓以後，竟意外地發現他父親的侍婢仍完整地趴伏在棺柩上。他把她載回家去，數日後便復活了。並且告訴他，她十年來依然如故的服侍他父親，堅貞不貳。另外一個故事是記述干寶的哥哥死後，數日不冷，後來竟復活了。復活後告訴干寶自己曾幻遊地獄，看到許多天地間的鬼神之事，根本不知道自己曾經死過。干寶就根據這些經驗寫下他的「搜神記」。無論他所言是否屬實，但至少這個韓憑夫婦的故事原型，應該是導源於這種心理意識的顯示無疑，且干寶的哥哥干慶之死而復活的史實，又見於太平御覽第八八七卷及太平廣記三七八卷，似可作爲推論其故事的原始類型。

干寶生於我國政治局勢和社會形態極爲混亂的魏晉時代，其作品自然形成一種亂世的特徵。干寶在「晉紀總論」中說：「學者以老莊爲宗，而黜六經。談者以虛蕩爲辨，而賤名檢。行身以放濁爲通，而狹節信。進士者以苟得爲貴，而鄙居正，當官者以望空爲高，而笑勤恪。是以劉頌屢言治道，傅咸每糾邪正，皆謂之俗吏。其倚仗虛曠依阿無心者，皆名重海內。」又說：「選者爲人擇官，官者爲身擇利。而執鈞當軸之士，身兼官以十數。大極其尊，小錄其要，世族貴戚之子弟，陵邁超越，不拘資次。悠悠風塵，皆奔競之士。列官千百，無讓賢之舉。……婦女裝櫛織紝，皆成於婢僕，未嘗知女工絲枲之業、中饋酒食之事也。先時而婚，任情而動，故皆不恥淫佚之過，不拘妬忌之過，逆於舅姑，殺戮妾媵，父兄不之罪也，天下不之非也。又況責之聞四教於古，修貞順於今，以輔佐君子者哉？」⑭

這是干寶從正面批判那個社會形態，另一方面他透過雜文、記事、小說等文章批判他所處的時代和社會。而「搜神記」是以隱喻的方式嘲諷一些社會的病態，如宋康王利用權力奪取別人之妻，這種敗德行爲，在秦漢六朝時代是決不容許的。干寶以韓憑夫婦的雙雙殉情，在情愛觀念上，是表彰男女的貞節與對婚約的信守，但比這更重要的是透過韓憑夫婦的殉情事件，揭露宋康王的荒淫與暴虐。

我國自古卽相信巫術，到了漢代，巫風更熾，神鬼之說便愈來愈爲人們所迷信，甚至形成一種社會風尚，作爲宗教的膜拜。干寶在「搜神記」的自序中說：「然而國家不廢注記之官，學士不絕誦覽之業，豈不以其所失者小，所存者大乎？今之所集，設有承於前載者，則非余之罪也。若使采訪近世之事，苟有虛錯，願與先賢前儒分其譏謗。及其著述，亦足以明神道之不誣也。」⑮晉書「干寶傳」中亦說干寶「惟好陰陽術數，留思京房、夏侯勝等傳。」⑯

不僅干寶好陰陽術數，就是一般的讀書人亦喜愛陰陽術數。所以，自秦漢以降，神仙之說已

⑭見干寶著「晉紀總論」。
⑮見干寶著「搜神記」。
⑯見晉書「干寶傳」。

非常盛行，尤其是自佛教傳入我國後。神仙之說常常被佛、道兩教做爲宣導教義和警世醒言的一種手段。無論是漢代的「神異經」、「山海經」，或魏晉時代的「列異傳」、「搜神記」、「述異記」、「幽明錄」、「寃魂志」、「神異記」、「冥祥記」、「旌異記」、「異林」、「志怪」……都是與宗教、社會環境有關。而且這些鬼神志怪的故事，對後來的小說創作具有極大的影響力。最明顯的如唐宋的傳奇與志怪小說和話本，明代的神魔小說，以及清代的鬼狐故事，這些多是脫胎於魏晉南北朝時代的鬼神志怪故事。至於鬼神志怪故事所以會在魏晉時代如此盛行，其最主要的原因，是由於儒教的式微，老莊哲學的復活，以及道家思想的興起。尤其是老子的無爲哲學，和莊子的逍遙齊物論，以及楊子的爲我哲學，列子的貴虛，陳仲子的遁世等等，形成了一股浪漫而自由的思想主流，這股主流正澎湃地衝擊着當時的文學藝術和經學、玄學，以及宗教的發展。

另外一個導致鬼神志怪故事盛行的因素，是政治局勢的混亂和社會的動盪，以及人們生命財產的不保。自東漢桓、靈二帝以降，至永嘉年間，在這數百年間，不知歷經了多少內憂外患。如桓靈帝時代的宦官外戚的爭權、黨錮之禍、黃巾之亂，一直到董卓之變，三國鼎立和八王之大肆屠殺，以及五胡亂華，在這長期的紛亂與殘殺，人們陷於悲慘的水深火熱之中。漢桓帝本紀中說：「桓帝永興元年，河水溢，百姓饑窮，流冗道路，至有數十萬戶，冀州尤甚。」漢靈帝本紀中說：「靈帝建寧三年，河內人婦食夫，夫食婦。」魏志荀彧傳引曹瞞傳說：「自京師遭董卓之亂，人民流移東出，多依彭城間，遇太祖至，坑殺男女數萬口於泗水，水爲不流，又攻夏丘諸縣，皆屠之。鷄犬亦盡，墟邑無復行人。」晉愍帝本紀中說：「愍帝建興四年，京師饑甚，斗米金二兩，人相食，死者大半。」從這些史籍上的記載，我們可以看出當時社會的局勢和人們的悲慘生活。

在這天災、人禍、兵刼、瘟疫中，中國人口不及一百二十年，竟然減少三分之二。據史籍記載：漢桓帝永壽三年我國有五千六百多萬人，到了晉武帝太康元年，只剩下一千六百多萬人。這個驚人的人口迭減，完全是由於連年的戰火和不斷的天災、瘟疫所造成的。當時的知識分子，雖然有滿腔的報國熱忱，却被宦官們濫殺摧殘，致使讀書人都不敢過問政治，走向玄談取樂、遁世養生，寄情於山水或酒色的「苟全性命於亂世」的消極態度。文學的創作亦轉向於山水、鬼神怪異的方向。如曹操的「陌上桑」、「秋胡行」；曹植的「玄暢賦」、「釋愁賦」、「髑髏說」；嵇康的「酒會詩」；陶淵明的「歸去來辭」、「桃花源記」；郭璞的「遊仙詩」；陳琳的「神女賦」等等。

在魏晉時代有一個非常嚴重的社會問題，就是因連年戰火所造成的貧富差距非常懸殊，有「朱門酒肉臭」，亦有「路有凍死骨」，這兩種完全不同的生活面貌，同時呈現在一個時代，一個社會裏。凡稍具有一點血性和良知的知識分子，我想都會有太多的感慨和悲憤，但又無法與現實作正面的抗爭。這種矛盾，這種無奈，只有透過一些脫離現實的神仙鬼怪的故事加以批判和嘲弄，更消極的是遁世脫俗歸隱山林，與田園山水為伍，飛禽走獸為伴，他們不寫風月，却寫神仙世界，於是，崑崙、蓬萊都成為他們歌詠的仙境，宓妃成了神女，西王母變為觀世音。「山海經」和「穆天子傳」變成他們的文學素材的泉源。譬如何迢的「遊仙詩」：

青青陵上松，亭亭高山柏。光色冬夏茂，根底無雕落。吉士懷貞心，悟物思遠託。揚志玄雲際，流目矚巖石。羨昔王子喬，友道發伊落。迢遞陵峻岳，連翩御飛鶴。抗跡遺萬里，豈戀生民樂。長懷慕仙類，眩然心緜邈。

同時以「遊仙詩」為題的作品很多，如郭璞、張華諸人都寫過。這類作品一方面抒發個人的苦悶，另一方面也把讀者帶入了一個神奇幻美的神仙境界。而左思、王羲之、陶潛、陸機、張載他們的作品雖然也是表現遁世避俗的隱逸生活，但不像何迢、郭璞他們的作品那樣不近乎人性的神秘虛玄，陶潛雖然也寫過人螺之戀的「白水素女」，但大部份作品還是注重自然境界，寄情於山水田園的質樸恬淡之境，如「桃花源」、「歸去來辭」等。

陶潛的「白水素女」，是敍述田螺變成美艷的少女為晉安帝（三九七——四一八）時候的一位克勤克儉的農夫洗衣煮飯的故事。話說這位農夫少失怙恃，年至十七八尚未娶妻，天帝哀憐他，乃命田螺精化身為他洗衣煮飯。初時，謝端（農夫）疑是左鄰右舍的親戚替他煮的，但鄰居都說沒有替他煮飯。反而以為他偷偷的娶了妻子不願告訴人。有一天，謝端半途偷潛回家，躲在籬笆外面窺視，見一少女從甕中走出來，然後再到厨房去準備煮飯。謝端立刻推門而入，使少女無法遁形，乃告訴他說：「我乃漢中白水素女也。天帝哀卿少孤，恭愼自守，故使我權爲守舍炊烹。十年之中，使卿居富得婦，自然還去。而卿無故竊相窺掩，吾形已現，不能復留，當相委去。雖然，爾後自當少差，勤於田作，漁採治生。留此殼去，以貯米穀，常可不乏。」謝端哀求她繼續留下，但無論如何她仍不肯。突然風雨交加，白水素女乃翕然離去。自後，謝端爲她立一神位，時節祭祀。今道中尚有素女祠。

無論是人鬼相戀、人仙相戀，或人狐之戀，都含有濃厚的報恩意識，而且大都是男的先有恩於女子，女子力求圖報，而女子報恩的最大本錢，就是以身相許，但人與鬼、或人與狐都是處在兩個世界裏，既不能相許終身，更不可能白首偕老，過着正常人的家庭生活。於是，凡是基於這一類愛情基型所結合的夫妻，都不會有圓滿的結局，大都是在短暫的三五年間，女的儘在精神上或肉體上滿足男的，到了某一定期間之後，或女的化身遁走，返歸其原有面貌，或男的壽終，結束這一段孽緣，而陶潛這篇「白水素女」，却突破了這種男女間的情愛基於報償的觀念。所以，女的不必獻身於男的。他所獲得的報償，是天帝對他的憐憫，對他畢生克勤克儉的獎勵。

陶潛這個故事和曹丕的「談生」就有極大的差別。「談生」裡的女主角竟然可以和人結爲夫妻，並且能生兒育女，和「白蛇傳」裏的女主角相似。

> 談生者，年四十，無婦。常感激，讀「詩經」。夜半，有女子可年十五六，姿顏服飾，天下無雙，來就結爲夫婦，言：「我與人不同，勿以火照我也。三年之後，方可照。」爲夫

妻，生一兒，已二歲；不能忍，夜伺其寢後，盜照視之。其腰人上生肉如人，腰下但有枯骨。婦覺，遂言曰：「君負我。我垂生矣，何不能忍一歲而竟相照也?」生辭謝。涕泣不可復止，云：「與君雖大義永離，然顧念我兒。若貧不能自存活者，暫隨我去。方遺君物。」生隨之去，入華堂，室宇器物不凡。以一珠袍與之，曰：「可以自給。」裂取生衣裾，留之而去。

後，生持袍詣睢陽王家，買之，得錢千萬，王識之，曰：「是我女袍，此必發墓。」乃取考之。生具以實對。王猶不信，乃視女冢，冢完如故。發視之，果棺蓋不得衣裙。呼其兒，正類王女。王乃信之。卽召談生，復賜遺衣，以爲主婿。表其兒以爲侍中。

曹丕這篇小說，很明顯的是影射古代書生自我崇拜心態。他認爲一個人只要能飽讀詩書，就有機會擁有嬌妻美眷。這類心態，如果以現代心理學觀點來分析，就是潛意識自我世界之顯示。一個人對某一樣事物特別渴望獲得時，往往會寄託在夢中實現，當夢中不能出現時，可能由白日夢裡出現。我國古代書生，常常把黃金屋與美嬌娘寄望於書本中。認爲書中自有黃金屋，書中自有顏如玉。然而，多少書生却苦讀半生，一無所成。就如曹丕這個故事裡的男主角，雖然年已四十，仍然光棍一條。在傳統習俗上，年近四十，仍未娶妻，應該是列爲人羣中的廢物，會遭親戚朋友所唾棄、鄙視。因而，曹丕給這位年已四十的書生構築一個白日夢的美幻世界，以一個十五六歲的美麗少女，自動向他投懷送抱，相許終身，這種一廂情願的愛情，完全是士大夫階層的自我崇拜、自我陶醉的心理作祟。

有人批評魏晉時代的知識分子，是處於虛構的想像的神秘世界裡，而不是住在現實的社會中。他們幾乎全都是空想家、夢幻者；他們的生活幾乎變成夢幻一般的玄虛，夢幻般的飄逸美妙，不管他們談鬼論仙，都避免不了當時所盛行的玄虛思想，而文人們表現在詩詞歌賦，或小說繪畫方面，亦都以此作爲創作的思想基礎。

自隋唐以後，我國社會形態有了急遽的轉變，儒家的衰落、禮教的式微是其主因，相繼胡風轉熾，皇族國戚都深深受到胡習的影響，貴族婦女不僅能騎能射，而且以著男裝爲榮，標新立異，和男人一樣闖蕩江湖，以女俠自炫。再加上唐主重色而輕德，對於女子是否處女，從不計較。因而，造成公主再嫁、寡婦再醮，都視爲當然。根據史籍上的統計，從唐高祖到代宗，這短短一百多年中，全部出嫁的公主有九十三人，而再嫁和三嫁幾達二十八人，有夫死再嫁，亦有夫在而改嫁的。後來，到了公元八四七年，宣宗卽位，他爲了想抑制這種風氣，曾下了一道命令：

> 夫婦之際，教化之端，人倫所先，王猷爲大。況枝連帝戚，事繫國風，苟失常儀，卽紊彝典。其有節義乖常，須資立志。如或情有可愍，卽務從權，俾協通規，必惟中道。起自今以後，先降嫁公主縣主。如有兒女者，並不得再請從人。如無兒女者，卽任陳奏。宜委宗正等準此處分。如有兒女妄稱無有，輒請再從人者，仍委所司察獲奏聞，制議處分。

這道禁令，雖然在當時某些貴族階層，多少有點嚇阻作用，但對整個社會風氣，仍然是在倚紅偎翠、狎妓酣歌的頹廢情況中，無法挽回。而這種風氣尤其在知識分子階層特別風行。因而，產生在這一階層的娼妓愛情和露水姻緣也特別多，故事亦格外悽惻動人。如大家所熟悉的「霍小玉傳」、「李娃傳」、「楊娼傳」等等，都是以進士和娼妓的戀愛故事。除「李娃傳」因李娃的艱苦搏鬥而獲得大團圓的結局外，其餘都是以悲劇收場。

霍小玉是沒落的王族之後，芳華絕代，且「高情逸態，事事過人，音樂詩書，無不通解。」像這樣才貌雙全的女子，舉世鮮有，按理應有很好的門當戶對公卿貴侯的歸宿。而她却不幸淪落爲娼，更不幸的是一出道便遇人不淑，在愛情遭到徹底的挫敗。

霍小玉所以會遭到這種愛情挫敗，一方面是她的個性使然，二方面也是當時的社會習俗所致。在她的個性方面來說，她是多情而又專情的痴情種子，却偏偏遇到自命風流倜儻的新科進士，這種浮誇公子，當然不會對一個女人鍾情到死，更何況又是生在文人雅士多以狎妓成風的時代。當鮑十一娘告訴他，有一仙人，不邀財貨，但慕風流時，他竟聞之驚躍，神飛體輕，並且立刻許諾：「一生作奴，死亦不憚。」這種輕浮的男人，如何會死心塌地愛一個娼妓呢？所以，當她與李益極其歡愛之時，驟然自覺到自己的身世，乃潸然淚涕說：「妾本倡家，自知非匹。今以色愛，托其仁賢。但慮一旦色衰，恩移情替，使女蘿無托，秋扇見捐。」霍小玉這種自覺，並沒有獲得徹悟。她仍然經不起李益的花言巧語，和那信誓旦旦的盟約。李益說：「平生志願，今日獲從，粉骨碎身，誓不相捨。」如果妳不相信，可以拿筆墨素縑來，我給妳立下盟約就是。小玉也就信以爲眞，以爲愛情獲得保證。孰料，二年後，李益派了官，授鄭縣主簿，自然要離別小玉。這時小玉作了第二次自覺，深感與李益的愛情難保地久天長，乃退而求其次，要求李益再愛她八年，她便滿足了。自後便剃髮爲尼，遁入空門。但李益仍然對她信誓旦旦說：「皎白之誓，死生以之，與卿偕老，猶恐未愜素志，豈敢輒有二三。固請不疑，但端居相待。至八月，必當却到華州，尋使奉迎，相見非遠。」

悲劇就在於李益一再信誓，小玉雖然也一再自覺這種愛情的不可能，但在李益好話一說，又無法徹悟其不可能，乃至自陷於不可自拔的深淵。最後，發現李益已和別人結婚了，始知自己完全絕望。此刻，乃愛恨交加，悲憤不已。遂擧杯酒，酬地說：「我爲女子，薄命如斯。君是丈夫，負心若此。韶顏稚齒，飮恨而終。慈母在堂，不能供養。綺羅絃管，從此永休。徵痛黃泉，皆君所致。李君李君，今當永訣！我死之後，必爲厲鬼，使君妻妾，終日不安！」

再從當時的社會角度來看，霍小玉的挫敗是必然的。唐代雖然不重視婦女貞操，但對門第觀念却非常重視。唐太宗曾詔告曰：「新官之輩，豐富之家，競慕世族，結爲婚姻，多納財賄，有如販鬻。或貶其家門，辱於姻婭；或矜其舊族，行無禮於舅姑。自今以往，宜悉禁之。」

在南北朝時代的望族，如太原王、范陽盧、滎陽鄭、清河、博陵二崔、隴西、趙郡二李都是望族，而且沿襲到唐代仍然重視其姓氏不與卑姓爲婚。霍小玉雖然出身名門，但是爲寵婢所生，乃出自賤庶，與李益的表妹盧氏來比，自然不能相比。盧氏是貴族，若嫁女於他們，聘財必以百萬為約，不滿此數，義在不行。可見李益若能攀上這份親，怎還有心於一個微不足道的娼妓呢？薛元超說：「吾不才富貴過份，然平生有三恨：始不以進士擢第、娶五姓女，不得修國史。」從薛元超以娶五姓女和修國史並列，可知當時對門第觀念的重視。再說，李益二十二歲便中了進士，且做了主簿，套句現代語，應屬青年才俊，怎肯娶一個娼妓來自辱家門呢？這就是霍小玉的命定悲劇。

白行簡的「李娃傳」，同樣是以進士和娼妓的戀愛題材，但結局却完全不同。蔣防的「霍小玉傳」是徹徹底底的挫敗的悲劇收場，不但霍小玉為愛情付出了生命，就是被愛的李益亦沒有好下場，被迫成一種可怕的病態：猜忌、嫉妒、暴戾、殘忍，成天心緒不寧，夜不能寢，晝不能坐，甚至出門時，還把愛妾用浴盆罩在床上，這種暴戾行為，都是因小玉的陰魂捉弄，使其生不如死。而白行簡的李娃和那常州刺史滎陽公的愛子，却有很完滿的結局，雖然他也曾因金盡而被逐出妓院，淪為替喪家唱輓歌自給。後來，又被其父所知，把他拖到曲江西杏園東剝去其衣服，並以馬鞭鞭打數百，使他不勝其苦而瀕死邊緣。幸而為同儕所救，乞討度日。一日，冒大風雪在街上行乞，其聲哀哀，適為李娃所聞，乃得到援助，並以繡襦擁回西廂，給予沐浴，餵以湯粥，使其康癒。同時，伴以燈前苦讀，而榮中高第，授成都府參軍，李娃亦被册封為汧國夫人。育四子，皆為大官。

這種結局也許在當時重視門第觀念的時代，並不可能，但男主角受愛情鼓勵，而能奮發圖強，爭霸羣英，高中登科，也不是不可能。而男的爲了報紅粉知己，結爲秦晉，亦不是不可能的事。這種愛情是突破了歷來的報償觀念，而獲得善有善報的結局。

唐代這股才子佳人的流風一直延續到宋初數十年間。司馬光說：「夫妻以義合，義絕則離。」他和范仲淹、胡瑗、王安石諸學者對婦女貞節觀念，都持極寬泛的態度。只有周敦頤、程顥、程頤他們因力倡理學，對禮教極度尊崇，對於貞節觀念反而嚴格起來。周敦頤說：「乾道成男，坤道成女，二氣交感，化生萬物。」又說：「禮、理也，樂、和也，陰陽理而後和。君君臣臣，父父子子，兄兄弟弟，夫夫婦婦，……萬物各得其理然後和，故禮先而樂後。」⑰

後來，又有朱熹的極力倡導，對婦女的貞節觀念便日益灌輸進中國婦女心目中，形成我國婦女生活形態的轉變時代。而且宋代還有一個最獨特的現象，就是對處女特別珍惜。在宋之前，人們所重視的貞節是在婚後，而宋以後，却對婚前是否是處女，視爲婚姻的重要條件。這也造成了婚前戀愛的悲劇成因，這種悲劇往往比婚外戀愛更爲嚴重。

公元一二七六年，元世祖忽必烈擧兵南下，宋兵節節南退，最後竟由陸秀夫負着帝昺投海殉國，結束了宋帝國的昇平年代。蒙古人以其慓悍的游牧民族的本性來統治漢人的敦厚純樸的性格。在將近一百年的統治下，漢人的一些傳統文化和風俗習慣，又再度受到外族的衝激而瀕於崩潰。元人的婚姻關係，原沒有什麼輩份之分，嫡子可以娶庶母，姪子可以娶叔母。這種婚姻，在重視

⑰見周敦頤著「太極圖說」及「通書禮樂篇」。

宗法禮教人倫關係的漢人看來，是屬於亂倫關係。後來受漢民族文化的薰陶與教化，漸漸亦重視貞節與禮法。這種觀念的轉移，可以在元雜劇中窺出一些梗概。如以帝妃之戀的「梧桐雨」和「漢宮秋」，前者是以唐明皇和楊貴妃的纏綿戀情，後者是以漢元帝與王昭君的愛情故事。而兩者都有相似的迷戀愛情，淡漠朝政的傾向，致使國家遭到嚴重的挫傷。最後被逼迫在愛情與江山的抉擇上，只好捨棄愛情來挽救臨危的江山。他們在愛情上的挫敗，不是愛情本身的挫敗，而是挫敗於社會的壓力，人類的共同生命與幸福，乃不得不捨棄個人的私情來成全大多數人的幸福與安全。張淑香說：「男女愛情在中國傳統社會中並沒有獨立或重要的價值與地位。愛情主要是以它的社會功能而依附於社會，不穿上一層社會色彩的外衣，愛情本身是不受重視的，若不服從於社會約制，個人主義的愛情既不受尊重，也沒有自由可言。所以，在『梧桐雨』與『漢宮秋』中所表現的『重愛而戀』的愛情，也自然無法見容於社會，何況它忘記了自己對於社會的忠誠與職責，又與社會的利益衝突，結果就只有在社會的干涉與施壓下被犧牲，故這兩個劇作所呈現的愛情悲劇的形式，顯然是中國傳統社會結構的典型產物。」⑱

若以王昭君的人格與楊貴妃相比，自然王昭君要比楊貴妃完美、偉大。王昭君懂得在國家危急之秋，需要她效命君王時，她能深明大義，顧全大局，犧牲一己的幸福，去挽救國家的危亡。

⑱ 見張淑香所著「愛情三部『曲』——試論元雜劇裡的愛情表現與社會」。本文收在「文學評論」第四集，臺北書評書目出版。

楊貴妃雖然也算死於國家危急關頭，但她是死於六軍不發的無可奈何之下，並沒有像王昭君那樣慷慨和番，得息干戈之爭，挽救了國家卽將面臨的一場浩刼。

至於以文士與娼妓的戀愛故事，在元劇中亦很多，如「荊楚臣重對玉梳記」、「逞風流王煥百花亭」、「李春蘭風月玉壺春」、「江州司馬青衫淚」、「李亞仙花酒曲江池」等等，而這些劇作的情節、結構，大都有相似的模式。故事從文士風流與妓女邂逅於偶然的機會裡，接着是文士揮金如土，博取鴇母的垂青，與妓女熱戀一段時間，床頭金盡，遭鴇母逐出妓院。這時適有富商介入，妓女不爲金錢所惑，極力反抗老鴇的安排與壓迫，爲的是對文士的守貞不移，受盡折磨。最後，是文士得官歸來，及時解救了妓女的困境，並向商人加以報復，文士與妓女共誓偕老，終成眷屬。這和唐代的士子與妓女的戀愛，在結局上是完全不同。唐代的傳奇小說中的妓女，大都是遭文士們始亂終棄的悲劇收場，元劇中的妓女却有很好的收場，大都是大團圓的喜劇結局。

這種以大團圓結局的喜劇愛情，一直延續到明清年代，只是在題材上換爲才子佳人，不再是文士與妓女。這些書大都有一套戀愛公式。一個年輕貌美、滿腹才書的書生，偶然在花園或寺廟裡巧遇二八佳人，然後彼此含情脉脉，眉目傳情。此時必有伶俐之婢女或精明之書僮替其傳遞情書，或詩或詞，儘是情意綿綿，兩心相許之詞。正在其熱戀期間，必有權臣聞女艷名，登門爲子求親，女家不許，權臣必使出各種手段、百般構陷，拆散這對才子佳人的婚姻。在這種種壓力之下，彼此必改名換姓，各奔前程。最後，公子定高中狀元，或金榜題名，私情暴露，兩人再度團圓，結為夫婦。

這類浪漫小說，不僅揭露了許多社會的現實問題，而且也暗示了我國傳統社會中所允許的一夫多妻制。譬如「玉嬌梨」，後來改為「雙美奇緣」，就是敍述太常正卿白玄之女白紅玉和他的外甥女盧夢梨同時愛上風流才子蘇友白的故事。白玄說：「那少年人物風流，眞個是謝家玉樹，我看他神清骨秀，學博才高，旦暮便當飛騰翰苑。」⑲飛騰翰苑，衣錦榮歸，是當時每一個讀書人的最高願望，也是畢生所努力的目標，眞有一天飛騰翰苑了，娶妻納妾就會緊跟而來。白玄接着又說：「意欲將紅玉嫁他（蘇友白），又恐甥女說我偏心，若要配了甥女，又恐紅玉說我矯情。除了柳生，若要再尋一個，却萬萬不能，我想娥皇、女英同事一舜，古聖已有行之者，我又見你姊妹二人互相愛慕，不啻良友，我也不忍分開，故當面一口就許他了。這件事我做得甚是快意。」⑳

在這部小說裡，不僅反映了我國傳統的宗法社會，父親對兒女的婚姻握有絕對的權力，而且也暗示了一夫多妻制是古聖先賢的制度，今人只不過是效法古人而已。在這種男性至上的社會裡，女人的地位便愈來愈不重視，而所謂情愛觀念亦流於狹窄的貞節觀念。女子非但夫死需要守節，就是未嫁夫死，也要盡節，事奉舅姑。偶而不幸被男人調戲，亦要以死來表明貞節。所謂：「

⑲ 見「玉嬌梨」第十九回。全書共二十四。故事與平劇裡的「雙美奇緣」不同。

⑳ 同註⑲。

餓死事小，失節事大。」這種視貞節重於自己生命的婦道，是歷代文人所加給我國女子最殘酷的約制，也是我國知識分子最不懂男女情愛的表現。

總之，情愛不僅是歷來創作文學的最原始動力，也是人與人之間和諧相處的要素。根據文化人類學的觀點，人與人之間的關係，最早最直接的關係，莫過於男人與女人之間的兩性關係。我國儒家認爲「君子之道，造端乎夫婦。」又說：「妻子好合，如鼓琴瑟。」這正說明了夫婦關係，乃是創造新生命之始，也是建立和諧家庭的基礎。儒家思想一向重視家齊而後國治，國治而後才能天下平，所以，我國文學中之情愛觀念與西方文學中之情愛觀，其最大不同點，就是我國文學中之情愛，大都是述說婚後或情定之種種情愛，而且特別重視婚後之倫常關係，古代稱男女之歡爲「古歡」，意思就是含有歷久彌新，或歷經長久之苦待所獲的情愛。

談現代文學批評

文學批評是導源於對文藝創作的鑑賞與研究的需要，所產生的一種回顧與前瞻式的自覺歷程，它不僅對文學作品本身具有嚴肅的評鑑功能，而且對作品相關的歷史、作者背景、創作環境，以及社會形態、民族淵源、人類發展，都有極密切的關係。一部傑出的文學批評作品，不僅是批評，也是創作。是透過鑑賞所產生的嶄新的文學境界，是從欣賞作品中開拓出的新天地。它能指出常人所未見的虛實優劣，是鑑賞者創作的另一途徑，和文藝創作一樣，必須具有它的獨創性和恆久價值性。一個嚴肅的文藝批評家，必須和文藝創作者一樣，苦心竭慮地去從事作品本身的鑽研、分析、給值，和給人類提供某種啓發性的功能。至於這種鑽研、分析、給值的結果是否適合於原作者的心意，不是批評家的責任。批評家本身並沒有任何理由需要去適應作者，只需對自己的良知負責，對其所批評的態度負責。換句話說，一個批評家在著筆評論作品時，是否認眞苦研過作品，是否對作品有了深刻的認識與理解，是否能超越於情感和情緒以外，作客觀而公正的評論，這是作爲一個嚴肅的文藝評論者最起碼的態度。他沒有任何可依恃的尺度，唯一可給予助力的，是他淵博的學養和豐碩的知識。任何一個文藝批評家，都不可能自始堅持一種法則，他必須和文藝創作者一樣，隨時吸收新知，不斷求取變化，隨著自己年歲所累積的知識、見解力，採取各種不同的方法去評鑑文學作品。

我們稍爲環視一下文學批評史，很容易就能搬出一大堆歷來批評家們所立下的各自不同的法則與標準。例如：主觀的批評、客觀的批評、歸納的批評、演繹的批評、科學的批評、判斷的批評、比較的批評、歷史的批評、倫理的批評、鑑賞的批評、印象的批評、審美的批評、考證的批評……等等，這些批評都有其各自立下的尺度和座標。譬如主觀的批評，他是完全取決於批評家在鑑賞作品時所產生的好惡的印象而定文學作品的價值，這個好惡的標準完全是以他個人的主觀印象作判斷，根本沒有外在的客觀標準。客觀的批評正好與主觀的批評相反，他承認作品有其好壞，批評家先訂下一個文學標準來批評文學作品，不以批評家的主觀判斷而變更其標準。歸納的批評，是將各種不同的觀察結果，歸納在同一的結論上。演繹的批評，是以已知的某種法則，運用在對作品的演繹上。科學的批評，是援用科學的法則，他們視美學和解剖學是同樣的東西。法國文學批評家泰納 (Hippolyte Adolphe Taine 1828-1893) 說：「人類要達到更高尙、更善良的生活，有兩種路徑，一是科學，一是藝術。科學認知和決定事象的根本的因果律，用明確而抽象的言語來表現。藝術是將上述同樣的因果律使一切人們認知的方法，就是向人類的心靈及感情陳訴及表現的方法。在這種意味上，藝術比科學更爲優秀而普遍。泰納把藝術放在人生的價值上，看作科學對人類的價值一樣，他認爲美學和植物學是具有同等的學問。科學的批評，使作品中的那些玄想、神秘逐漸喪失。事實上，泰納的這種科學的批評，已演變成另一種新的歸納的批評。而判斷的批評，又名裁判的批評，顧名思義，他是和法官引用某特定的法則去衡量作品的價值，他和演繹的批評一樣，他認爲不管是現在的作品或將來的作品，都應該依照從前的作品的標準衡量其價值，這正好和科學的批評相異。歷史的批評與考證的批評相似，歷史的批評是說明作品在歷史上的地位，以及作品和時代的關係，而考證的批評是考證其作品的歷史和版本的眞僞。比較的批評，是比較各個作家和各個作品的差異，以定其好壞。倫理的批評，是以倫理道德爲衡量作品的價值爲標準。印象的批評，是以個人對作品的印象，而加以批評，這和主觀的批評相類似。認爲「除了個人的鑑賞力之外，沒有批評的標準。」鑑賞的批評，是對作品先予以研究，洞察其所賦予讀者的美或快感，然後再把它分析出來。英國首倡鑑賞批評的文學批評家培德(E. H. Pater 1839-1894) 說：「文藝批評家的任務，是感知詩人或畫家的價值，而解釋他，表明他。鑑賞的批評是揶用了科學的批評和印象的批評的優點。成爲一種完滿而深入的鑑賞批評。但他所鑑賞的仍然只限於一件作品的歷史淵源和心理起源，而對於作品本身的價值到底是什麼，仍然沒有一個明確的交代。於是，另一派文藝批評家挺身而出，把美學的原則運用在批評家對作品的評價的唯一準則，這就是所謂美的批評。除此，尚有心理學派的批評和人文主義的批評，心理學派的批評，是要批評家先拋開作品的本身，先研究、考據作者的生平和與其相關的環境、歷史。將文學批評視爲作者的生命歷程與心路歷程的解剖。所以，作爲一個心理學派的批評家，其最基本的條件，必須具有豐富的歷史知識和審美能力。尤其是對古典文學的批評，全倚重於批評家對歷史和考古學的豐富知識，而這派心理學派批評與現代新派批評所援用的精神分析學的文學批評迥然不同。精神分析學派的批評家認爲文學是始自於人類潛意識的本能衝動，是內在潛意識受外力的壓抑所產生的創造才能。因而，他們敢於肯定一個偉大的藝術家，就是一位強烈的神經病患者，是「他的壓制與挫折導致了他的生命轉向，走向人工的藝術創造的出路。」(引自 Donald W. Heney 的「當代文學批評的傾向」一文，劉述先譯) Heney 解釋說：而藝術家與普通平常的神經病患者的不同，在於他的高度的感受，惟能够使他把自己的挫折翻譯成爲高度複雜的藝術成品；藝術的創造力是神經病患對於社會最有價值的形式。藝術活動不僅解除了藝術家的神經緊張，並且爲批評家準備了一種有趣富啓示性的洞察力，得以看透創作者內在思想歷程。

我國的文學批評，始終著重於史的研究和註釋與考據的工作。事實，文學研究與文學批評，在方法上有極大的不同。文學研究是注重作者的身世、時代背景，和版本的眞僞之鑑別、考證，而文學批評在於批評文學作品的本身，以及其價值之肯定。譬如對大家所熟悉的我國古詩「孔雀東南飛」，如果以文學研究的態度來看，也許第一步先要探索版本的眞僞，以及其故事形成的原始形式，和詩歌的原型。然後再研究故事形成的原型和當時的社會形態、道德規範種種。因而對作品的年代，故事背景都必須再三考證，以文學批評來說，這些都僅僅是資料而已，與肯定作品本身的藝術價值，並沒有絕對的必要。作品的文學價值，是以它的形式、語言、意象和隱喻加以剖釋與批判，然後再從作品的本身肯定其歷史價值和對社會的影響力。

在我國傳統的文學批評中指出，它是「漢末建安中，廬江府小吏焦仲卿妻劉氏，爲仲卿母所遣，自誓不嫁。其家逼之，乃沒水而死。仲卿聞之，亦自縊於庭樹。時傷之，爲詩云爾。」這五十二個字，沒有批評，但他指出了故事形成的原因，和它的時代背景，以及故事所發生的年代、地點、人物，這些都有極清楚的交代。劉大杰在「中國文學發達史」中說：「孔雀東南飛是表現一對犧牲於舊的家族制度與傳統的倫理道德下面的夫婦的悲劇。」梁啓超在「印度與中國文化親屬之關係」中認爲「孔雀東南飛」是受印度的佛教文學所影響，是導源於「佛本行讚」的譯本，使六朝名士人人共讀，於是「那種熱烈的情感和豐富的想像，輸入我們詩人的心靈中當然不少。孔雀東南飛一類的長篇敍事詩，也必間接受其影響的罷。」或者如王世貞在「藝苑巵言」中說的概念式評論，這也是我國古代文學批評家所慣用的方法。他說：「孔雀東南飛，質而不俚，亂而能整，敍事如畫，敍情若訴，長篇之聖也。」

這類概念式的評語，不但適用於「孔雀東南飛」亦同時能適用於評論其他文章和詩詞。譬如評論「陌上桑」、「長恨歌」，都可以說它「質而不俚」、「敍情若訴」，這種印象派的評論，常出現在我國古典文學的論評中。

如果我們不採用這種缺乏準確性的評論，而以佛洛伊德的精神分析學的學說作爲批評基型，也許對第一句「孔雀東南飛」就要產生許多問題，譬如孔雀爲什麼要向東南飛，而不向西北飛呢？進而剖析焦妻和焦母的心理動向。尤其是焦母的幾近於人格分裂症和變態心理。假定我們援用佛氏的汎性論或愛情心理學去分析焦母的人格形成與變態心理，也許我們可以推斷其早年守寡，性慾被長期壓抑，而轉變成對媳婦的虐待和對唯一的兒子的強烈的佔有欲。

當劉蘭芝在枕邊向焦仲卿哭訴自己被婆婆鄙視和受虐待的情形後，焦仲卿竟激動的去責備母親：「兒已薄祿相，幸復得此婦。結髮同枕席，黃泉共爲友。共事三二年，始爾未爲久。女行無偏斜，何意致不厚。」接著更堅決地表示：「今若遣此婦，終老不復取。」焦母一聽兒子竟敢爲了老婆反叛自己，且提出嚴重的威脅，乃怒火三丈，搥床大罵：「小子無所畏，何敢助婦語。吾已失恩義，會不相從許。」焦母這種自私心理，全然是導源於她即將面臨自己兒子被另一個女人所佔有的妬嫉和仇視心理。

根據心理學家們的意見，母子間存在著生命交感之愛。「孩子之生命自母體，生命藉母體與自然相連，因此，母親爲孩子生命自然之根。人之誕生，象徵此一自然根性之截斷；根性之截斷，爲生物慘烈之生態現象；故人之誕生，其情景極爲驚心動魄。」（引用之華著「伊底帕斯情結」試析一文）雖然生命之誕生，並成爲一獨立之存在，但其原有之生命根源不滅，血緣關係仍續存在，母親與嬰兒之間仍存在著生命依存關係，如餵乳、懷抱等等之生命交感。一旦這種依存關係受到外力的侵擾或分割時，必然要產生一種維護自己完整生命之本能。焦母嫉妒劉蘭芝搶奪了她兒子的愛，正是這類潛意識心理的作祟，使其極力想要維護自己與兒子之間的生命依存關係。佛洛伊德、榮格、阿德勒他們的精神分析學與人類的概念，對本世紀文學批評有相當的影響力。不過，我個人認為運用精神分析學作為文學批評的方法，固然可以發現文學作品中許多前人所未曾發現的東西，但也有其無法探討的問題。諸如時代背景、作品真偽，以及社會道德標準等等，都非精神分析學所能肯定的。

精神分析學是可以運用作為對某些文學作品的剖析和批評，但不是每一部都適合。畢竟精神分析學只是一種治療精神病患的醫學科學，而文學作品不可能每一部是出自於精神病人之手。雖然有人說：詩人多少都帶有一點神經質，但決不會是真正的神經病患者。Lionel Trilling 說：「藝術家和神經病患者不同的地方，佛洛伊德當然知道：他告訴我們藝術家不像神經病患者，因為藝術家知道從想像的世界回到真實的世界之路，並且知道『重新在真實的世界上找到一個堅定的立足點』。」（引自 Freud and Literature 一書）。

原始類型（Archetype）原本是人類學上的一個觀念，而透過現代精神分析學家們的援用，已逐漸被廣濶運用到心理學和文學批評上。早年佛洛伊德的精神分析學被文學批評家們所援用，而突破了原有的理論和科學的文學批評，自層面世界進入到人類內在潛意識世界的剖析與批評。而原始類型被文學批評家所援用以來，文學批評又邁進了新的里程，它肯定了全人類的經驗和他的共同性。目前運用原始類型作爲文學批評方法最有成就的是加拿大多倫多大學教授福萊 (Northrop Frye) 他著有「批評的分析」(Anatomy Criticism)，全書分爲四大部分：歷史的批評、倫理、原始類型的批評，和修辭的批評。

而以原始類型的批評所佔的篇幅最多，約佔全書的三分之一的篇幅。他是透過作品中的神話意象分析作品中的象徵意義和作品的內蘊。或者是透過作品中所潛藏的神話意象與初民的神話比較，或者以佛洛伊德所闡釋的夢的意義與神話相比較研究，認爲夢和神話都是使用相同的象徵性的語言。榮格說：「一個種族或集體潛意識中，貯存著人類往昔的經驗與神話的象徵。」他認爲一部文學作品的眞正價值不在呈現個人的心境，而是在於能超越個人生活的範圍，呈現全人類集體潛意識。他所謂的集體潛意識，乃是某種經由遺傳而塑造形成的心靈氣質，而意識便是由此而生的。在文學作品裡，作者的個性愈多，其藝術價值便愈低。一部純粹個性化的「藝術作品」根本就是一種心理症的呈現，那不是表現人類的共同意識，而是作者的自戀狂，自我陶醉的一種外現行爲的記錄。榮格說：「集體潛意識表象對於文學研究最有貢獻的是，它們可補償意識態度。換句話說，這些表象可以平衡意識所帶來的偏見，反常或危險狀態。從夢中，我們可以很清楚地觀察到其較實際的眞相。」佛洛伊德也認爲人生有些事象，在現實無法實現，常常會透過夢的形態呈現出來。

現代文學已愈來愈朝向於人類集體潛意識的表現，愈來愈探向人類的內在精神世界，而不再以現實層面爲滿足，如果現代文學批評仍固守於昔日的法則，恐怕難以發掘出文學中的眞境。

很顯然的，現代社會是個變動性極爲強烈，而又充滿著紊亂和難以抑制的局面，一個失去了舊有道德的標準，又無從建樹新道德規範的徬徨的時代，人類集體意識中所表現的是徬徨、焦慮、不安的情緒，一切都架構於經濟的價值之上。換句話說，個體必須投身於龐大物質所架構的安全感中。而人就淪爲物質的奴隸，原有的一點人性尊嚴和精神價值，逐漸在近代科學的猛烈攻擊下分崩離析。擧目所見，人們所看見的都是在物質文明所壟斷下的緊張、忙碌，和許許多多無可奈何的行爲，心靈是一片蒼白、貧瘠的生活方式，人與人之間的交往，除了架構在物質的需求以外，似乎就一無所有。於是，人們每天所忙碌的不是生存的問題，而是各種生活方式的享受問題。誰擁有最大的財力，誰就能獲得一切保障。這時，人變成爲金錢而活，爲物質的享受而活，所謂良知，所謂道德，所謂人與人之間的仁義，已遠不如老祖母年代那樣受到重視。農業社會的那種純樸、休戚相關早已失去了踪影，宗教家們所依恃的神的權威，亦喪失殆盡。人們所面臨的是失去了神和道德規範的社會，而同時又必須面對爲財力所驅迫的殘酷場面。於是，人的本身就產生了一股強烈的矛盾衝突，由衝突而顯示出不平衡、不協調，這就是這一代人所遭到的空前最沈重的挫敗，也遭到了生存最激烈的震撼力。

現代作家們，爲了傳眞這一個社會現象和現代人的內在眞實的情緒變化，往往無法襲用原有的文學語言，而採取了較爲直接的快速自動語言，紀錄下此一人類的眞實處境，一種較爲原始的生命本身的根源。現代文學的基點，實質上是以人爲本位的，從現代科技工業所磨損殆盡的人性本能中，追認原始的眞實存在，從對物質的爭取與把持，以及到漠視和揚棄的過程裏，找回「原人」(Primitive man) 的眞實，這就是海明威、卡繆、卡夫卡、貝克特筆下的人物。他們所表現的行爲，也正是這一代人對自然，對科學，對現代物質文明的反叛心理。因此，現代人所面臨到的最大矛盾心理，就是在現實上（實際生活上）拚命地爭取物質享受，而在內心裡又想超脫物質生活以外，企圖擺脫被物質所驅使的壓力，而歸趨於精神的靈性世界，皈返到人文主義所強調的「人間性」裏。

現代文學所表現的另一特質，就是人類本身的陌生感，以及人與人之間的隔閡。這也是導源於現代物質文明所壟斷下的人們的匆忙、緊張的生活方式。最顯著的現象，就是都市生活方式，那些住公寓、大厦的人，總是咫尺天涯，老死不相往來，大家都自囚於自己的小天地裡，人與人的交往，除了必要的業務上的來往，就是基於利害關係的應酬，像這樣的交往，如何能建立起道義？沒有道義，又那來情感呢？於是，人與人之間的隔閡與陌生感，便愈來愈深厚。這種社會形態的變遷，正是激發作家們創作小說、詩歌、戲劇的動機，也是他急於要抓住的素材。

一個作家的社會出身和地位，會構成其寫作的內容和目的。換句話說，任何一個作家都可能或多或少的受到他們所依存的社會行爲所影響，但社會內容並不全然是文學內容。文學內容可能取材於社會，決不是社會的拷貝，社會環境的變遷足以影響作家的創作，但不可能完全受制於社會環境和社會變遷。一個動盪的社會可能比寧靜的社會更適合於作家體驗創作，但決不適合於作家的創作，如歐戰、二次世界大戰、越戰，在戰爭期間，都沒有偉大的作品產生，反而戰爭結束後，那些從戰場上歸來的作家完成了不朽的作品。

作家個人的經驗固然重要，但世界性的經驗更爲重要，任何一個傑出的作家都有敏銳的洞察力和聯想力，否則，就不可能創作出偉大的作品。如果僅靠個人的經驗去創作，不是流於個人情感的發洩，就是自傳式的編年紀錄，很難有表現人類共同意識的偉大作品。我所謂表現人類共同意識，並沒有意味每個作家都得放棄個人意識，而去追求人類共同意識，亦並沒有意味每個作家都得成爲國際性的作家，相反的，我們應該更加尊重表現地方色彩和屬於民族性的作家。作爲一個夠格的作家，其最起碼的條件，必須投身於自己所生存的社會，關注那個社會，瞭解那個社會，洞察那個社會，進而能賦予誠摯的同情與愛。如黃春明的諸多小說，都是取材於現實社會，他所呈現的也正是他所關注、所熟悉的社會面貌，他透過他所經驗過的熟悉的環境和人物，展示出那一小撮「受屈辱的、卑微的、愚昧的、可憐的小人物」的人性尊嚴，他特別強調人類生存的基本權利。例如：「鑼」裡的憨欽仔；「兩個油漆匠」裡的阿力與猴子；「兒子的大玩偶」中的坤樹；「蘋果的滋味」中的江阿發；「看海的日子」裡的梅子；以至「莎喲娜啦，再見」中的那個帶日本人去礁溪嫖妓的黃君，都是在極強烈的生存條件壓制下掙扎、受苦，但他認爲生存是很嚴肅的。作為一個人必須對生存付出相當的代價才能活下去。活下去不僅是一種權利，也是一種責任。這種責任除了對自己的生命價值肯定，同時也是在負起人類繼起的生命。坤樹把自己裝扮成「人不像人，鬼不像鬼」，在大街小巷裏頂着火球般的太陽繞圈子，不僅是在為自己活着，也是為未來的生命活着（為他妻子的肚裡的那塊肉不要打掉），才不得不丟人現眼在街上做活動廣告。

我覺得黃春明是極能掌握現實題材，而又能兼顧人性尊嚴的作家，像杜斯陀亦夫斯基、左拉他們一樣，不過，黃春明後來的幾個中篇都不及前期的短篇。我始終覺得文學不是純然為了反映人生，表現人生，而是更深一層的反映人性、表現人性、剖釋人性。人生的反應是着重於人們整個生活形貌的表現，而人性的反映，是有鑑於目前物質文明所壟斷下，人性日漸沈沒的情境，喚起人性的覺醒，呈現出人性的眞實的情境。

心理學家們認為人類有自覺能力，是因為他能自覺自己的生存處境，能自覺到自己在歷史的事實中存在的價值。佛洛姆說：人類能異於其他動物，是因為「他自覺到自己是一個分離的實體，他有回味過去，遠矚未來的能力，他能界定外物，並依着符號行動，他能覺察並瞭解外在世界，而他的想像力又使他意會了超乎他感官之外的世界。」人性的尊嚴是產生於他的自覺與理性的處境中。我國先哲孟子說：「無惻隱之心非人也，無羞惡之心非人也，無辭讓之心非人也，無是非之心非人也。」這正是基於人類的共同特性——同情、愛憎、羞恥、榮辱、是非的種種情緒之反應。這些各種不同的情緒反應，也構成了人類各種不同的人格心理。現代作家們都極力要探討現代人的不同心態和不同的人格心理，有的着重於行爲的模式（外表的則爲模式）；有的着重於無意識心理世界之表現（內在的精神動向）。因此，一個從事文學批評工作者，首先必須具有豐富的學識，包括心理學、社會學、人類學、生態學、語意學、民俗學等等作基礎。如心理學有助於對作者的瞭解和他的創作動機，以及創作時的心境和個人人格之完遂；社會學有助於對作者背景之瞭解和時代特質的判斷；而人類學和生態學，對人類起源、進化，社會發展都有極密切的關係。當代德國哲學家海德格（Martin Heidegger 1889—）曾經說過：「詩人或藝術家，就是能將那些喪失概念或理想等日常習慣之保護而墮落在充滿危險的虛無的深淵之靈魂，回復到『存在』的開明世界的人。」（引述自日本合田周平著「生態學入門」一書中譯本第一四〇頁。在同一頁中合田周平又說：如果由生態學的立場與思想來觀察我們的社會，我們必需認識清楚一個事實，那就是由那龐大的機械系統放洩出來的有形無形的毒害，正以巨大的威力與速度擾亂着大自然生態系統的平衡的循環，同時，因此而侵蝕着我們人類的肉體與精神。）

人類學、心理學、社會學，以及語言哲學、神話學、民俗學對現代文學批評方法都有極爲重要的貢獻，但就這極有限的篇幅，要想作較深入的介紹是不可能的。譬如語言哲學，其所涉及的幅度與廣度都是非常廣袤無垠的，那決不是泛泛數語所能概括的。尤其是在現代人類的生活日趨複雜，心靈日益繁複之際，任何壟斷都是非常危險的，而文學批評亦是如此，要想在文學界鰲頭獨佔，以一己之方法壟斷其他各派，那是決不可能的。例如從神話學裡所導引出來的原始類型文學原理，與精神分析學裡的人類潛意識心理之發現，有着極密切的關係。榮格說：原始類型是無數個人相似的經驗中共通的部份，因此，可以說是人類共通的潛意識的一部份，並且影響了每一個人的個別經驗。而就神話中可以分析出人類各民族的一些共同的原始類型，因此，神話學對文學的研究及批評，其所包涵的層次亦是多層次的。最近十數年間，西方文學批評界對神話學的運用，遠比二次世界大戰後所興起的精神分析學被援用於文學批評方法更爲流行，更具有前瞻性。

總之，文學批評是文學創作中的創作，是多層次的美學之發掘，任何有關闡釋、研究作品的科學，都有助於作品眞髓的呈現。所以，文學批評是一種嚴謹的給值工作。如何肯定文學作品的價值，是每一位從事文學批評者應恪守的信念。因此，作爲一個文學批評家應該具有渾厚的精力和豐碩的學識與廣博的知識，且有敏銳的洞察力與冷靜的思維，始能導向文學創作進入一個嶄新的年代。

註：民國七十年八月一日應國際藝術營之邀，作爲時一百分鐘的專題演講，講題是「現代文學批評」。這是從那篇講稿中濃縮、整理出來的稿件。併於七十年九月四日、五日刊於自由日報副刊。

不廢江河萬古流

滾滾的江河，乃因涓涓的溪流所聚；茫茫的滄海，却因滔滔的江河而潨。任何民族文化的發展，都猶如溪流滙聚成江河，由江河潨入而形成滄海般的累積而成。中華文化歷經五千年的累積，形成了今日的豐碩遺產，且能讓後世的子孫們爲他們感到自傲。這不能不令人想起先聖先賢們的慘淡經營和其艱苦奮鬥的歷程，也不能不令人懷念起他們爲後世子孫所創下的不朽基業。

中華民族有悠久光榮的歷史，但也有光輝燦爛的文化遺產。至於悠久光榮的歷史，是否因有光輝燦爛的文化遺產而形成，抑或是光輝燦爛的文化遺產因悠久光榮的歷史而存在，這是一個極難釐清的問題。然而，毫無疑問的，我國自周以降，這三千多年來，我們所能考據而且又能提出實證的，詩歌是最重要的文化遺產。如詩經、楚辭、樂府，以至三國、六朝、盛唐的詩，和宋詞、元曲，無論是四言、五言、七言、雜言，或律絕，都有皇皇鉅著流傳下來。而且這些鉅著都成爲後人研究中國歷史和歷史裡的政治、文化、經濟、軍事、教育，以至社會形態、時代變遷等等的依據。詩經三百篇，不但代表了我國古代的文學精華，同時也是一部中國古代的斷代史，它翔實地刻鏤着周代的政治、文化、經濟、和社會形態、時代特質，以至民情風俗等等。古代有所謂采詩官，就是專門替皇上采集各地詩歌，使天子能足不出戶便知天下事。漢書「藝文志」說：「古有采詩之官，王者所以觀風俗、知得失，自考正也。」春秋公羊傳中也說：「男女有所怨恨，相從而歌。飢者歌其食，勞者歌其事。男年六十、女年五十無子者，官衣食之，使之民間求詩。鄉移於邑，邑移於國，國以聞天子。故王者不出牖戶，盡知天下所苦，不下堂而知四方。」這在在都說明了詩歌的重要性，它不但是個人的情感呈現，同時也是溝通天子與庶民之間的一座橋樑，使民情能上達，使爲政者能知天下。歷代帝王或大政治家、知識分子亦常常藉詩來抒洩一己的情感與抱負，或憂或怨，或喜或樂，或悲或戚，或怒或哀，這種種的情緒變化，都赤裸裸地呈現在詩句中。譬如漢高祖劉邦平定天下，路過故鄉沛，乃召族人故舊與父老子弟開懷痛飲，縱酒作樂。當他酒酣耳熱之時，乃自擊筑，自爲歌。其詩曰：「大風起兮雲飛揚；威加海內兮歸故鄉；安得猛士兮守四方！」

據史記上的記載，當時漢高祖是邊舞邊落淚，這種眞摯的情懷，這種磅礴的氣勢，恐怕亦只有詩人、壯士所能爲之。那種慷慨激昂，憂國傷時之思，也唯有眞正具有志氣、有熱血的知識分子始能吐露的心聲。屈子所以能憤而投江自沉，是因爲他具有志氣、有氣節，有忠肝赤膽和視死如歸的生命感。

無論古今中外，寫詩都講求情深而意眞。唯有具有眞情和深情的人，才配作詩；也唯有表現眞情和深情的詩，才是好詩。所謂：「至人皆蘊眞情，蘊眞情乃有至文，非矯飾可躋也。」宋代包恢「答曾子華書」云：「草木本無聲，因有所觸而後鳴；金石本無聲，因有所擊而後鳴；非自鳴也。如草木無所觸而自發聲，則爲草木之妖矣；金石無所擊而自發聲，則爲金石之妖矣；聞者或疑其爲鬼物，而掩耳奔避之暇矣。世之爲詩者，鮮不類此。蓋本無情而牽強以起其情，本無意而妄想以立其意；初非彼有所觸而此乘之，彼有所擊而此應之者。故言愈多而愈浮，詞愈工而愈拙，無以異於草木金石之妖聲也。」所以，自古以來，凡是能感人至深的詩，都是出自於詩人至情至誠之表現。

中國新詩，歷經了半個多世紀的創造與拓展，從口語化的白話詩到自由詩，由自由詩到今天的現代詩。無論就質和量來看，都有極豐碩的成果，這不能不歸功於詩人們對詩的執着和其披荆斬棘的艱苦奮鬥的精神。我自始認爲寫詩並不是一種逸樂，而是一種苦難的責任，是精神和肉體受盡所有的折磨而凝結起來的心底語言。如果說文學作品是歷史的證言，詩應該是時代的證言，而詩人是時代的代言人，也是新語言的創造者，他以嶄新的語言呈現出個人的內在心意。基於人類的生命價值和生存的意義，是個體沒於羣體之中，有羣體的生命，始有個人生命的價值；有羣體的生存，始有個人生存的意義。所以，詩人所呈現的內在心境，不僅是代表其個人的心意，同時也代表着羣體的意識。王國維在「人間詞話」中開宗明義地說：「詞以境界爲最上。有境界則自成高格，自有名句。」又說：「境非獨謂景物也。喜怒哀樂，亦人心中之一境界。故能寫眞景物，眞感情者，謂之有境界。否則謂之無境界。」

任何文學的產生，都必然是由於人的本身情緒之變化，和人與物，或人與人、物與物之間所產生的關聯性，而這種關聯性便形成社會特質和時代特性。所以，任何一種文學，既是屬於個人，也是屬於社會，而社會就是羣體。有羣體便有羣體特性，猶如一個民族有一個民族的特性一樣。詩人所要把握的也就是這種既屬於個人，又屬於社會的民族特性。因此，詩人亦常常被稱爲「民族的歌手」，因爲他們唱出了民族的心聲。

遠在二十年前，我們這一羣民族的歌手，在熊熊的烽火中，在蕭蕭的馬嘶裡，背負着時代的悲劇，民族的苦難，從破碎的河山裡流離到這島上的濁流溪畔。在那小小的鎭上，小小的旅舘裡，小小的窗口，凝視着寂寞的長街，在那兒打撈着詩的沉珠，眞誠地吐露着彼此的心聲，傾訴着各自的際遇。就像那潺潺的溪流，在蓊鬱的叢林間，在疊疊的峻嶺下，涓涓地奔流着，永遠永遠都沒有停息。

我們拋開了一切世俗的煩擾，拋開了貧窮所施予的一切壓力，我們喝着廉價的桔子酒，嚼着五毛錢一盤的鹵豆腐乾，嘶着三毛錢一碗的猪血酸菜湯，甚至用臉盆盛下別人的殘餚作晚餐，但我們毫無愧色地坐在路邊攤的長板凳上，煮酒論詩。詩成淚滴，因爲我們馱負着太多的苦難，太多的責任。

二十年後，我們又聯袂來到這小鎮上，庭院裡的鐘樓不見了，所謂永恆的一刻，已成爲歷史。小小的旅館不見了，路邊攤也消失了，曾經夢想過也曾經追逐過的小小「準則」，早已成爲別人婦，只有那條長街依舊，古老的火車站依舊，但街上的行人，車站裡的候車旅客，絕不是二十年前的旅人。於是，我們始悟，人生畢竟只是一次過客，我們曾在這裡駐足過，歷史也曾在這裡駐足過。任誰都得馱負一段自已的歷史，走向明日的歷史。爲此，我們決心推出一部詩集來作爲我們生命旅程中的一個小小注脚，由彩羽執編、丁潁出版、方艮題字、帆影寫序。

從一個民族的文化歷史來看，二十年是太渺小、太短暫了。但對一個人的生命旅程，二十年却是佔據他全生命旅程的三分之一，或者頂多是四分之一強。如果以一個詩人的創作生命來說，幾乎是全生命的，至少在丁潁、方艮，及我個人來說這話是肯定的。因爲在我們四個人中，只有彩羽到目前爲止仍在孜孜耕耘，繼續寫詩。而丁潁爲他的藍燈文化事業出版公司忙，方艮爲他的商務忙，而我却忙於中央副刊編務和行政院的公務，都已經不再寫詩了。

如果說，這時推出我們這部「濁流溪畔」詩集，有什麼特別的意義？最大的意義莫過於對我們恒遠而眞摯的友誼的懷念與珍惜。二十年前，我們從各個不同的地方來到濁流溪畔煮酒論詩。二十年後，我們又從各個不同的地方回到濁流溪畔，但那日只有風雨、沒有詩。誰又能肯定再過二十年後，我們還能再相聚在濁流溪畔餐那蕭蕭的風雨？或者到那時大家都成了「樹樹皆秋色，山「山唯落暉」的垂暮之年，不但沒有詩，恐怕連聽蕭蕭暮雨的雅興都沒有了。如今，畢竟還有一息豪情，一絲壯志，才會想到推出一部詩集，作爲紀念。

論詩的風格，我們四個人都有相似之處，那就是對情之眞。李延壽在「北史」「文苑傳敍論」中說：「夫人有六情，禀五常之秀；情感六氣，順四時之序。蓋文之所起，情發於中。」朱熹亦說：「或有問於余曰：詩何爲而作也？余應之曰：人生而靜，天之性也；感於物而動，性之欲也。夫既有欲矣，則不能無思；既有思矣，則不能無言；既有言矣，則言之所不能盡，而發於咨嗟詠嘆之餘者，必有自然之音響節簇而不能已焉。此詩之所以作也。」

我們四個人的年齡相近，所遭受的時空打擊亦相同，都是飽嘗了戰爭的離亂、流亡之苦，爲生活剝盡了個人的尊嚴，在生之旅途中掙扎、奮鬥。含着眼淚、摀着創痛，一次又一次的逃過死亡的追殺，眞是個「淚珠嚥盡還生」。因而，在我們的詩中，都蘊含着這種慘痛經驗的悒鬱情懷，和時代的悲劇與民族的苦難所帶給我們長年的憂時傷國的苦悶。在字裡行間，也隱隱的呈現出生之無奈，死又不甘心的矛盾衝突。

丁潁是我們四人中最年長的一位，他所遭受的苦難也遠比我和方艮多。他自幼失恃，寄養在舅父家。中日戰爭爆發，負笈他鄉，開始他浪跡天涯的流亡生活。來台後，又深受病魔纏身，蟄居在濁流溪畔的一所簡陋療養院裡療養。在養病期間，最大的慰藉，就是讀書、寫作，和方艮聊天。

也許是受健康因素的影響，丁潁對生命的追求格外的強烈。他說：「生存是一種權利，所以，我特別尊重自我之存在。但正因爲我重視自己的存在，也更尊重自己以外的每一個人的存在。」基於這一種大同思想的淵源，他也一直渴望着能眞正愛人和被人所愛，這個觀念，和我有相同之處。在別人誤以爲我們濫情的時候，何嘗我們又不是專情於人之時，我們只是不希望凡是要愛我們而又肯愛我們的人感到失望。所以，我們才會把愛分配給每一個愛我們的人。

從丁穎的思想淵源來看，他是受西方浪漫主義和我國新月派盟主徐志摩的影響頗深，而後期的作品，在技巧上受現代主義影響。但其本質，却是源自於他那特有的悒鬱哀愁的氣質，和自幼所受現實的折騰、遷徙、闖蕩的漂泊感所致。他說：「我默默地來，又默默地去，像個多餘的流浪漢。熙攘的人行道上，無人注視我的歌唱和悲泣，這世界對我是如此陌生。」

對世界的陌生感，是現代詩人的自我孤絕所造成的隔離。他漠視世俗，同樣的，他也遭到世俗的遺棄、損傷、挫敗。從這一事實，我們很明顯地可以找到一個結論：就是現實並沒有拒絕詩人，而是詩人自己拋棄了現實。於是，詩人沉醉在自築的象牙塔裡，在那兒，尋覓自我的內在生命之存在；在那兒，構築自己的樓閣，踐行自己的心意，企圖自熙攘喧嘩的現實中超越。但絕大多數的詩人，不是在現實中超越，而自現實中逃避。超越現實是自現實實踐中求取超越，是面對現實，進入現實的內在眞境，然後，自現實中超脫。換句話說，就是不爲光怪陸離的現實所迷惑，能在現實中紮根，而又能超越現實，這才能肯定人的眞正存在。誠如奧國精神病學家佛蘭克爾 (Viktor E. Frankl) 說的：「人的存在之眞正目標不能够在所謂『自我實現』中去尋求。人的存在，本質上是『自我超越』的，而不是『自我實現』。自我實現畢竟不是一種可能的目標；原因很簡單：人愈是致力於它，人便愈搆不上它。因爲人只朝向廣袤的地方，專心致志於完遂他的生命意義。在這個範疇中，他同時也實現了自己。」美國哈佛大學心理學教授戈登・安爾保（Gordon W. Allport）說：「生存即是受苦，繼續生存即是在苦痛中找出生存的意義。」丁穎就是這樣的一位詩人，他始終在企圖自我超越，在自我超越中痛苦、掙扎，然後在這苦痛的掙扎中尋求生存的意義。

無可否認的，今天我們所生活的社會，是一個缺少 Sane 的社會，大家不是拚命於生存的延續，就是掙扎於物慾的湍流中，很少人能停下脚來，注視一下自己可能被物化了的精神眞空的處境。精神分析學家們認爲這是一個生活方式走錯了方向的墮落的年代。「現代人把自己變成了商品；他之體驗他的生命力，是把它當作一種投資，依照他的地位及人格市場的現況，他致力從這個投資中取得盡可能的最大利益。他同自己，同他的人類同胞，同自然界疏遠離開。他主要的目的，就是把自己的技術、知識，他自己以及他的『人格包裝』，同那些一樣想做公平有益的交易的人做有益的交易。」於是，人們委身於一次又一次的人格宰割中，一次又一次的被割亦割人的搏鬥中。他們自始就沒有一個固定的生活目標，除了要求公平交易以外，沒有原則；除了大量的賺進和輸出以外，沒有滿足的標準。因此，生活成爲長期典當生命的交易。

這是一個文化失去了重心的年代，人心已普遍被機械噪音所惑。一句商業廣告遠比千萬句詩來得有效，半杯白蘭地酒要比一打人格更令人心醉。一個人的思想和智慧，都必須不斷地出賣給爲生存的努力中。於是，現代人的最大悲劇就是必須在生存的壓力中承受機械噪音的困擾，承受那非我所願的超重工作，他們所努力的目標，是如何使自己在物質上和性慾上獲得滿足。人與人之間的關係，是完全被建築在利益的關係上；人與人之間沒有所謂道義與責任。他們所擁有的是彼此必須依附於強大的經濟力量。因此，人與人之間的接觸與結合，都成爲虛僞的表面之粘着，而不能做到眞正的整體結合。人們每天奔忙的都是那些刻板的、機械式的工作，把整個青春和勞力投資在經濟條件上。他們沒有自我，沒有所謂人性的願望。他們祇是在不斷產生的新奇產品刺激下痲醉自己，物化自己，讓自己的心智完全沉淪於物慾的橫流裏，求取短暫的享樂，來泯除心靈的孤寂感來消滅心靈可能意識到的絕望。

方良，就是在這個機械工業的喧騰、困擾中，企圖逃脫那噪音的追擊，而歸趨於一刻的寧靜，歸趨於短暫的沉思和反省的詩人。他的詩以抒情見稱，曾經「以一朶木槿花的莖，在這靜靜的水面上」，寫下一個女詩人的名字。那種純情，那種幽美，亦只有柳永所謂的「佳人才子，少得當年雙美」時節才有的一種至情，一種執迷。他像大多數的現代詩人一樣，早期的抒情詩，都有一種淡淡的懷鄉情調，有一種被戰爭洗刼後的那種飄泊感，那種淡淡的哀愁，淡淡的憂鬱，淡淡的喜悅，以及淡淡的淒楚，都在呈現於他的字裏行間。他是一個善於駕馭情感的詩人，他掌握着最美最眞的一刹那。如果說，刹那卽是永恆，方良是從這最美最眞的刹間刻入了歷史的恒遠。他說：他寫詩是對今天這個世界的一種奉獻和責任。他深深地感覺到這個世界太不够美感了，他認爲每個人都被現實逼迫着；去適應和學習那些生存的條件，很少人肯停下脚來，回顧一下自己的眞實面貌，和自己所處的眞實世界，這個眞實世界，就是現代詩人所要追求的純粹自我的世界。方艮說：「人愈接近物慾的世界，便愈喪失自我。」這話對他來說，是有更深一層的註釋的。因爲他從師大畢業後，曾從事過一段短短的教育工作，然後，進入製鹽總廠，他親眼看到了鹽工們的艱苦生活，和那長年浸沐在鹹風裏曝晒自己的辛酸。由於這一現實的體認與洞悉，他後期的詩便有了極大的轉變。如「刼後」、「龜之門」、「靈犀的舌」等作品，都是由抒情轉向理性感性的詩。其實這種轉變，也是我國整個詩壇的風尚。自民國五十年以降，我國現代詩人受歐美的超現實主義和存在主義的思潮的影響，以及T·S·艾略特他們的詩論、詩創作的大量譯介。現代詩人則放棄了早年的情感抒洩與情緒的表現，而轉變爲純粹的、理性的、感性的追求。在表現方法上也不再以說明事物和意義爲滿足，而在於暗示與象徵爲唯一之手段。於是，將近有十年的漫長歲月中，現代詩人不再敍述外在事物，而着重於人類的內在眞實之呈現。他們爲了更眞實地傳出這一代人的內在眞境，乃不得不採用「自動語言」之運用，以及大量舖張意象，使詩的語言陷於晦澀難懂，這也是現代詩人遭受指責的最大因素。而方艮也許體認到這一危機，他的詩雖然有追求純粹的感性趨向，但仍然含有濃厚的情感之呈現，因而他的後期現代詩依然是運用邏輯語言和浪漫情調，展示其內在的生命律動。

如果說文學是反映人生的，而人生是具有絕對的社會性。因爲任何一個人都必須成爲社會的成員，同時亦必須依附社會而生存。於是，在我個人的早期作品中，比較偏重於社會性的批判，和生命意義的追尋。進而從死亡的肯定事實中，找出生命的價值觀。我曾經說過：「死於女人總比死於車禍美好。」這就是我個人對死亡的價值觀，也是我對現代機械工業所帶來的意外死亡的抗議。我認爲生命的形成和死亡，都應該是順其自然的，不應該有任何的被設計的生存和死亡。存在主義哲學家們所設想的，人是被突然投擲在時間的湍流中和廣袤無垠的空間裏，既不知道生命的源頭，也不知道生命的歸宿，在有限的宇宙的約制中，既不能抗拒，也無法預計自己的生命。於是，在二次世界大戰以後，人類面臨到一次前所未有的生命震撼，急速的科技發展和物質文明的壟斷，以及戰爭武器的大量生產和太空的征服，核爆的成功，在在都表現出現代人所面臨的生存威脅，已愈來愈違反自然律，而趨向於機械化的物質生活，無形中，人便變成爲物質的奴隸。奧國精神分析學家佛洛姆（Erich Fromm）說：「十九世紀的問題是上帝業已死亡，而二十世紀則是人已經死去。……過去的危機是人會變成奴隸，將來的危機是人會變成機械人。」又說：「人雖然成爲大自然的主宰，但却淪爲他自己所創造出來的機械的奴隸。」

就整個世界的趨勢來看，這是一個以經濟爲本位的社會結構體，它的一切進度都是以速率爲標準，以物質文明爲競爭的最終目的，任何機械工業的進步和改良，亦都以速率爲主。速率操縱了人類的整個生活方式，速率也掌握了人類的心理狀態，那些緊張、恐懼、不安和焦慮等等情緒，都與現代的機器速率有着密切的關係。而現代詩人和其他的文學藝術家，正竭力從事於這種尋找現代人的眞正內在心境的工作，他們致力於個人心路歷程的感覺世界之探索，以純粹感覺經驗呈現於現代文學藝術中。於是，產生了一種沒有故事、沒有情節、沒有結構的純粹小說，和富於玄秘的純粹感覺經驗的一種自動語言的詩，以及一種不協調的音樂和表現直覺的反應的繪畫。這一切表現都幾乎是自傳統的血緣中切斷臍帶，而形成一種獨創的表現。這股風尙也是影響我個人早期詩創作最深的思潮，如我一九六一年作品二十首，都沒有標題，只有編號，而題材大都是取自於發生在當時的重大社會事件，如分屍案等等，我都是直接取材於當時的社會新聞中。只是在我著筆寫詩之前，必須經過一段極長時間的反省和沉思，然後再予以表現出來。在這段反省和沉思的過程中，我是採取極端冷靜的理性態度來處理的。因此，詩成之後，難免會蘊涵有一絲絲的道德的批判。不過，我絕不是一個衞道之士，只是認爲自己要對生命負責，對社會負責，對與我共同創造歷史的人類負責，這就是我個人眞正的寫詩的態度。而我的後期作品，受我國唐詩和宋詞的影響頗深，這可能與我多年來從事古典文學研究有關。例如「小立窗前」、「愛的獻祭」、「在萬星樓上」、「天河無渡」、「叢林千濤」等等，都是受我國古詩詞的影響。在這期間的作品亦極少關注到社會性，而只在於呈現個人的內在眞摯情感和淡淡的憂國傷時之思。

彩羽是我們四個人中，寫詩年代最早也是最長的詩人。他的詩最早發表在其故鄉湖南長沙的「小春秋」晚報上，那年他才十六歲，屈指算來，已經是三十多年前的事了。來台後曾經加盟於紀弦先生所領導的「現代派」詩社。現代派衰落後，他又參加「詩宗社」和「創世紀」詩社。他也是我們四人中唯一長年從事詩創作的詩人。對詩有他自己的觀念，他說：「關於寫詩，我着重於詩質與詩素之把持，且以繁複的意象去構成其詩境。至於『意義』，我始終認爲，是詩以外的東西，而有則妙，無亦可。」又說：「我憎惡那種赤裸裸的，所謂『情緒的獨白』。倘若我也抒情，我則一定要造成『意境』，而從『意境』中，去把它們烘托出來。否則，我寧肯捨棄。在理念中，詩的最高境界，則爲其純粹，亦非單純之純，僅企圖在完成作品時，能如入化境，亦如莊子中之庖丁之解牛也。」

有人曾經形容他是「曝晒自己生命的浪子」，他對詩的執着，就如其對生活的固執，他固執自己的生活方式，緊把持每一刻眞正屬於自己的存在。他任性、執拗、粗獷、耿介，永遠爲自己的眞理辯護，他很少接受別人的意見，無論是善意或惡意，都無視於別人的存在，他固執於自己所認定的方位，和自己的生命的脚步。他說：「詩人，是一個名字。上帝，也是一個名字。然而，在這兩個名字之間，這又有什麼分別呢？況且，他們的雙肩都承當着天國裏的光榮；況且，他們都各具其色彩，各有其光輪；況且，他們都是眞理的火焰的創造者啊！」

詩人與上帝同位，在對人類歷史的貢獻而言，是可以被認定的，因爲詩人和上帝都是追求眞理，肯定眞理，讓人類信服其所創造的眞理。人類所以會愈來愈離開獸性，是因爲有詩人和上帝所創下的格言給予他的教化。在上古時代，詩人和神是具有相似的權威性，詩人的話，往往被視爲一種律法。彩羽也許還在嚮往這個輝煌的年代，信以爲詩人與上帝同在，同爲眞理的創造。這也是他漠視現實生活的最主要原因。他認爲現實生活是不足以珍惜的，死也並不重要，最重要的是活着的時候必須寫詩，唯有詩能肯定生命的意義和價值，唯有詩能使人不朽，這就是彩羽的人生觀。

彩羽和這一代大多數的中年人一樣，都是飽餐過戰火的灰燼，都是從戰場的浴血中成長的一代。但在他的詩作中，我們却看見了另一個面貌，沒有被戰爭犂過的斑斑瘡痍，也沒有血聲迴蕩的嘆息。我們所能讀出的是被其一再凝練的渾圓意象，和他所謂的「純粹」境界。在這種境界裡，我們所看到的並不是王國維所謂的「霧裏看花」與「語語都在目前」的那種「隔」與「不隔」的境界。而是一種具有繁複意義的意象之組合，是透過知性與感性的共同結構，使內涵與形式融滙一體，成爲一種獨創的藝術表現。因而，諸多現實的題材都被提昇爲靈覺的境界，只能透過靈視才能感知的一種純粹境界。例如：「波及」、「零度」、「破象」、「過濾之石質」、「變異的光輝」等等。彩羽也寫抒情詩，但不以述說爲目的，而仍然以其可感性爲最終目的，把某些表層的述說性的意義盡量削減，而增強詩的內涵力，使詩能逸出文字本身的有限意義。「七十年代詩選」對他的評語是：「的的確確曾經熱愛過，轟轟烈烈戰鬥過，辛辛苦苦生活過，他的詩是對現實的執着，是對黑暗的抗議，是對人類精神文明的嚮往，且不時瀰漫着一片存在的空虛——就文字而言，他喜歡口語，就風格言，他喜歡一股淡淡的濃烈與神秘，就表現言，他喜歡以散散的句子，去轉接、變異、化合他那十分繁富而又跳躍的意象，就技巧言，他喜歡現代的語彙，現代的節奏，甚至現代的一切。……」

也許在我們四個人中，彩羽和丁潁是最有資格被稱爲詩人的詩人，彩羽以詩取勝，丁潁以氣質取勝，而我和方艮已都缺少詩的情趣。這次合力推出「濁流溪畔」詩選集，如果說是對詩有什麼使命，倒不如說是爲了我們永恆的友誼。也許有一天濁流溪的水不再流動，但我們的友誼會世世代代綿延流傳下去，隨着我們的詩，我們的子孫們，特書此爲誌。

六十八年六月二十八

發表中華日報副刊

黃春明小說中的鄉土情懷

作爲一個嚴肅的小說家，其最起碼的條件，必須投身於自己所生存的社會，關注那個社會，瞭解那個社會，洞察那個社會，繼而能賦予誠摯的同情與愛。如果一部文學作品不能給社會、國家、以至人類提供應有的貢獻，那麼它所具有的價值是很值得懷疑的。無論就「爲藝術而藝術」，或「爲人生而藝術」的觀點，文學必然是植根於廣大社會的。他所運用的素材必然是現實的，至少是要與現實相結合的。因此，一個作家對於其本身所生存過的生活經驗和歷史背景，是非常重要。一般說來，無論古今中外，作家們都喜歡運用自己所熟悉的人物、環境作爲寫作的題材。而這些人物、環境也是構成他思想與情感的重要泉源，猶如任何一個人都會對自己所生活過的家庭以及週遭的環境，產生特別深厚的感情。

一個小說作家並不是僅僅爲了呈現一個社會面貌爲滿足，而是要發掘一些前輩作家們所未曾發現過的社會眞貌，至少要讓人感到那是嶄新的發現才是。西方現實主義小說家所關切的是社會層面的現象之描寫；而現代小說家們所重視的是隱藏在社會層面以內的眞境，他所展示的世界，並不是社會的現象世界，而是隱藏在現象背面的人類內在眞境。

黃春明所關切的正是他自己所處的環境，用其極爲敏銳的洞察力，去瞭解生活的環境，把握住某種社會階層的特質，而予以呈現出人性的眞境。

從黃春明先生的短篇小說集「鑼」、「莎喲娜啦，再見」及中篇小說「小寡婦」，都是以他曾經生活過，至少曾經經驗過的某些社會現實作背景，然後透過他對人類的同情與憐憫，發掘那羣「受屈辱的、卑微的、愚昧的、可憐的小人物」的人性尊嚴和他們的生存權利，他帶着他那特有的，具有濃重的地方色彩的情調與詼諧的語調展示出來。使小說人物毫不誇張地活躍在他的作品中。

「甘庚伯的黃昏」是寫老甘庚伯與他發了瘋的四十六歲的兒子阿興的故事。故事本身非常簡單。有一天，老甘庚伯的瘋兒子突然從欄柵裏逃了出來，赤裸着身子跑到街頭，受到一羣小孩子的凌遲，用爛拔拉，土石頭粒扔他。後來，有人通知正在花生地裏除草的老甘庚伯，老甘庚伯立刻趕去將阿興接回家去。沿途聽到各種不同的議論，但絕大多數都是對老甘庚伯寄予無限的同情與憐憫。

「也只有遇到老庚伯這樣的人。人家瘋子是瘋子，但是給他養得勇健得很。」

「嘖！做人也是如此如此！像老庚伯做人這麼善良，命運却這麼歹？」

「就是。孤子來這樣。老伴又來死。」

「天實在是太沒有眼睛。……」

黃春明運用戲劇上的旁白將老甘庚伯的孤獨與無助的晚景襯托出來，老伴死了，兒子又瘋了，家境又窮，幾分地還得靠自己去耕種，命運對他這等乖戾，他仍然要苦撐下去。難道眞的是爲「得到鄉鄰的尊敬」而苦撐下去嗎？我相信決不是如此單純，而是牽涉到基本的做人問題，因爲作爲人必須有一種責任，而且是一種無法推諉的責任，這是我國歷數千年來不滅的人性習成的責任。阿興是老甘庚伯的獨生子，又死了老伴，他有責任去照顧他，這種責任多少是帶有自我犧牲的奉獻。

不過，黃春明在這篇小說中眞正要表現的中心題旨，並不局限於「骨肉情深」的那種責任感，而是隱藏在這個故事後面的對日本人的仇恨。阿興爲什麼會變成瘋子，是因爲受到日本人的蹂躪與折騰才變成如此的，但作者寫得非常有技巧，他只淡淡的幾筆便把這份仇恨勾劃了出來。「這時候四周很靜很靜。牛欄那邊不時可聽到牛尾和牛蹄的動靜。阿興坐在一隻很簡單的床上。一隻很大的影子顯現在眼前。就這樣看得不知該做什麼的時候，非常突然的阿興喊叫起來。不停的喊着日本兵的立正與稍息的口令。」最後，仍然用「時而還可以聽到日本兵吼着喊『立正』和『稍息』的口令，夾在重重搥擊的聲音裏面，叫這晚的晚風，吹進村子裏的人的心坎，特別覺得帶有一點寒勁。」根據精神分析學的理論，那重重的搥擊聲含有憤恨的情緒，這很可能就是阿與仇恨日本人的心理變成另一種形式的出現。而不斷的喊着「立正」和「稍息」；正是早年日本軍人留在阿與心靈上的重大創傷的陰影，小說中雖然沒有寫出阿與曾被征當過日本兵，但從他父親到基隆去接他和不斷的出現日本兵的「立正」及「稍息」的口令來看，無疑的阿與是曾經被日本人徵召當過兵，那個口令的出現正是阿與早年受日人壓逼的象徵。

「阿屘與警察」寫的是警民之間的一則小故事，但這個小故事却隱含着濃厚的人情味。我相信，這個故事對那些喜歡作威作福的警察們，多少帶有一點啓化與警惕的作用。同時，在故事的背後也隱含着中國人根深蒂固的人情味，這種人情味正是我中華民族的偉大與博愛的特性。是我國民族文化中的內蘊力，它形成了一股人與人之間牽制力量，而這股牽制力量促使人與人之間必須有同情，有憐憫，才能有共同生活的平和社會，也唯有如此人與人之間才能和平相處，互助合作，發揮我國固有的仁愛精神。我們常常聽到一句話說：「天理、國法、人情」。那位警察大人沒有沒收阿屘的秤，畢竟是基於人情的關係，而這種人情關係也正顯示出我國民族的一種特性。不過，近百年來，由於西方文化的大量輸入，物質文明的壟斷，這種固有的「人情味」，已逐漸受到外國的「功利」與「本位」的影響，漸趨於衰亡、消失了。黃春明是否有這種意圖，透過小說的形式去挽救那種日漸衰亡的人情味呢？我想這不是我該去肯定的。

「兒子的大玩偶」是黃春明所有小說中被討論得最多的一篇，姚一葦、何欣諸先生都有專題討論過，而我仍然依照我一點淺薄的見解來談談他這篇小說。

「兒子的大玩偶」的標題的本身，就含有濃厚的嘲弄和滑稽的意味。作者透過一個在小鎮上從事廣告宣傳爲職業的 Sandwichman 的一天中的生活方式，嚴格說來，應該是他的生存方式，因爲他本身並不願意從事那項職業，只是因爲生存的壓力和保留住妻子肚子裏的那塊肉而不打掉，不得不去從事這種丟人現眼的工作，把自已裝扮成「人不像人，鬼不像鬼」的模樣，在小鎮上的大街小巷裏繞圈子，引起別人的注意。爲了要引起別人的注意，他不得不裝扮成異於常人的扮像，但異於常人是他所不願爲的，然而爲了妻子肚子裏的那個未出世的孩子、爲了要活下去，他又不得不爲之，這就是人的矛盾。

這篇小說最大的衝突，是坤樹爲了生存不得不作爲兩面人的生活方式。一方面他極力要喚回自我意識，另一方面又不得不放棄眞實的自我，扮演着非我的角色。杜斯妥亦夫斯基認爲「人必具有兩種互相衝突的衝動或者互相衝突的傾向」。譬如一個人想死，但同時他也極力想活下去，這種自相矛盾的心境，常常是小說家們所喜歡援用的方法。我不知道黃春明在創造坤樹這個角色，是否有意圖援用一些心理學上的方法，但至少坤樹的一些心靈動作是極近似現代心理學上的所謂意識流的活動。

想，是坤樹唯一能打發時間的辦法，不然，從天亮到夜晚，小鎮裏的所有大街小巷，那得走上幾十趟，每天同樣的繞圈子，如此的時間，眞是漫長得怕人。寂寞與孤獨自然而然地叫他去做腦子裏的活動；對於未來他很少去想像，縱使有的話，也是幾天以後的現實問題，除此之外，大半都是過去的回憶，以及以現在的想法去批判。

依據心理學上的解釋，人類的精神動向具有意識的與無意識的兩種：意識的是人類精神的覺醒狀態，是整個心靈的表層，一如一座氷山的層面；而無意識是指人類在入睡、或失神、或發狂的狀態時，在知覺的水平下面的狀態。現代作家援用無意識心理世界之種種流變，甚至有的爲了抓住那瞬息萬變的情境，而運用了所謂快速的自動語言之表現，以及無聲的獨白和象徵性的情境。

「老闆，你的電影院是新開的，不妨試試看。試一個月如果沒有效，不用給錢算了。海報的廣告總不會比我把上演的消息帶到每一個人的面前好吧？」

「那麼你說的服裝呢？」

（與其說我的話打動了他，倒不如說是我那副可憐相令人同情吧。）

「只要你答應，別的都包在我身上。」

（爲這件活兒他媽的！我把生平最興奮的情緒都付給了它。）

「你總算找到工作了。」

（他媽的，阿朱還爲這活兒喜極而泣呢。）

「阿朱，小孩子不要打掉了。」

（爲這事情哭泣倒是很應該的。阿朱不能不算是一個很堅強的女人吧。我第一次看到她那麼軟弱而嚎啕的大哭起來。我知道她太高興了。）

運用無聲的獨白是現代小說和現代戲劇中的一大特色，黃春明用括弧將他內在的心意呈現出來，這就是無聲的獨白。而這種無聲的獨白往往與眞實的情境相反，或者與外現的行爲相反，譬如坤樹內心並不願意穿那件消防衣改的服裝，但外現的表情又不得不裝作極願意穿它。那種不願意穿的內在心境只能靠無聲的獨白呈現出來。在海明威、維珍妮亞·吳爾芙、喬義斯的小說中，喜歡運用斜體字法表現主角的內心獨白，而黃春明却以括弧去呈現主角的內在心境，雖然兩者方法不同，但目的和效果是相同的。

在這篇小說中，黃春明多少是師承了喬義斯寫作「優利西斯」的方法。所不同的是，喬義斯以七百餘頁的篇幅寫布魯姆和他的妻子瑪倫在都柏林的一天的故事，時間是在一九〇四年六月十六日，從上午八時起至午夜二時。而黃春明却以短短三十面的篇幅寫坤樹和他妻子在一個小鎭上的一天的故事，時間沒有明確標出，但從「一團大火球在頭頂上滾動著緊隨每一個人，逼得叫人不住發汗」來看，無疑的是在炎夏時節。

「優利西斯」寫布魯姆一天中所想、所感、所作的種種事；而黃春明的「兒子的大玩偶」，也是寫坤樹一天中所想、所感、所作的種種事件。喬義斯寫車站、戲院、妓院；黃春明的故事背景也是發生在這些地方。喬義斯寫性的衝動，黃春明也寫：「要的，要是我有了錢我一定要。我要找仙樂那一家剛才依在門旁發呆的那一個。」「走過這條花街，倒一時令他忘了許多勞累。」

性的衝動，是人的本能。坤樹、布魯姆走進妓院，看見女人的大腿。都免不了會有這種原始的衝動。但兩者都遭到外在壓力的抑制，布魯姆是因爲在醉眼中看見了他母親的鬼魂，而壓制了性慾的衝動；坤樹是因爲想到自己沒有錢，而壓制了性慾的衝動。前者是因爲倫理道德的觀念；後者是因爲現實的條件。奧國精神分析學家佛洛伊德曾經說過：「社會要大家有修養，遂對於性的問題撩而不張。」我想喬義斯和黃春明都是點到爲止，都沒有刻意誇大性行爲，這是藝術應有的嚴肅尺度，也是文學邁進純美的境界。

前面我已經約略提到過，在這篇小說中所展示的兩面人的窘境，也就是所謂雙重人格的痛苦與矛盾的折騰，使人陷於永無止境的自我與非我的衝突。坤樹在他兒子的面前，想極力找回自我，當他取下面具現出眞正的他時，他的兒子阿龍竟拒絕了他。

「傻孩子，爸爸抱有什麼不好？你不喜歡爸爸了嗎？乖乖，不哭不哭。」

阿龍不但哭得大聲，還掙扎着將身子往後倒翻過去，像早上坤樹打扮好要出門之前，在阿朱的懷抱中想掙脫到坤樹這邊來的情形一樣。

「不乖不乖，爸爸抱還哭什麼。你不喜歡爸爸了？傻孩子，是爸爸啊！是爸爸啊！」坤樹一再提醒阿龍似的：「是爸爸啊，爸爸抱阿龍。」

阿龍對他父親的否定，是對面具後面眞正的坤樹的否定，這對坤樹來說是很悲哀的，他極力想找回眞正的自己，却又失落了自己。作者在這個面具之前和面具背後所隱藏的雙重人格，揭示了人生的一個嚴肅問題，那就是人的處境問題。我相信每一個人都是生活在兩個面貌之中，換句話說，每一個人都必須有一副面具。誠如姚一葦先生說的：「當一個人生下來，他就必須開始接觸社會，於是他就無意的，或是有意的被帶上面具。這些面具，有的是自己帶上去的，也有的是別人給戴上去的。不妨請大家冷靜地來觀察一下，不管是你，不管是我，那一個人沒有戴上面具？事實上人人都被戴上了各種面具，包括你和我在內。」坤樹帶上的面具是被誇張了的，是被戲劇化的面具，和一般人帶的面具不同。一般人帶的是無形的，是抽象的；而坤樹帶的是有形的，是具象的。於是，他招來了世俗的非議與嘲弄，這是坤樹內心的眞正悲哀。他爲了生活，爲了未來生命的延續（阿龍），才使他不得不帶上這副與衆不同的面具，穿梭在人羣裏，讓人們奚落，讓人們卑視，讓人們譏諷、嘲笑。他所以能如此屈辱自己，原因是他看見了未來的希望——他唯一的兒子阿龍。

在這裏我們亦同時可以看到黃春明在運用象徵性的情境時的努力。面具、臉譜，以及卡夫卡的「變形人」、艾里遜的「隱形人」，都是以隱喻的方式展示出象徵的意義與內蘊。從坤樹的面具，和隱藏在面具後面的眞正坤樹，我們也許很快的就會聯想到卡夫卡筆下的那個推銷員和艾里遜筆下的那個沒有名字的黑人，都是試圖拋開人的地位，而去追尋人的價値。坤樹沒有姓氏，和艾里遜筆下的那個黑人沒有名字，都有相同的否定名字對於一個人可能的意義與價値，他們也許認爲人除了他本身的意義與價值以外，名字是毫無意義的。所以，卡夫卡亦常常用一個字母代表小說中的主角名字，如「城堡」中的K。

「兩個油漆匠」是寫兩個由東部到城市裏來闖天下的年輕人的眞實故事。猴子和阿力兩個鄉下孩子，滿懷着城市的繁華夢，遠自東部來到一個高樓大厦林立的都市裏，小說中的東部可能指的是臺東、花蓮等地，而那個高樓大厦林立的都市無疑是指臺北市。不過，作者都沒有指明地點，這可能是有意將小說中的時空觀念打破，企圖成爲一種普遍性。

兩個懷着城市繁華夢的孩子，到了城市裏進了一家廣告公司，整天都是牆壁、煙囱、油漆爲伍，過去只在五六層樓的牆上畫廣告，和爬上一些規模較大的工廠的大烟囱，寫幾個工廠的名字等等。而今，却要在一層高達二十四層的大樓的牆壁上畫廣告。所以，無論對廣告公司本身或猴子、阿力來說，都是一件龐大的工程。整個故事圍繞着這一爿牆在轉，從站在高樓上的猴子和阿力，與地下成千成萬的圍觀者、記者、警察……構成一個大的誤會。下面的人懷疑上面的猴子與阿力會跳樓自殺，而猴子與阿力却一再的想解釋淸楚自己並非要自殺，只是想到頂樓歇歇，是懷着一種好奇的心上去。誤會是造成「兩個油漆匠」最大慘劇的成因，其實，人與人之間多少悲劇都是因誤會而產生的。

如果警察不用擴音器叫喊，記者不用鎂光燈照得四周通明，也許猴子不會倒栽下去送掉那條命。我們眞不知該說猴子是死於誤會，還是被社會所扼殺致死。但無論如何，猴子的死，這個社會要負全責。黃春明的寫作動機可能是緣自於臺北市曾經發生過的跳樓事件，而極力想透過小說來喚起社會的重視，譬如對高樓的安全設施，對鄉下來城市謀職者的輔導與照顧等等。不要使每一個鄉下來的謀職者到了城市，都像上了賊船，只能上不能下。

「看嘛！這一班從我們東部來的火車，一定載了不少像我們這樣的人來祈山。一下火車，提着包包。張着大嘴，茫茫然的東張西望。差不多都像這樣。」猴子也覺得好笑。

「下火車搭賊船。」

「什麼賊船？」

「只能上，不能下啊！隨便地開到那裏。」

城市眞的是一條賊船嗎？我相信凡是生活在都市裏的人，或者曾經生活在都市裏的過客，都會否認這種比喻。但都市的確是比較複雜，人際關係要比鄉村繁複幾千倍，一個人要想在繁複的城市裏立足的確並非易事，他必須付出極大的代價，一個農人、工人對某件事情的完成，只要付出相當的勞力也就够了；而一個都市的人，對其所賴於生存的職業，往往不僅要付出勞力，而且要付出智慧。甚至同一件事，有人只要付出勞力，而有人就得同時付出勞力和智慧。黃春明在「跟着脚夫」中說：「我太憎恨笨人的過分自信所造成的人與人之間的誤會，而這種誤會却隨時隨地都在發生。儘管是善良的一面，可是其愚蠢的程度和其造成的後果是難予原諒的。」我想「兩個油漆匠」中的警察、記者、羣衆，甚至猴子和阿力都是過分自信所造成的人與人之間的誤會。

當然，黃春明多少也是在意圖透過小說來改革一些社會制度，如對勞工的保險，以及工人的生命安全的保障等等。

黃春明的小說人物，大都是取材於他所熟悉的小鎮人物，甚至有絕大多數是他生於斯、長於斯的羅東鎮上的小人物。而這篇「鑼」和前面介紹的「兒子的大玩偶」中的人物，都是那個小鎮上的。從故事的取材和人物特性的刻劃，這兩篇小說都有相似之處。「兒子的大玩偶」中的坤樹和「鑼」中的憨欽仔，都以替人傳達訊息爲職業的人，坤樹傳達電影院、醫藥廣告；憨欽仔傳達的是失物主的訊息、政府的政令、催繳稅捐等等。以其兩者的職業本質來說是相類似的，所不同的是坤樹在職業進行中逐漸喪失了自己；而憨欽仔是在失去了職業後的處境中，極力想追尋回失去的自己。前者是厭倦自己現有的職業，極力想變換自己的職業，而後者是貪戀自己過去的職業，極力想恢復過去的職業，但兩者都同歸於失敗，一種追求的失落。

「鑼」寫一個半生以打鑼爲生的人，突然被現代工業的三輪車擴音器搶奪了他的差事，他心裏雖然憤憤不平，指責那種裝有擴音器的三輪車的出現，「有失小鎮的體統」，但亦無可奈何，在饑餓的驅迫下，不得不淪爲小偷、騙徒、羅漢脚，雖然如此，憨欽仔仍然想護住自己的尊嚴不被完全剝光。因爲，在那個小鎮上，「『憨欽仔』三個字，不管識不識字，男女老幼沒有一個人不識他。」他自信在那個小鎮上，連鎮長的名字都沒有他響亮。想當年「還用得着鑼的時日，三日一小事，五日一大事……那一陣子，憨欽仔眞是名利雙收」，確確實實的風光過一段日子。如今，打鑼的差事被裝有擴大器的三輪車搶走了，經濟沒有了來源，生活也就跟着發生了困難，「酒可以不喝，飯總不能不吃啊！」

在不能不吃飯的壓力下，憨欽仔淪爲小偷、騙徒、羅漢脚，但他又要維護自己的自尊心。於是，當他正要下手偷人家的蕃薯時被主人發現了，而他却「把褲子一拉，就從容不迫地蹲在那裏不動。」等主人趕到時，他反而先破口大罵：「怎麼？你想跑過來吃屎嗎？」他以假裝拉屎來維護自己的尊嚴。譬如人家說他爲什麼不打鑼了，是不是給那喇叭車搶了你的飯碗？憨欽仔說：「那種不倫不類的東西算什麼？碰巧我憨欽仔不想打鑼，他揀去幹罷了。幹伊娘！好多人都以爲我憨欽仔這個老鳥精的飯碗，竟砸在少年家的手裏。」其實，「你沒打你不知道，有時一天打下來喉嚨都失聲，腿酸好幾天。這還不大緊，還有拿不到錢的哪！你說可惡不可惡？」

憨欽仔所以要種種謊言來維持他的自尊，無疑的，是要在那個小鎭上成爲一個可以讓人信賴的重要人物。所以，當他眞正要參加羅漢脚的陣容時，還一再說：「我是暫時性的……到時候我走了，大家不要罵我無情就好。」

憨欽仔爲取得別人的信賴與尊敬，他幾乎要抓住每一個可能表現自己的機會。譬如他爲了贏得茄多樹下的那一羣羅漢脚們的信賴與尊敬，他不但把他騙來的黃穀子香煙拿出來請客，而且有了「急難」時，也會挺身而出抓住「立功」的機會。「人家說棺材店如果沒有生意，只要用掃把頭敲打棺材三下，隔日就有人去買棺材。」當那羣羅漢脚們正在你推我讓的情況下，憨欽仔說：

「我去！」他以英雄式的姿態去完成了敲打棺材頭的任務。他的「冒險」終於獲得茄多樹下的一羣羅漢脚們的友情與讚賞，也因此而在茄多樹下獲得一席之地。可是，憨欽仔壓根兒就討厭他們，他看不起那種行業，他說：「我不比你們。」表示他永遠不能與他們爲伍，所以，當楊秀才出殯時，憨欽仔在彩旗班裏，在門口等待出殯時，仍然不願挨近他們，怕被人誤會他也是茄多樹下的一羣羅漢脚。憨欽仔只有懷戀着他過去打鑼的日子。有一天，區公所突然派人來找他去打鑼催稅，這對憨欽仔來說是一大轉運，他突然抖了起來，「鑼亮起來了，那失落的日子，悄悄地回到他身邊，那麼稔熟，那麼叫他精神煥發起來。」不過，黃春明並沒有交代爲什麼區公所的人要重新找他回去打鑼催稅，而不再叫裝有擴音器的三輪車的年輕人去叫喊催稅。我不知道黃春明是否刻意要對憨欽仔給予同情！一種人性的同情與憐憫，抑或是刻意要表現出憨欽仔對他那個社會的「偉大」貢獻。然而，當憨欽仔剛剛匍匐到希望的階梯前，正欲伸手去攀搭天梯時，區公所的人却狠狠地將天梯推倒，讓憨欽仔墮入到更深更狹的深淵裏。這時，憨欽仔才徹徹底底的失敗了。「沒走幾步，憨欽仔突然停下來，教人意外的提起鑼，掄起鑼鎚，連連重重地敲了三下，一時失去斟酌，第三響的鑼沈悶的噎了一聲，一塊三角形的銅片，跟着掉落在地上。」鑼碎了，憨欽仔的希望也碎了，就像敲落的那片銅片沈悶地掉落在地上。雖然，憨欽仔一再想以「我憨欽仔，我憨欽仔」來喚回自我的存在，但那畢竟是一個空無的存在，過去的美夢已成空，一切的希望都隨着那一塊銅片掉落了。

「男人與小刀」雖然是黃春明的早期作品，但作品的純熟技巧並不遜於他的後期作品，尤其主題的寓意，表現技巧的圓熟精鍊，和象徵性的運用，都有其獨特之處。同時，這篇小說的寓意，也多少帶有黃春明早期的思想形態，他憤世、嫉俗、冀圖世上的一切都能依照着自己的意願存在，「否則就寧願被破壞，被搗毀；甚至當自己沒有法子順遂地活下去時，也不得不予以毀滅。」（見雲鶴「被命運撥弄的一羣」）黃春明企圖用那把象徵着自己意願的小刀，去解剖自己所生存的社會，無論是事、是物，甚至人的本身，他都想剖開來探個究竟。

刀子在他的手中，一向保持得很快利。他的眼睛也像這把刀子的刀口，注視某一件事情，或是人是物就想支解。

陽育坐在墊子上面，這時候他才超然的看到自己。看到自己不滿一切的現實，用自己的眼睛和刀子去解剖、去審判、去處刑。他發覺自己和刀子的另一個王國。

刀子不僅成爲他剖解社會眞象的工具，同時也是他發洩憤懣的方法，「每當他憤怒，憤恨不平的時候，他就動刀子。」甚至他企圖將整個世界都能在鋒利的刀口下，「把它切，把它削，把它撕毀或是破壞。」像削一支粉筆或木塊一樣。可是，當他的刀口都削凹進去了，他仍然找不到自己，仍然解不開那整個社會的謎。黃春明在這裏告訴了讀者，一個人生存在世界上，實在不應該瞭解得太多，愈瞭解得多，自己就愈痛苦，愈看清了自己，就會愈感到自己的空無。他說：「看清楚自己就是人類最悲慘的悲劇。」

小說中的陽育，最後終於用那把刀子結束了自己的生命，但他仍然沒有找到生命的源頭，更沒有發現生命的意義和價值，我想這才是他眞正的悲哀。也許就如印象主義者喬義思倡言的：「生命從不敍述，只在我們的腦海中留下印象。」

青番公的故事敍述一個農莊的遞嬗，歷經五代的盛衰。青番公算是「中間的一代」，他看見上一代的沒落，被洪水毀滅了全家的悲劇，但也看到了下一代的希望。

老人輕輕把小孩子的脚擺直，同時輕輕地握着小巧的小脚鴨子，再慢慢地摸上來，直摸到小鷄子的地方，不由得發出會心的微笑；此刻，內心的那種喜悅是經過多麼長遠的醞造啊！那個時候，每年的雨季和濁水溪的洪水搶現在歪仔歪這地方的田園時，萬萬沒想到今天會有一個這麼聰明可愛的孫子睡在身邊，而他竟是男的。

在我國根深蒂固的傳統觀念中，男孩是唯一的根，唯一的承繼。所以，無論你貧富，必須有男孩去繼承那根煙火。青番是歪仔歪被山洪刧後的根，而阿明是歪仔歪未來的根。青番有一天告訴他那唯一的七歲孫子阿明說：「只要你肯當農夫，這一片，從堤岸到圳頭都是你的。」這裏作者很明顯的告訴我們，土地是唯一可以紮根的倚恃，沒有土地就沒有紮根的地方。「他們不要田，我們必須要田」，這是青番的基本觀念，也是他唯一的執着。所以，他才能把那滿積着沙石的荒地裏拓開成肥沃的田園。如今，那塊廣大的土地不僅變成肥沃的田園，而且在政府的大力建設農村、輔導生產的政策下，青番已擁有機械化作業的耕耘機。那常年受洪水侵襲的蘭陽平原，已大大的改善了，防洪堤的興建，長達三千多尺長的蘭陽大橋的建築，都直接間接的影響到那個農村的繁榮。而今，最重要的，是阿明，青番的唯一的孫子，能繼承他千辛萬苦從洪水冲毀的荒地中建立起來的基業。

「蘋果的滋味」是寫一個鄉下人帶着全家大小到城市裏來做工，不幸被一部外國轎車撞斷了雙腿。外國人給了他極優厚的賠償，包括照顧他全家的生活和啞女送去美國讀書等等。

被窮苦折騰了半生的江阿發，也許一直就希望有一次轉運，能使全家人的生活改善，而這次車禍，雖然使他斷送了兩腿，但畢竟換得了全家人的生活保障，這種犧牲對江阿發來說，也許是認爲很值得的。阿發躺在白色的病床上，「有一種很奇怪的感覺，一種無憂無慮，心裏一絲牽掛都沒有的感覺。」他心想，如果太太再說：「你說來北部碰運氣，現在你碰個什麼鬼？」他就可以頂上一句：「現在這不叫做運氣？叫什麼？」正如來探訪他的工頭說的：「阿發你這一輩子躺着吃躺着拉就行了。我們兄弟還是老樣，還得做牛做馬啦。」

窮人始終只有一個願望，就是能飛來鴻福，發一大筆財，然後安享天年。然而，像江阿發這種飛來鴻「福」，未免太慘了。雖然也讓他全家嚐到從未嚐過的蘋果，但「總覺得沒有想像那麼甜美，酸酸澀澀，嚼起來泡泡的有點假假的感覺。」這就是江阿發夫婦的心境，有了錢，有了生活的安全感，但並沒有想像中那樣美好，以爲有了錢一切都可以解決。

這篇小說和前面介紹的「青番公的故事」，都暗示出中國人的恕人之道的優良德性。青番全家人毀於洪水，是因爲秋禾將雄蘆啼（相傳這種鳥每當洪水來臨之前，會出來報訊）拖回家去把它殺了烤來吃掉，有人提議要把秋禾交給青番和阿菊去處置，青番不但沒有報復他，反而放了他，這是中國人的恕道精神。「蘋果的滋味」中的江阿發被外國人的轎車撞斷了雙腿，成爲終身殘廢，但江阿發自始至終都沒有表示過憤恨和仇視的心理，反而很感激那個肇事的格雷上校，對他全家人的生活的照應，和送他的啞吧女兒到美國去讀書。

當警察告訴他：「這次你運氣好，被美國車撞到，要是給別的撞到了，現在你恐怕躺在路旁，用草蓆蓋着哪！」江阿發連忙感激涕零的說：「謝謝！對不起，對不起……。」語意間好像是他撞上了別人的汽車，而不是汽車撞上他，這種恕人之道，是中國人的一種優美的品德，這也是中國人特別厚道的地方。

「看海的日子」、「莎喲娜啦·再見」和中篇小說「小寡婦」，都是取材於風塵場中。「看海的日子」寫妓女白梅「從十四歲就在中壢的窰子裏，墊着小凳子站在門內叫阿兵哥的日子」起，到她和一個討海人懷了孕止，在這足足十四年的漫長歲月裏，她承受了非人的悲慘生活，那種幾近於獸性的蹂躪，促使她極力想找尋到生存的意義，一種屬於人性的光輝。於是，活下去的信念，時刻都在縈繞着她，使她產生了無比的信心。在那樣卑微的生活中，有一股希望的力量使她堅強起來，她不僅要自己活下去，而且要自己的生命能長遠地延續下去。所以，她渴望着能有一個屬於自己的孩子，一個眞正是自己骨肉的孩子。

「那男人是誰？」

「那不重要。我是借着他給我孩子，我需要自己有一個孩子。」

白梅不僅要借着孩子來延續她的生命，同時也是想藉孩子來切斷她過去的生活。她已經二十八歲了，二十八歲對一個女人來說，畢竟不是擁有太多選擇權的年齡，何況她又是在風塵中掙扎過十四年的女人，也許緊跟而來的可能就是所謂敗柳殘花的命運。在火車上遇見她昔日的姊妹鶯鶯抱着她三個月大的嬰兒魯延，以及鶯鶯的夫婿，這是促使她決意拋棄娼妓生活的衝激力。再加上那嬰兒的笑聲，更使她燃起需要歸宿，需要孩子的意念。然而，需要有孩子，自然需要有一個男人，甚至需要結婚。但白梅知道自己是一個歷經滄桑的女人，從養女到妓女，這一段創痕斑斑的日子，永遠也無法抹去，她不敢奢望有一個正常的婚姻生活，也不敢奢望有一個能眞正愛她的男人，但她需要一個孩子，當那個年輕的討海人阿榕進入娼寮時，他那健壯的肌肉和那有力的胳臂，對她是最大的誘惑，她立刻「注意到他那整齊潔白的牙齒，注意到他那清爽的目光。她看到他裏面的一片善良的心地。她告訴自己說就是要和這個人生一個小孩。」

這一個決定，對白梅的生命是一個最大的轉捩點，她不但要切斷她過去的暗淡的妓女生活，而且要對未來埋下希望的種籽，她「希望有那麼一天，她看到她的希望長了出來。」

白梅淚汪汪地抱着滿懷歡喜走下山坡，走向漁港的公路局巴士站，頭也不回，一秒都不停地向前走着，雖然她曾一直都在海邊，但是今天才頭一次眞正聽到海的聲音一陣一陣像在沖刷她的心靈，不久，來了一班車就把白梅的過去，抛在飛揚着灰塵的車後了。

當天，白梅就回到了仍舊叫她乳名梅子的住家，回到家一切都充滿着喜悅，沒有人卑視她過去的職業，也沒有人會因爲她過去曾當過妓女而瞧不起，大家都熱烈地歡迎她，像歡迎凱旋歸來的英雄，有的幫她提皮箱，有的替她提行李，連她家的狗也經她母親的「梅子也是咱們自己人」而顯得親切起來。這是作者賦予白梅的無限同情與憐憫，也是他給予的偉大的人性的愛。同樣的，白梅也付出了偉大的同情與愛給她的鄉梓、兄弟。她回到家，第一件事，就是決定拿出錢來替大哥鋸掉那足以危害到他生命的爛腿，緊跟着那個村莊也因爲她的回來而帶來了幸運，公地的放領，使他們擁有了自己的土地。「看哪！從那崙頭到這邊谷底都是我們的哪！梅子，現在你踏的就是我們的地，你總想不到吧。直到底下都是。」

土地是讓人能紮根的保證，梅子的家人有了那塊眞正屬於自己的土地，無疑的給了梅子最大的保證，這裏的土地和海都是象徵着生活的保障，象徵着幸福。梅子不僅有了這些生活的保障，同時也擁有了希望，擁有了村人的關懷與愛。

「這個女孩子很乖，應該保祐她生一個男的。」

「是的，那是我長眼睛僅見的一個好女孩子。」

「該賞她一個男的才公道。」

梅子終於生了一個男孩，這時，梅子才眞正感覺到她的過去的一切都已經過去了。她滿懷着家人與鄰居的關切與愛，她沐浴在從未有過的幸福與歡樂中。當她抱着孩子搭車的時候，坐在前面的人都站起來讓位給她坐，她覺得這樣受人尊敬，受人關愛，都是她的孩子所帶來的。

我國自唐宋以降，以娼妓爲題材的小說、詩歌都非常可觀，甚至有人刻薄地批評唐代文學爲娼妓文學，除「李娃傳」是以喜劇收場外，其他如「霍小玉傳」、「楊娼傳」都是悲劇結局。到了元代的雜劇，這些文士與娼妓的戀愛故事，却有很完滿的結局。這種大團圓的喜劇愛情，一直影響到明清時代的才子佳人小說。這類浪漫小說，不僅揭示了我國傳統社會中的諸多問題，而且也暗示了許多社會問題的癥結，如門第觀念、一夫一妻制，都是產生愛情悲劇的成因。

黃春明在「看海的日子」和「莎喲娜啦、再見」，雖然都是以娼妓和嫖客作素材，但他所揭示的是人性的尊嚴，而且在「看海的日子」裏給了娼妓一個無窮的希望，這是一個小說家給予人類的偉大同情與憐憫。歷來中外小說家都有不少取材於青樓艷妓的故事，且有着各種不同角度的表現，無論是褒、是貶，都有極深刻的批判。然而，却很少有像黃春明那樣給予偉大的同情與憐憫，給予無限的生命的希望。

也許黃春明過份着力於社會現實層面的眞象之剖析，而削弱了作品中的悲劇張力（Tragic intensity），使作品流於感情主義，缺乏理性的批判。不過，他並不以說明或敍述一個社會現象爲滿足，而是以表現且給予相當的批判爲歸趨。我曾經讀過小仲馬的「茶花女」和史提芬・柯瑞茵的「瑪姬——一個阻街女郎」(Maggic, A Girl of the Street)。也許在故事的情節和結構上要比黃春明的「看海的日子」來得動人、嚴密。但小仲馬和柯瑞茵都沒有賦予風塵女人一個新生的希望。可以說都是失敗主義者，而黃春明却給予偉大的同情，給她新生的希望。柯瑞茵說：「我寫『瑪姬』的目的，是設法說明環境是世界上最重要的東西，它會不顧一切地改變人們的生活。」是的，環境是可以改變一個人的生活，但一個人也能改變環境。黃春明筆下的梅子就是以個人改變環境，她不僅改變了她自己的環境，而且還改變了別人的環境。一個因爛脚而陷於絕境的哥哥，却因她的鼓勵而勇敢地接受了現實，鋸掉了那條爛腿。不但鋸掉了那條腿，恢復了健康，而且給予他未來的生活信心。她說：「你的手藝不是很好嗎？你不是可以用竹子做椅子，做畚箕，做篩子，做很多很多東西？」黃春明給予弱者生活的信心，給予他生命的價值的重估，替他們找出生存的意義，重新肯定人性的尊嚴，這是他非常獨特的表現。他們同情小仲馬筆下的阿蒙和瑪格麗特，是基於對他們的深摯的情愛。但小仲馬並沒有賦予他們一個希望，雖然令我們看到了一個交際花的眞摯愛情，結局却是悲慘的。正如柯瑞茵賦予瑪姬的一樣，只是讓讀者同情她悲慘的遭遇，却沒有讓瑪姬的犧牲換取一份希望。

「莎喲娜啦、再見」發表的時候，正是中日斷交不久。黃春明可能是基於這個民族的大義，表現出一個國民對自己的國家與民族的熱愛和尊嚴。所以，在這篇小說所表現的除了他諸多短篇中所展示的人性尊嚴外，最重要的是探討民族自尊。故事發生在一個公司的職員，有一天突然接到總經理的長途電話，要他接待七個日本人到他的故鄉礁溪去洗溫泉，去嫖我們的女同胞。當他接到這個電話時，他曾極力想推掉，因爲他覺得這種幹拉皮條的事是一種恥辱，但總經理告訴他：「這也是公事，是急件的。」於是，他立刻面臨到職業與自尊的嚴重挑戰，如果要保留這份職業，就不能不聽從總經理的命令去陪日本人，否則就放棄那份工作，但想到幾次沒有錢付房租，孩子生病時要典當東西去看醫生，這種種的現實問題，又迫使他不能不幹。

作者一開始就把主角（第一人稱）推入心理的矛盾衝突，讓生存的壓力與人性的尊嚴展開衝突，緊跟着是民族自信心與現實的環境引起強烈的衝突。他既要維護個人的尊嚴又不能不向現實低頭。於是，在內心激起一股強烈的人性衝突。

嚴格說來，任何文學作品都必須具有它的時空關係和歷史背景。換句話說，任何文學作品都必須植根於斯土斯民，以及由斯土斯民所發展出來的歷史和文化。一個國民能夠認識自己的國家，自己的民族，自己的傳統文化，文化藝術的創造與流傳是具有最大的影響力。一個民族之盛衰固然是每一個國民之責任，但作家們所肩負的責任却遠比一般國民要沈重得千百倍。一部偉大的文學作品，不僅在他同年代裏會引起作用，同時將影響到未來的無數個世代。我們此時讀二千年前的「詩經」、「楚辭」，那種愛國懷君的忠誠、節義，依然會強烈地震撼着我們，幾乎成爲我國後世子孫視爲民族思想和個人志節的文章典範。我們讀十九世紀的美國文學，依然會令人感到他們那種強烈的爭取國家獨立自由的民族意識和濃重的鄉土觀念與地方色彩。

黃春明透過小說表現其愛國家、愛民族、愛鄉土的情操。他刻意安排一羣日本商人到礁溪去嫖妓，這是一個極平常的社會現象。但經過黃春明的小說設計，便有力地激起了讀者的愛國家、愛民族、愛鄉邦、愛同胞的偉大情操。尤其是在回程的車廂裏安排那羣日本商人和一羣我國大學生的一場戲謔性的對白，更是一大嘲諷，他不但教訓了那一羣日本商人，而且也間接地教訓了那一羣唸中國文學系的大學生，要他們不要忘了八年抗戰的斑斑歷史傷痕。

黃春明的唯一中篇小說「小寡婦」，依然取材於娼妓的故事，所不同的是小說人物已由某種地方性的人物發展爲國際性人物，而且透過小說故事將一些商人的唯利是圖的心理，和美軍在越戰場上的苦悶，頹喪和對生命的失落感，都赤裸裸地呈現出來。

整個故事的人物和情節都非常簡單，應該是屬於單結構的小說。幾個經營酒吧業的商人，利用美軍在越戰場上的大批軍人來臺渡假，趁機以「小寡婦」的酒館爲餌，誘使美軍的好奇，使他們大批大批到酒館喝酒、嫖妓。這種行業在臺灣曾經風行過一段時日，如今，已煙消雲散。黃春明抓住這個社會現象，將一批唯利是圖的商人心態躍然於紙，同時暗示一個工商業社會的墮落和舊道德面臨崩潰的危機。黃春明在六十九年榮獲吳三連文藝獎接受記者訪問時說：「我是一個寫實主義者，我關心社會大多數人的問題，問題埋在心裏是痛苦的，我用小說把它表現出來。如此而已。」於是，一些社會上的小人物，便栩栩如生的在他筆下呈現出來。

無論他刻劃那一種人物，都具有悲天憫人的情懷。但從他諸多的短篇和這個中篇的取材態度看，似乎過份偏向於某階層的小人物，而缺乏對全社會，甚至全人類的觀察。他有一次寫信給我說：「我知道過去我相當偏執……但是我最近已經有了改變。」他所謂的偏執，是他過去對創作的偏執。他不但偏執於表現某階層的小人物的面貌，而且對自己的生活態度都有一種偏執。他醉心於自己的生活形態，至少在寫那些小說時，他是偏執於屬於自己的生活方式。後來有沒有改變，我是不得而知的。

就這個中篇小說的結構來看，不如他的短篇小說，不過最後安排比利從越戰場上退役，回到臺灣的「小寡婦」酒吧的一幕是非常精彩絕倫的。當比利看到往日的「小寡婦」酒吧，由一樓擴充到二樓時，想必生意愈來愈興隆了。菲菲告訴他「越戰越打，我們小寡婦也越來越多了。」這種雙關語意，不但點明了這篇小說的主題，而且也嘲諷了美國人在越戰場上的那種無奈與愚昧。戰爭是殘酷的，美國少年在那戰場上所表現的犧牲和奮戰不懈精神，到底給人類帶來了多少和平與幸福呢？

構成一個小說作家的先決條件，必須對自己所處的時代和環境具有高度的敏感性，對自己所經驗的一事一物都要有敏銳的洞察力。所謂觀察入微，正是小說家們所應有的睿智與理性。黃春明所以能掌握這許許多多的現實素材，而且能變爲其小說表現的題材，就是他能對自己周遭的萬事萬物觀察入微，可以說這是他在小說創作上最成功的因素。我國先哲孟子說：「無惻隱之心非人也；無羞惡之心非人也；無辭讓之心非人也；無是非之心非人也。」換句話說，人性是基於同情、愛憎、羞惡、榮辱、是非等情緒反應，而且這是人類的共同特質，每一個人都具有這種情緒反應，這種種不同的情緒反應也構成了各種不同的人格心理。而現代作家們都極力地探討，甚至捕捉現代人的不同的人格心理。有的着重於行爲模式（外表的行爲模式），有的着重於無意識心理世界之表現（內在的精神動向）。黃春明所呈現的正是他所關注、所熟悉的社會面貌，而非全貌，他透過他所經驗過的一些環境和人事物，展示出那一小撮「受屈辱的、卑微的、愚昧的、可憐的小人物」的人性尊嚴，並且特別強調人類生存的基本權利。

六十九年十一月二十日
刊於自立晚報副刊

王令嫻小說中的潛意識世界

王令嫻的小說有一個最大的特徵，是喜歡運用明快的節奏呈現出人心底裏的眞境。這種手法原是現代詩人用來表現詩的一種手法，是導源於近代精神分析學家佛洛伊德 (Sigmund Freud 1856-1939) 所公佈的治療精神病人的臨床實驗對人類潛意識世界之發現。後來美國新派批評家援用來作爲對現代文學作品的批評方法之一。

根據心理學上的解釋，人類的潛意識是指他在入睡或失神，或發狂的狀態時始存在的精神活動狀態，也就是說是在人類知覺的水平下面的狀態。與潛意識相對立的人類精神狀態，是意識的精神狀態。心理學家認爲意識是在人類精神覺醒的狀態，是整個心靈的表層世界，猶如一座冰山的層面。不過，歷來哲學家（自笛卡爾以後）對「意識」一詞的解釋，都有各不相同的見解，有的認爲意識就是人類的精神現象；有的認爲人格就是意識的動向；有的認爲人類的活動的表象的全體，就是意識；有的認爲意識就是情感，就是生活形貌。後來，佛洛伊德把意識和潛意識，都歸納在人格的三個系統中——愛德(id)自我(ego)、超自我(Superego)。他認爲愛德是潛意識的世界，自我是意識的世界，而超自我是客觀的社會，也就是我們肉眼所能見的現狀社會。而這三者彼此都有制衡的作用，一個心理完全健康的人，這三者是統一的，均衡的。它們彼此合作，使一個人能够圓滿地、有效地處理周遭的事物，其目的在於完遂人類的基本需要和慾望。然而，由於每個人所處的客觀環境的不同，無論是外在的或內在的所施予的刺激力都不可能完全相同。於是，很少人能經常保持平衡狀態。由於這種不均衡的狀態，而促使人類有不滿於自己和自己所處的環境的種種不均衡情緒發生。一個感覺力敏銳的作家，就是最能抓住這種不均衡、不統一的情緒之變化，而且能有效地透過文字作工具呈現出來。所以，有人說文學也是情緒的表現，只是加進了作者個人的主觀意識和客觀的理性。這話多少都有他必然的因素和立論的根據。

現在我想就人類的意識與潛意識的心理動向和精神狀態來剖析王令嫻的小說集「漩渦」。在這個集子裏一共收入了她近幾年的短篇創作五篇。除了作爲書題的「漩渦」以外，尚有「結」、「翅膀！翅膀」、「重逢」、「禍與福」等。

「漩渦」是寫一個在商場上受到挫敗的商人蘇明祥的種種心理變化，和他的精神狀態。這是一篇時空觀念非常含混的小說，似乎時空關係對作者來說是根本不重要的。從一個小鎮的圖書館裏開始拉開故事的序幕，無論是時間和空間都是現在的，但作者很快的就把鏡頭推向火車站，由火車站再快速地轉進十年前的洞房裏，由洞房再轉入現實的火車站，由車站再轉回現實的家，由家裏走向辦公室、殯儀館，以及遙遠的過去，這是沒有確切的時空的過去。作者只用了一個蒼老的、孱弱的，幾乎被遺忘的聲音，從遙遠的地方閃射過來說：「我們婉如呀，從小就是神經脆弱的女孩，只有交給你我才放心，你們一塊兒長大的，你一直就像哥哥般保護她，你是她心目中的王，能抵擋一切壞人的王！」

由這個遙遠的時空裏抽回到現實裏，而現實是最殘酷的，法院的傳票、破產、醫院、菜市場、生活的擔子，女兒的自尊，都像一簍簍的亂石向蘇明祥的心湖裏滾去，他的心也就一次又一次的被激濺起無數的浪花，昇起又幻滅，四十多歲的生命就這樣被折騰着，折騰到只有躲在小鎭圖書館裏讀免費供應的報紙，「從第一版看到最後尋人求職的廣告，幾乎一字不漏地看進眼裏……」

這篇小說，從表現技巧上來說，仍然援用她早年慣用的手法，運用明快的節奏，快速的意象之捕捉，將人心底裏的動向呈現出來。如果根據英國倫理學教授哈彌爾敦 (Sir William Hamiltion 1788-1856) 對意識的闡釋，認爲意識乃自我認識自我之活動的話，王令嫻的創作意識是經過人格管制的意識，是透過理性活動的創造意識，她不是純粹自我的表現，更非毫無秩序的 id 之流動。她寫蘇明祥企圖以一死百了的心理，同時又推出他的道德責任。因此，在他的自我衝突裏，道德的責任感終於戰勝了逃避的心理。我想這就是王令嫻的道德責任，人活着不純然是爲了自己，還有責任。蘇明祥決定在自殺之時，他猝然想到對妻女的責任，於是，他想到不能這樣結束自己，不能扔下她們不管。歷史的綿延不滅，人類的不絕，都是因爲一代相傳一代的責任使然。

在這篇小說裏我個人有一點淺見，就是作者最後處理蘇安琪的心理狀態時，可以從積極方面來鼓勵年輕一代敢於面對現實，譬如對蘇明祥的女兒蘇安琪，因爲家裏沒有錢買菜招待同學而說謊，這固然是一般年輕女孩的心理，喜歡炫耀自己的家庭富有，父母的榮譽，誠如我們喜歡炫耀祖先的榮譽和光輝的歷史一樣。但作者可以寫成她敢於面對現實的勇毅精神。貧窮不是恥辱，說謊才是恥辱，作家們有義務提出這種道德責任，希圖能改變社會的風氣。因此，我認爲蘇安琪從電話亭裏擦乾眼淚走出來是對的，她的想法也是對的，「我不是這世界上最不幸的人，我有爸、媽、同學……！」但是，「她低着頭，推門出來，不敢看人。」倒不如改成「她仰着頭，推門出來。陽光溫煦地照耀着她，她抬抬眼笑了……」這樣寫一方面顯示出年輕一代不爲金錢所奴役；另一方面亦可暗示出新一代生命給老一代的希望。否則，對蘇明祥在大理石桌面上琢刻的「誠誠懇懇地做人，實實在在地做事」是一大嘲諷。

「結」在聯合報副刊發表時，是以接力小說的形式推出的，這種接力小說有點近似巴爾札克寫「人間喜劇」，和左拉寫「洛根．馬加爾特」的形式，都是以一個總題，故事圍繞着一個主題或家族發展下去。而每一部又都能單獨自成一個單元。不過，聯副的接力小說是採取多角制的執筆，每個單元有每個單元的作者。因此，各個單元的風格、筆調、文字結構都大異其趣。

王令嫻的「結」是其中的一個單元，當然有其獨創的風格，有其個別的情節、結構，和主題。現在我就沿着這些來剖析這篇小說。故事是寫一對結婚十二年的夫婦，突然因男的在嘉義發生了一次小車禍，而揭開了一個隱藏了多年的大秘密，男的在嘉義原有了一個老婆和孩子。

「沈重建是個大騙子，哼，難怪經常出差，原來他南部還有一個太太，嘻嘻，我王竹君做了十二年的小老婆還不知道呢？」

這個做了人家十二年「小老婆」的王竹君，突然知道了丈夫的秘密，便妒恨交加，不但自斷了與沈重建的婚姻關係，而且還禁止自己的兒女與父親的來往，一直到他因腎臟結石死去，都沒有獲得她的諒解。由於沈重建的死，而使他的女兒沈倩如不能原諒她的母親。

「是你，是你害死爸爸的，你知道爸爸腎臟結石，你不准他回家：你知道南部那個太太是婆婆替他娶的，你不原諒他，媽，你好狠心！我恨你！恨你一百年，一萬年！啊爸爸，我怎麼辦？」

從意識心理學的觀點來看，沈倩如恨她母親和她母親恨她爸爸都有相同的意向，都是基於女性的妒嫉心理的直覺反應。她母親恨她爸爸，是因基於自己的丈夫的愛已被另一個女人所佔有；而沈倩如恨母親，是基於她哥哥偉如奪去了她母親的愛，「媽媽不愛我，媽媽愛哥哥，她總是抱着哥哥哭，對他講很多話，不對我講。因爲哥哥能保護媽媽，我不能，我什麼也不會，什麼也不懂，我是你的，只有你愛我。」

假如她母親愛她，她仍然會有這種情緒，這是人類的共同天性，一種對弱者同情的天性。所謂「惻隱之心，人皆有之。」沈倩如因爲同情父親被其母所棄，其父親無形中在她的感覺上是一個弱者。於是，由同情父親的情感轉變爲恨母親的情感。但基於社會道德的壓抑，認爲憎恨母親是不能爲道德所容，是不道德的行爲，乃又產生了自我壓抑的矛盾情緒。

由於其親身經驗了父親被母親所棄的悲慘結局，於是對自己的愛產生了懷疑，佛洛伊德認爲這是移情作用。沈倩如對她的戀人程洋說：「不是我不相信你，也許我比較神經質，患得患失的心太重，我怕突然地失去你，怕你突然地離開我，不要我，每次跟你約會，我總提心吊膽地怕你萬一出什麼事，我該怎麼辦！」她怕程洋萬一出什麼事，這種懼怕的心理，依照佛洛伊德的解釋，是人類的實有焦慮或者對象焦慮 (reality or objective anxiety) 的作祟，它的危機來源在於外在世界的脅迫。如對戰爭、車禍等等所引起的內心的焦慮，這種焦慮，往往是發生在已經知道了外在世界的危機所引起的結果，如遇見戰爭，必然有死亡的脅迫，如遇見車禍，必然有受傷或死亡的脅迫。沈倩如怕程洋出什麼事的焦慮，這個危機是源自於他父親在嘉義的車禍。作者對這個危機，在小說一開始就舖展出來，「不好了，車禍，他一定在穿過馬路時碰到了車！血不值一文地潑了一地。」

佛洛伊德的學說中，除了對象焦慮，尙有神經焦慮 (neurotic anxiety)、與道德焦慮 (moral anxiety)。神經焦慮，其危機的來源，是由於本能的對象選擇，如一個人怕在不自覺中犯下錯誤，而將來會傷及自身；道德焦慮，其危機的來源，是在於超自我系統的良心，如一個人怕做了違反了自我理想的標準，而受到良心的譴責。譬如小說中的沈倩如最後投入她母親的懷裏，祈求她母親的寬恕，就是產生於道德焦慮對她的威脅。「漩渦」中蘇安琪的焦慮，是屬於道德焦慮；而她母親的焦慮，是屬於實有的焦慮，是因爲突然失去了原有的汽車、洋房、股票、存款，這種種外在的實物，而同時下意識的害怕失去她唯一的女兒和丈夫。

「翅膀！翅膀！」是討論現代家庭問題的小說，年輕一代希望過小家庭生活；而老一代仍然希望能過歡聚一堂的大家庭生活，至少不希望自己的子女各立門戶，這是兩代之間的觀念問題，套句現代流行的術語，是兩代之間的「代溝」問題。

從歷史的事實來看，小家庭制度，並非始自今日。遠自秦漢時代已有小家庭制。我國民族學家芮逸夫說：「兄弟異居同財，諸弟共事父兄之家族，至少當可代表漢初或秦以前傳統的家制。」又說：「自魏晉南北朝至清，除少數士大夫之家，不但是兄弟異居，父子也多異產。世風所趨，顯然以小家庭制爲歸的。」事實非常明顯，近代的西方的文化思潮和工商業的急速發展，都直接或間接地影響到我國現代的家庭制度。

我國近數十年來的社會形態因受西方物質文明的影響和自己本身的經濟力的急速發展，再加上科技的演進，逐漸自農業社會的形態轉變爲半農業社會形態。因此，小至個人的生活方式，作息時間都有極大的調整。農業社會時代，人們生活方式非常質樸、單純，同時也很刻板而規律化，從日出而作到日沒而息，一家人可以同時在同一時間內到田裏耕作，也可以同時回家、吃飯、睡眠；而今天的工商業社會就大大的不同了，尤以都市方式，在此世界性通商的情況下，幾乎每個人的生活形態都有極大的差別。有人可能在清晨三時就得起床趕赴市場；有人必須在清晨三時才能回家休息。如果一個家庭裏同時擁有這兩種生活方式的成員，試想如何能取得同吃同睡的生活習慣呢？社會學家認爲一個家庭的和諧，必須作到禮記上「禮運篇」的「父慈、子孝、兄良、弟弟、夫義、婦聽、長惠、幼順。」這是我國歷來對一個健全的、和諧的家庭所定的標準。事實上，這些條件對現代家庭來說已不可能完全實行了。因而，造成了許多現代家庭的失調和解組，且這種現象已愈來愈嚴重。有人將這種現象歸咎於科技發展，物質文明的壟斷；有人却歸罪於女權的高張，或者人類知識的擴寬，我想這都不是絕對的。現代家庭生活的失調，眞正的原因，還是道德的式微，夫婦之間不能眞正相愛，人與人之間不能相互尊重，人性的尊嚴被經濟價值所貶抑。

王令嫻這篇「翅膀！翅膀」，就是意圖從我國逐漸式微的傳統道德中，找回「父慈、子孝、兄良、弟弟、夫義、婦聽、長惠、幼順」的德性，意圖重建和諧完美的家庭制度。作者特別指出，作爲現代家庭中的父母不要再存「養兒防老，積糧防饑」的心理，應該有「養你育你，只是負起做人的起碼職責而已。」也就是說，養兒育女只是人應盡的義務，是生命蕃衍中的一個過程，不必企圖有什麼報償。所以，她又說：「你不必以爲那是什麼恩典，你也不必負荷什麼。你有你完整的人格，完整的自我，你是你，你是絕對自然的。你若想飛，只要你生了一雙結實的翅膀，就可盡情地飛，天南地北任你翱翔。」這是新道德觀念的建立，但作者的心理仍然有點矛盾，有些迷惑，她不知道這是不是人生眞正的旅途，是不是現代家庭必然的趨勢。所以，當他看到窗外兩對小翅膀，「像星星似的遙遙地點綴在夜空，他惆悵地划動兩臂，做着想飛的動作，胸口突然噴出鮮血，高達數丈，似一座艷紅的噴泉，他聽到心碎的聲音，失去了知覺。」

「重逢」是一篇心理描寫非常細膩的小說。寫一個結婚已經十年，且擁有三個孩子的母親，却驟然爲了一次同學會而想起十年前曾經追求過她的同學。在她未赴宴之前，便刻意修飾自己。「她在鏡前左照右照，仔細檢查十年歲月的浸蝕，在臉上留下多少風霜？」她所以要如此裝飾自己，甚至不穿旗袍，而穿橘紅的洋裝，是爲了怕他見到自己已經老了。因爲在她心裏有一股慾念在衝撞着她，她希望能重拾舊夢，甚至甘心作他的情婦。

十年，還孤孤單單地一個人！難道爲了我不再結婚？假若今晚證實他仍然愛我，就決定做他的情婦吧……！做位情婦一定很羅曼蒂克。

在佛洛伊德的精神分析學中，特別闡釋白日夢的意義。他認爲白日夢（day-dreams）是很普遍存在的，它和幻想同一類型，無論健康的人或者有疾病的人都不免會有的。而白日夢與夢最大不同處，是白日夢不一定要在睡眠狀態中進行，白日夢純然是一個幻想，一種心理的現象。白日夢中的情景和事件，大都是爲了滿足白日夢者的野心或權慾，和愛慾等等。「青年的男子，多作野心的幻想；青年的女人則因其野心集中於戀愛的勝利，所以多作愛慾的幻想；但是愛慾的需要，也常隱伏在男子幻想的背後，他們所有一切偉大的事業和勝利，都僅欲以博取女人的讚美和愛慕。」

趙心誼的白日夢正是她青春期的愛慾的滿足，因爲她丈夫林賓所給她的並非是她所要的，她所要的是陳崇岳的溫馴，尊重女性的體貼。而林賓所給她的是專橫，跋扈。於是「當愛情的濃郁漸淡」時，林賓的缺點也就愈來愈難於忍受。因此，她幻想着陳崇岳會給她溫柔、體貼、尊重她的意見。在她的白日夢裏，陳崇岳的一切都比林賓好。

在筵席間，陳崇岳仍然保持着當年的拘謹、含蓄、薄薄的兩片嘴唇像被鎖着一樣。因而，趙心誼期望能在席散後，「跟他單獨在一起，他必定自在得多，膽大得多，必能滿足她對他的種種幻想，不，她不承認是幻想，說種種猜測的實現，更令她滿意。」可是，她失望了，當他們單獨在一起時，他仍然拘謹，仍然沉默，「他的眼垂着，看自己的脚走路，兩手插在褲袋裏，像隻夾着尾巴的狗。」其實，在這個時候，這個夜裏，整個的世界，整個的她都可以屬於他，他却不伸手拿。陳崇岳不是不想拿，而是怕受到良心的指責。趙心誼製造機會給他拿，是爲了滿足自己的愛慾，是爲實現自己的白日夢。我們來看看她的獨白：「暗自追思着多少個夢境裏和他單獨相處，偷食愛情果實的歡忻。醒來，却摟着林賓，那份教人心碎的惆悵，使她眼睜睜地送走月亮，迎來太陽。」陳崇岳不拿，一方面固然是因趙心誼已經是別人的妻子，而怕受道德的譴責。最原始心理還是因爲他更怕失去，所以他寧願壓抑自己不去取它。

「禍與福」是寫人生的一種巧合，一個中年婦人因爲長得像一個人，被一個陌生的男人錯認爲是他早年的情人。當她從百貨公司出來的時候，因爲急於想要趕回家去，在慌亂中被一輛摩托車撞傷。送進醫院，她得到特別的照顧，有冷氣的病房，特別護士，還有那天天從花店送來的清馨的鮮花，以及高級的水果等等。這些享受對一個家境並不富有的姚治華來說是很豪華的享受，何況她的傷勢並不嚴重，只是頭上擦破皮有點輕微的腦震盪而已。

姚治華在醫院所以能獲得如此的厚待，是因爲肇禍的摩托車騎士錯認她是他早年的情人。所以，他一方面是出於道德的責任，一方面也是潛意識心理的愛的重現。

> 我整整地尋找你十二年，終於我把你找到了。也許你不會相信一個曾經狠心拋棄你的男人，又到回頭死心塌地的尋找你。……我不必再向你說一大堆內心如何懺悔的廢話，我只覺得命運真會捉弄我。當你把自己完完全全奉獻給我後，滿以爲你的脚步已踏進你渴望得到的溫馨而甜美的家，怎料到那却是我厭惡而不屑一顧的「枷」，我毫無保留地粉碎了你的願望，只爲了多多享受單身漢的自由和風流，你礙着我，我便輕鬆地把你踢得遠遠的。

這是那個肇事的機車司機留給姚治華的信中的一段話中，我們可以看出那個男人純粹是因爲良心受到道德的焦慮，受到過失心理和道德責任的譴責。根據精神分析學說的解釋，人都會經常犯過失。如舌誤（Slip of the tongue）、筆誤（Slip of the pen）、讀誤（Misreading）等等，而且這些過失都是經常在我們日常生活中出現的。在佛洛伊德的「過失心理學」中認爲這是必然的現象，猶如人有遺忘的過失一樣。不過，遺忘亦有輕微的和嚴重的，輕微的遺忘是短暫的遺忘，而嚴重的是永遠都無法憶起的遺忘。佛氏解釋說：「譬如一個人記不起他所熟知而見面便可認識的名字；或者一個人忘記了實行一件要做的事，後來又記起來了，這都是暫時的遺忘。假如一個人放錯了物件以致後來永遠都找不着了，這就是永遠的遺忘。」另外有一種過失心理是始終知道某件事情的不眞，却又信以爲眞。我想那位王先生誤認姚治華爲何宣芬，就是基於這種過失心理，他信上說：「你改名換姓了，你定預料到我有一天會回來找你，才使出這個花招吧！」不管你是姚治華也好，何宣芬也好，反正我是認定你了。這是王先生的主觀意識，從一個相似的翹下巴認定她們是同一人。根據過失心理學的解釋，是知道不眞，却強迫自己以爲眞。否則，在他察看她的身份證的時候，他就應該發現是一種誤認。因爲，以我國現行的身份證記有年齡、籍貫、住址等等，記載甚詳，不可能完全相同，只是他在潛意識中不願承認那是錯失，因爲他怕再度失去她，他必須急於抓住這一刹那可能的眞實。

在這篇小說的第三章裏，王令嫻也運用了潛意識心理的手法。

> 不一會，感到有個龐大的影子遮住了我的光，不覺側過頭一看，哦！我來不及嚥下那聲驚訝，全身的肌肉發緊，汗毛都一根根像鋼絲般地豎了起來，一位陌生的男人，他左頰的肌肉因某種創傷而縮成一根筷子粗的褐色肉繩，像一條正在蠕動的蚯蚓——我最怕看軟兮兮的爬蟲類。

因爲他怕爬虫，而看了那個人臉上的疤痕像爬虫，心裏就產生恐懼感，正如一個怕蛇的人，看了草繩也就會產生恐懼心理，這種駭怕的情緒與佛洛伊德所喜歡用的焦慮相同，只是佛洛伊德更擴大了人類駭怕的範圍，他認爲人類不僅對外在某些事物的害怕，而同時還有內在的危機，也就是有一種內在的恐懼心理，是由於以往的經驗而滯留在他心裏的恐懼某物之再現。嘉爾文·赫爾 (Calvin S. Hall) 在「人格心理學」(Personality) 中闡釋佛洛伊德的心理分析學中的焦慮心理說：「一個人不敢握住一把尖刀，他駭怕，他以爲駭怕的原因是由於：這把尖刀本質上是危險的；其實呢，眞正使他駭怕的原因却可能是：當握住這把刀在手時，他可能侵略地傷害了別人。」

我引述這個例子來剖釋王令嫻的小說，雖然有點不太貼切，但多少可幫助讀者對現代小說的觀點，不必再沿襲於僅僅讀故事的方法去看小說，可以幫助讀者另闢途徑來發現小說中的豐繁意義。我始終覺得，我國當代的短篇小說，大都缺乏詩的表現和哲學的意境。如果小說家能從這方面着手開拓一條新的途徑，又何嘗不是一條可行之道。顧名思義，短篇小說的文字必然要比長篇小說爲少，在這少量的文字中而要想有較突出的表現，首先要考慮的是文字本身的多義性 (Plurisignation)，給人一種豐繁的，多層次的意義，也就是說，小說語言的本身能給人一種詩的聯想，含有豐繁的意義，如隱喻、暗示、明喻、象徵等等。在我國東漢時代有一首極膾炙人口的敍事詩「孔雀東南飛」，是一篇精粹，且具有豐繁意義的短篇小說，如果現代小說家能從這些精短的敍事詩中發掘一點寫作技巧，也許會遠比從西方的現代小說技巧中因襲其法來得有前途。

「捕虹的天梯」序

現代人對現代文學的認知，已逐漸自現代作家的不斷努力和創造中，獲得了普遍的適應性，甚至有絕大多數的人，已由同情轉爲贊賞現代文學在現代世界中的價值和地位，更甚的是他們已從內心裏激發出對現代作家的欽敬與仰慕。而現代作家能擁有這一點榮幸，並非來之偶然，確是歷經無數的戰爭的浩刼，和近世紀來的物質文明的衝擊，機械噪音的紛擾，甚至急速的車禍所帶來的人類生存的脅迫等等，所造成的現代作家對傳統藝術的地位。

就今天來說，現代文學是否仍算是嘗試，或者是實驗的階段，我相信大部份的現代作家，都不敢輕易地肯定這個答案。不過，有一點是無可否認的，那就是每一位現代作家都多多少少要受近代科學的影響，包括近代心理學上的發現和機械工業的進展。而且每一位現代作家都在力圖超越，都在努力揚棄舊有的法則（耳目所及的表象世界之浮雕），而着手創造屬於自己的嶄新的世界（隱匿在心底的靈境之展示）。因此，現代作家，尤其是現代詩人，在題材的選擇和表現上，都大異於前輩作家。同樣的風、花、秋月、夕暮、晨霞……但對現代詩人來說，它已經不是幾個華麗的形容詞所能表出其全部意義，而是要用較爲肯定的詞彙展出其內在生命的眞實。於是，現代作家大都揚棄了貌的描摹，而着重內在眞實的呈現。他們已將外在世界中的諸多事象吸入自己的心室，讓其雜亂紛陳，然後將自我意識揉進那個零碎的、未經設計的世界中，再予以展示。

現代作家並不以給出一個社會的面貌爲滿足，而是要展示宇宙的全貌。現代作家們爲了展出宇宙的奧秘，常常將自我融入那個未經整理的、紊亂的現實社會中，然後再築造自己，把自己化入整體的宇宙中。所以，一個成功的現代作家，必須時時準備超越自己，時時準備掙脫某種模式的約制。

而彩羽就是急於掙脫自己，而又急於追認自己面貌的詩人。

他是個純粹的詩人，他粗獷、耿直、豪邁，而且帶有一種純樸的野性。他具有湖南人的那種特有的性格，他無論對任何一件事情，都不太可能有妥協的餘地。他寫詩，固執於他自己的步伐。他活着，爲他自己而活着，雖然在某種生活的形式上，可能他會受某種規範的約制，但從他的作品中，我們總是或多或少地感認到他的眞實的一面，那就是眞正能屬於他個人心靈的動向。

如今，推出他的散文集「捕虹的天梯」，作爲多年好友的我，自然有一股難以言表的喜悅，而他硬要我說幾句話，似乎又使我爲難了。如果不說，又似有矯情之嫌。因而就以我個人對彩羽的作品和他的為人說幾句我內心的話。我認識彩羽是遠在民國四十六年，那時我剛從學校出來，被派在風城見習。一天，在一家書店裏看見一份詩刋，就透過那一份薄薄的詩刋，我們相識了。他的熱誠和豪爽，使我們很快的就成為莫逆之交。我們逕常利用假期在一起談詩，談人生，談一些宇宙的奧秘。彩羽的生活似乎永遠像一顆流浪的種子，他有永遠漂泊不定的生涯，他總是不停地變換着他的生活環境。民國四十八年春，我回到岡山母校受訓，而彩羽也調往濁水溪畔的田中服務。那年深居在山中的詩人，還有丁穎和方艮。也許是我們的年齡相近，也許是我們都喜愛詩的緣故，我們很快地就成為一羣很要好的朋友。每逢假日，我總是遠自岡山到田中去和他們在一起聊天，在一起寫詩。我們經常關在一間小旅舘裏，我們吃着廉價的蛋炒飯，喝着劣等的米酒，咀嚼那五毛錢一盤的鹵豆腐干。但我們却談着最美的詩，憧憬着最美的人生境界。我們關在那不及三個榻榻米的小房間裏，我們自成一個世界，一個孤絕的世界。我們鄙視世俗的一切，傲視我們自己的生命，傲視我們自由生存的方式，就這樣我們的詩和散文，都源源產生，雖然至今我們還是有太多的不成熟，但我們總是在作着最大的努力和苦痛的掙扎。

彩羽的散文和他的詩一樣，喜歡運用象徵和隱喻，喜歡將自然的事象化入於一種渾濛的意境，在那渾圓的意境中呈現出閃亮的光澤，像一粒粒璀麗的鑽石沉於清濯的溪流中。當我們全心全意凝視他的作品時，又猶如登雲梯而視宇宙的渾玄之感，當我們力圖捕捉其中的某些事物時，我們又像撲空了一切，什麼也沒有抓着，就如同一個攀登在「捕虹的天梯」上的漢子，我們似觸着什麼，而又什麼也沒有觸着。但當我們正感於一無所獲時，我們又像有着無限的滿足。

彩羽的作品，無論在形象上，在意境上都是經過一番苦心所凝塑的。他極力把握着意象的重疊和外延力，我們讀他的散文，就像看一層層的積塔，愈往上望，愈發現那高處虛茫，但在虛茫中我們又感到某種眞實的存在。正如他說的：「這兒，有深灰光線在接壤着綠色空氣的黎明」。彩羽所築就的世界，並不是眞實的世界，而是由現實的事象昇化爲靈的境界。像虹一般的璀麗，也像虹一般的縹緲。他說：「而通過你，我們總是帶着激動的心情！就像通過一道美妙的玄關，在這關卡上，我們從來就不曾見過那些衣服整潔、戴着白帽子的關員，而且也根本就沒有人來查問過我們的通行證件，我們是如此自由自在的馳來馳往，有如從這一夢幻世界，馳往另一個夢幻世界。」英國詩人雪萊說：「詩是使醜惡的人生變爲美，而美化的人生更美，更完善。」彩羽是始終企圖美化人生的詩人，在他的作品中，總是流露着靈性的昇華。他自己雖然是歷經千千萬萬的苦難，但他的作品却使人愉悅，使人超脫一切苦難，像一個夢幻又一個夢幻地穿越其間，像「在沙灘之上偃臥着，我們赤裸着身體，像那些珊瑚們的兄弟，久久地，久久地，我們等待那些翠貝到我們的枝桿下營巢」。

彩羽不斷地在作品中展示自己的心意，呈現自己的面貌，但他不採取直接陳說，而是運用間接的表現。我們在他的作品中所見的事物，並非是事物的本身，而是事物所給我們的直覺快感。在這方面，彩羽始終是很純熟地操作着他寫詩的技巧。他喜歡運用簡潔的字句，去築造豐繁的意義，他把每一個形象都鮮活地鋪陳在讀者面前，讓讀者去觀賞，去感應那源自事物的內在生命力。例如他在「出海」一章中所創造的深邃的意象和渾圓的境界，決不是那些冗繁的散文句子所能表出的內涵力。「一柄銀亮的水手刀，緊緊繫於腰間；藉此，我們可用它去切風切雨、切黎明的鉛灰，切黃昏的橘色，切那些惡天氣的徵候，切逆風航行的纜繩，也切海上一切一切的岑寂。」

彩羽是詩人，是最懂得創造意象的詩人。他用詩的手法創造了散文，用散文展示了他生命的潛力。我們讀他的散文，也就如同讀他的詩。尤其是在經濟用字方面，他是我國現代散文作家中，最能把握文字功效的作家，這可能與他長期寫詩有關。他的散文句子，常常隱含豐富的詩意，從近代詩與歌逐漸各自成爲一種專門性的藝術以來，詩與散文是日趨接近，而詩與歌的差距却愈來愈大了。歌與韻文之間的距離反而愈來愈近，造成一種以散文寫詩，以韻文寫歌的清晰界限。本來韻文和散文都是用來寫詩的工具，我們可以不必過份嚴格要求韻文祇適於寫歌，而散文只能寫詩的誡律。但現代詩人們完全摒棄了詩的外在韻律，而注意內在的音樂性以來，似乎這一誡律又不得不承認。因爲畢竟放棄了韻脚的自由詩，要比有韻脚的詩更有充實的內容，更能發揮詩的本身的效果。而彩羽的散文，就是接近於詩的一種表現。他雖然是用散文的形式表現，但它的本質是屬於詩的。因此，我們說他的散文就是詩，或者乾脆就說是散文詩，也沒有什麼不妥。

彩羽不是適合於紮根的那種植物。他的流徙生活，固然有大半是無可奈何的，但也有一部份是他的本性使然。他渴望自己能超脫一切世俗的雜念，投入珊瑚的夢中，或者像海鷗一樣遨遊於海濶天空，無羈無絆，沒牽沒掛，「就像在那紙鳶翺翔的天空，輕柔而且飄忽」。他永遠把生命寄託在一連串的夢幻中，他不斷地爲自己編織着彩色的夢幻。「我眞歡喜，就像那些嫩草的葉子和樹木一樣，不管自己坐着或是躺着，都會那般夢幻似地發起綠來」。綠是象徵希望，象徵青春象徵着生命的躍動。彩羽是一個不甘於被凝固的詩人，他在每一個時刻裏都企圖掙脫自己，掙脫那些可能使自己定型的逼力。他用各種不同的形式展出自己不同的心意，從抒情到理性，從詩到散文，他都能把握住他個人的獨特風格。

這部「捕虹的天梯」共分爲「海」、「薔薇」、「流蘇」等三集，共計九十二篇，雖然作者把它劃分成三集，其實都是一系列的作品，篇與篇之間都有其一貫的思想和情感銜接着。這是一部非常成功的散文集，它有詩的意境，也有散文的華麗，更有現代音樂中的那種特有的韻味。在那每一片斷，每一字裏行間，我們都可以讀出作者的心聲，都可以感覺出那種特有語法的逼力，在緊緊地追擊着我們的心靈。他的散文，不是要讀者去讀它，而是要讀者去感應它內層的張力，不是要讀者去用視力，而是要讀者運用心靈，唯有付出和作者一樣的苦痛，才能感知那層面的眞境。這是我對彩羽的「捕虹的天梯」問世的幾句贅語，以表達我對好友的一點心意。

發表於青年戰士報副刊

王默人的「留不住的脚步」

人是生存在痛苦與掙扎中，纔能顯示出他生命的意義。當他愈體認出生存的痛苦時，他的掙扎力就愈強，愈猛烈，這是人類的本能。生活就是一連串的掙扎和搏鬥，當一個人愈向生活的層面掙扎、搏鬥，就愈能展示其生命的繁複意義，他的價值也就愈能被人類歷史所承認。

人不是神，也非獸，而是超越於羣獸之間的具有靈性的高等動物，他是有思想，有情感的動物。他所以能異於其他的動物，也就是具有超越於一切的靈性。他所以會有痛苦的感覺，正因爲他具有敏銳的感覺性，因爲他有思想，有情感。英國當代文學批評家溫齊斯特（C.T. Winchester）認爲文學是訴諸於情緒和想像。思想是學習創作的基礎，想像是激動情緒的條件，而情緒是一切文學作品的原質。他特別闡釋情緒（emotion）的含義，他說「情緒是動的，它含有引導意志，決定生活的潮流，情緒不但能指示性格，還能涵養人的品格。而顯現於心腸之外的就是生活的表現」。生活經驗是最直接也是最有效刺激情緒的方法，甚至多少作家們的豐富想像力都是導源於現實生活的經驗，從經驗中獲得許許多多的印象，而這些印象在一個作家開始構築他的創作時，就會像蜂巢受到外力的撞擊一樣，而那些隱藏在蜂巢裏的蜜蜂都會紛紛飛出。這時作者就必須像養蜂人緊緊地把握住蜂王的動向一樣把握創作的動向。我所謂生活的經驗，並沒有意味著創作是全然仰賴於它。生活經驗是寫作的部分的原始資源，而不是全部資源，正如常識是智識的部份資源，而並非全部資源一樣。因此，一個現代作家，他並非全賴生活經驗而創作的，他有絕大部份是仰賴其豐富的想像力，和由生活經驗所刺激而引導出的情緒之變化。

如果我們用以上這些觀念，來肯定王默人先生在其「留不住的腳步」中的小說價值，我想就較容易進入他的作品的內層。因爲他在這部短篇小說集中，並沒有動人的故事，也沒有那些能震動人心弦的華麗語言，所能有的可能就是那種透過現實的掙扎、搏鬥所展示的其內在心境，如果套句現代詩人們慣常說的成語，就是他展示了這一代人的內在的悲劇精神。他像一個剛剛從醫學院畢業出來的外科醫生，面對著滿身瘡痍的病人，他總是企圖妙手回春，一刀就能挖割出那病人的毒瘤，好讓他迅速地健康起來。而王默人所面臨的也就是這個病態的社會，他不是醫生，不能用手術刀去剜割那社會的毒瘤，他是小說家，他所能爲力的就是運用他的筆桿，利用其鋒利的筆尖挖掘出那社會的不健全，那社會的病根。至於是否能完全根絕那些病瘤，這不是小說家們的責任，而是全人類每一份子都有責任，正如一個外科醫生不能保證人不生病一樣，他只能呼籲人們注視自己，關心自己，除此無他。

王默人先生是一位非常倔強而又執著的作家，他踩著自己的步子，他從不同的時空間呈現一個相同的主題——一個對現實的剖釋和批判。他非常敏銳地徹悟出這一代人被金錢與權勢所奴役的悲哀，他帶著一種激動的情緒，在向人類作著苦笑式的嘲諷。

「留不住的腳步」這篇書題小說，作者透過事業上的挫折和婚姻上的打擊，而襯托出這一代年輕人的內心的苦悶。婚姻不能自主，上一代的威嚴，使他不得不採取逃脫的方式，來抗拒那不合理的要求。而在事業上，他力求對工作有所貢獻，但這是一個奴性非常猖獗的社會，眞正的能力往往會被那種奴性所扼殺。而王默人先生這篇「留不住的腳步」，就是表現那種個人意志被扼殺的苦悶。

從作者的原始構想來看，這是一篇很獨特的小說，他運用婚姻和職業這兩種足以掌握人類生存方式的關鍵，而呈現出個人內心的衝突，作者多少是帶有一種憤懣的情緒。

現實是很醜劣的，它充滿著罪惡、虛偽、欺詐，但人畢竟還是依靠現實而活著的。因此，他不得不投向現實，雖然他有一千萬個的不滿意。誠如阿波特（G.W. Allport）說的：「生存卽是受苦，繼續生存卽是在苦痛中找出生存的意義。如果生存而具有目的，那末在受苦時以及在垂死之際都有目的，但是沒有一個人能把這個目的告訴另外一個人是什麼？」

和「留不住的腳步」具有相似題旨的是「隔」、「冰凍的季節」、「在狹窄的馬路上」等等。而「隔」也是透過婚姻的不健全展示出人必然要向現實屈服的悲哀。一對大學時代的戀人，男主角儀莊因爲需要錢出國，不得不答應能資助他出國深造的那樁婚事。而失去了愛情和青春的憶雯，最後也「只爲要個男人陪在身邊，就可以壯壯膽，不會弄得手腳沒處安排，顯出那種狼狽的樣子」。

「現實總是殘酷的，不接受也得接受。」這就是王默人先生所要展出的心境。

「沒有陽光的日子」也是討論金錢的問題，作者透過一個窮光棍去相親，而女主角是個富家女，但她是一個長年躺在床上的患有半身不遂的女人。那個被稱爲小胡的男人，透過劉大嫂的關係，他忐忑地到了女方家裏。女方的父親出來看了小胡一眼，覺得小胡衣衫襤褸，雖然長得挺清秀的，但人要衣裝。女的父親交給下女張三嬸三千元，要她交給小胡做衣服，裝扮裝扮，免得小姐又挑出毛病來。

當小胡聽到張三嬸的話，心裏便升起一股莫名的悲哀，一種受辱的悲哀驟然襲來，他拚命地向門外奔去，張三嬸和劉大嫂趕到門口。小胡站在門檻上，一隻腳在門外，一隻腳在門裏，這是象徵他急欲掙脫，而又無法掙脫的矛盾心理，既想接納，而又不敢接納。

張三嬸把錢交給他，他伸了伸手，很快地又縮了回去，一陣風猛地把那一疊鈔票吹散在滿地，兩個女人急著去搶錢，而他卻楞楞地站在那兒，一動也不動，嘴角上升起一陣微微的嘲笑。他嘲弄自己，也嘲弄這個社會形態。同時在這裏作者暗示出金錢並非是萬能的，有些東西是金錢所無能為力的。當一個人急需要用金錢去換取麵包時，金錢也許是很重要的，但當他要用幸福，或者愛情去交換金錢，那就不是每一個人都肯作的。

當那一大把鈔票飄在風中時，我們就會感到金錢的無價，這也是作者所要表現的主旨。但更重要的是暗示人類的靈性已日漸在物慾橫流中沉沒，這是很有深度的作品。

在「伸長的脖子」裏，作者更深刻地表現了金錢的某種潛力。

人們的生活是被擠得扁扁的，它像千萬斤的鉛垂壓在每一個人的肩上。「從早上開始就把脖子伸得長長的，等著公共汽車擠出來上班，傍晚的時候又伸長者脖子等著公共汽車擠回去。」人就是這樣被機械式的擠過來又擠過去，作著循環性的扭曲自己。

扭曲自己並不是為了某種逸樂，而是為了某種適應，適應自己能活下去。但活下去是一種痛苦，一種難以嚥下的苦藥，像公共汽車的司機，必須成天成年兩眼死盯著那公共汽車牌，往返地循環著，循環著，一如自己坐在辦公室裏，埋頭填報的表格，會議紀錄，那些密密麻麻的白紙黑字，一堆堆的公文，一串串的煩惱，「總是那些形勢和內容，沒有多大的變化，就像自己的生命一樣，牢牢地被拴在這個小圈裏，用盡了吃奶的力氣也還是衝不出這個小天地」。

作為人，最大的悲哀，也莫過於是喪失自我，而生活在被限定的圈內。正如卡夫卡（Franz Kafka）在「變形人」中所表現的人的悲劇性，是被生活扭曲到只適合於某一個限定範圍內。王默人在這篇小說裏雖然不是特別強調一個關閉的圓，但他多少已暗示了人類被生活所扭曲的悲哀，和自我的喪失。

「冰凍的季節」是基於人的本能，對壓力的反抗心理，他把結婚作爲一種負荷，一種難以擺脫的枷鎖。因此，由結婚而來的新的生命，並沒有帶給他喜悅，因爲他壓根兒就是不適合於有家的人，誠如他說的：「他只是有了一個女人，有了一個家，然而他仍然還覺得自己還是孤零零的一個，迷迷茫茫的，在半空中飄來飄去，心裏的那個空洞越來越大，就像有一隻無形的手，把他生命中的過去，現在和未來的一切，一件件地往外抽，一樣也保留不住。他失去了一切，也失去了他自己。」

對婚姻的看法，似乎是見仁見智的事，各人有個人的觀點，而王默人所持的態度，並沒有特別主張獨身主義，但也沒有贊同結婚的幸福。不過，從他的字裏行間，似乎暗示著婚姻的幸福與否，有一大半是操縱在金錢之上。雖然「冰凍的季節」在故事內容上看，是寫沒有愛的婚姻的失敗，而實質上，是透過婚姻的失敗，暗示出金錢的力量，正如書中說的：「你們年輕人，開口閉口就是情感，只是情感可不能當飯吃，當衣穿。你能吃苦，這是你的志氣，只是我的女兒沒有吃過苦，也過不慣那種苦日子，你得想想看，你能忍心讓她受罪。」

在老一代人的心目中，金錢是婚姻的最大的保障，認爲一切幸福都掌握在金錢上，這是極端的錯誤觀念。我記得有一位擁有億萬財富的商人說過一句話，他說：「窮人只有一個煩惱，而富人却有千千萬萬的煩惱。」這的確是至理名言，窮人的煩惱是祇有金錢一個，認爲只要有錢一切都可以解決了，而富人却有千萬個煩惱，他怕胖、怕生病、怕朋友借錢、怕股票跌價、怕支票退票、怕飛機失事、甚至怕流氓、怕舞女、酒女、交際花……這些都是有錢人的苦惱。

金錢萬能，祇有對某一部份人是有效的，而對絕大部份人是被鄙視的。雖然今天的社會形態，很明顯地告訴我們，人們有絕大多數的功業是建築在金錢上，但也有許許多多事情是金錢所無能爲力的。王默人的小說就是闡明這一點觀念，他既強調金錢的價值，也同時指出金錢的無效。

在「冰凍的季節」裏，除了闡明的價值以外，同時也告示出人類有一種「得到的並不想要，想要的却又得不到」的悲劇感。無論對愛情，對事業，甚至於對金錢，人們常常會遭到這種悲劇式的挫敗。

「未完成的著作」和「老古的小屋」是對當前唯利是圖的作家們的嘲弄，他透過小說人物的對白，曾慷慨陳詞地說：「這個時代最大的病症是虛僞，抹殺眞實，消滅個性，要每個人的思想和意志都從一個模子倒出來，不願意跟在後面跑的都會遭受冷落；寫東西也是一樣，如果需要什麼就寫什麼，不管是低級趣味，還是八股口號，包管會名利雙收！」這話乍看起來是有點慷慨激昂，可歌可頌，但我們稍一咀嚼，我們就會感到作者過份激動，像政客們的競選演說一樣，說得大聲疾呼，而聽者藐藐。

文藝作品必須講究含蓄，講究曖昧。

「含蓄」是一種內在張力，是一種潛藏的內流之伸展，無論是詩或小說，如果它缺乏了含蓄，往往不是流於直陳敍述，就是變成說明或解釋。所以含蓄的另一相似詞，就是深度。換句話說，缺乏含蓄的作品，就是缺乏深度。而沒有深度的作品，自然不會有令人讀了會「繞樑三日」之感。

「老古的小屋」，在構想上，作者的確是很費了點力氣的，但在表現上似乎就缺少含蓄，缺少深度。如果我們把小說中的那些「說教」式的對白抽掉，我們就會感覺這篇小說的空乏，好像只聽到作者的激昂的吶喊，而沒有藝術作品中的那種特有的暗示力的輻射強度。例如「沒糖的咖啡」，這篇小說原是一篇刻劃變形的愛情的好小說，但作者在對白中硬扣上主題或者說教，就顯得無力。

用對白扣出主題或者某種道德的教條，在運用上沒有什麼不妥之處，祇是一個現代作家，應該懂得掌握語言本身的效果，以及它所產生的豐繁意義。現代小說家們特別強調詩的表現，這並非要把小說寫成詩，而是要有詩的含蓄，不會讓讀者一覽無餘，同時還要有詩的深度和廣度。

詩中的象徵和比喻，以及繪畫上的對比，是現代小說家們慣用的法則，但運用必須出於自然，絕不能刻意安排，尤其是運用象徵和對比，是能促使小說產生特殊效果的。例如「圈裏圈外」，就是一篇運用情境的對比，運用得非常巧妙的小說。

一開始作者把自我推向一個感覺的世界，一個令人發暈的世界。

從這條街轉到那條街，又從那條街轉到這條街，轉來轉去，也只有這幾條街比較熱鬧。自己夾在人潮中，流過來又流過去，連自己也不知該流到那裏，只有隨著腳漫無目的地溜躂著。

這是作者從主觀意識裏挖掘自己的心境，他不但是自己投向了一個茫漠的世界，也同時告示了多少人是在都市之流裏飄過來盪過去，像一簇簇的幽靈，毫無目的地盪過來盪過去。

這是一篇剖釋「自我」最徹底的作品，作者運用了獨白式的表現。他把自我融入那一大浪潮裏，讓人流推過來撞過去。像浮萍，也像廣告牌上的彼此追逐的霓紅燈光。

霓紅燈和滿街浮動的人頭，是促使他暈眩，促使其迷茫的有形的事物，而另一個無形的動力，就是現代人的內在精神的貧乏，一種被時空所擊敗的精神的苦悶，這是眞正令人暈眩、迷茫的原因。「那紅色的狂歡，那綠色的夢幻，沒有一樣是屬於自己的，而屬於自己的却是擺也擺不脫的寒傖。」在字義上看，「寒傖」是代表貧困，而實質上，除了貧困之外，應該還含有精神和物質兩方面的缺乏。我國有一句俗語說：「人窮志不窮」，前一個「窮」多半是指金錢方面而言的「窮」。而後一個「窮」似乎就包含了王默人筆下的「寒傖」。一個人最可怕的就是「志」窮，也就是說，一個人沒有錢，並不是最壞的事，而最壞的是喪了鬥志，喪失了自我和自我的肯定。

在這篇小說中一開始把自己推入感覺的世界，而在那感覺世界中竭力想尋找自己，然後肯定自己，但作者始終把主角扔在人流裏，任其漂失。一直到那道火車平交道上的鐵欄柵徐徐放下後，才把兩邊的人潮堵住，讓他自我孤絕於一個世界。但這時他又發現自己並不屬於自己，甚至於不屬於那個世界。

剛剛走到火車平交道的時候，長長的鐵欄柵恰巧放了下來，來往的行人都被堵在兩邊；那邊的人等著要到這邊來，這邊的人也等著要到那邊去；然而他自己呢，沒有一個目的地在等著，站在這邊也可以，站在那邊也可以，彷彿自己是屬於多餘的。

自我喪失，是這一代人的普遍的苦悶，尤其是「中間的一代」，他們大都是歷遭失學、逃亡、離家、棄親的慘痛的際遇。一生最值得驕傲的青春年華，不是被戰爭的砲火燒焦，就是在餐風露宿的流亡中喪失殆盡。誠如作者說的：「苦難接著苦難，在苦難中失去了青春，也失去了歡笑。生命就停在這個蒼白的悲涼的關口上，拚死命也衝不開來。」

如今，又面對著一個畸形的社會的撲擊，舊有道德已淪為果屑，而新的道德觀念，又是架空而來。於是，一種發自內心的吶喊，時刻都像戰馬般的在我們崎嶇的心坡上逐鹿。是該獨善其身，抑是隨波逐流，聽其自然呢？這「中間的一代」最難肯定生命指標的時代，也是最令人剜心的痛楚。

在這種類似自我掙扎的矛盾心理狀態下，作者一再地抬出上一代的叮嚀——娘只有你這麼一個兒子，你爹又死得早，娘辛辛苦苦的只巴望你將來能有出息！——「有出息」與「沒有出息」是作為這一代搏鬥的重心，也是作為人生最大的分色板。然而，我們不是也常常自我追問「什麼是有出息？」「什麼是沒有出息嗎？」

我想在這裏，作者有意重覆上一代的叮嚀，最主要的還是表現上一代的權威性，讓上一代的權威性來鞭策自己，激勵自己，企圖在這殘酷的鞭策與激勵中，肯定自我的方位。所以，作者一再地運用那句叮嚀來自責，來迫使自己去尋找一個眞我的處境。

在此，如果說王默人先生是對「傳統」的維護，我想也未必盡然。雖然他是一再地用不能實現上一代的理想來自責，甚至認爲是一種罪咎。但正是顯示其自我迷失的茫漠感，也是他對當前社會意識的檢束與批判。

其次，在這篇小說中値得討論的是前面我已經論及的作品的含蓄問題，我現在將原文摘下，我再來討論。

電話鈴在響著，大家都沒動身，只有打字小姐搶先走過去拿起聽筒。辦公室裏只有她的電話最多，也正好就是她的電話。

在這五句敍述中，有動作，有情境，有心理的反應，但我們一看就知道後二句是多餘的。因爲電話鈴響了，大家都沒有動身，只有打字小姐去「搶」電話筒，這已經說明她對電話鈴的嚮往與渴望，也就是說電話鈴聲對她是重要的，而且已經暗示了她的電話之多，不必再解釋，我相信一個稍爲够格的讀者，都多少賦有一種聯想的天資，或者解說成想像力。

「中央酒店……嗯，讓我想想看……幾點鐘見面？……」

「……」

「好吧，就這樣決定。……再見。……」

打字小姐放下電話筒，走回來的時候，腳步似乎顯得特別重些，高跟鞋踩在水泥地上，篤篤篤的，就像足踩在人的心頭上那樣。經過他的身邊時，頭也抬得特別高，好像根本就沒把他放在眼睛裏。那自滿得意的神情，似乎是有意向他示威，又似乎是向他這樣的詢問：

「你能請得起我進那樣大的酒店嗎？你知道那家酒店裏面是圓的還是方的？」

要多懊喪有多懊喪，要多尷尬有多尷尬，然而這到底不是屬於自己生命圈子裏面的，他願意拋得遠遠的。

在這裏我們可以看出作者是如何吃力地解說那個男主角的卑微心理。首先是從電話對白中所引出的「中央酒店」，這是代表虛榮、豪華。然後引出那小姐的高跟皮鞋聲，然後是頭抬得高高的。如果作者能稍爲壓縮一下，把高跟皮鞋踩在水泥上的動作稍爲強調一筆，我想那小姐的趾高氣揚，愛慕虛榮的心理表現出來了，不必再加那麼一大堆動作去說明。尤其他那一句自言自語式的詢問，完全是多餘的。

文學作品所以要作者說到七分，也就是能留下三分讓讀者去玩味，去再造。這也就是我前面說的含蓄是一種美，一種內在張力，更進一層說，就是讓讀者在那模稜中，體認再創造的快感。

現在我再就王默人先生這部短篇小說集，提供幾點我個人的綜合意見：

其一、王默人是社會意識非常強烈的作家，他竭力企圖透過他的小說，去揭開這個社會的層面，去表現這個時代的苦悶，但基於其個人意識的驅使，他祇揭開了某一層面的虛僞，醜劣。而缺乏深入地去挖掘那隱藏在人性後面的眞實。我想人有人性的一面，同樣的也有獸性的一面，甚至有神性的一面，而王默人先生祇透視了一個社會的平面。雖然在字裏行間，他是充滿著激忿的情緒，甚至於大聲疾呼，但畢竟喊聲大而擊力小。

其次是人物特性未能把握，除了我們感到有一個具有作者一樣的巨大影子，我們很難找出能屬於某一篇某一個人的特質。這對王默人先生來說是一大敗筆，而就他對社會現象的洞察力來看，這是一個不可原諒的錯失。目前至少在「沒有陽光的日子」、「沒糖的咖啡」、「老班頭」、「老古的小屋」……這樣的題材中，應該有所表現。然而，作者仍然緊緊抱住那個漠視名利的題旨在滾動，翻騰。

其三、是說教多於表現，說教是宣教士、道德重整會的事，而不是一個現代作家的責任。也許在「文以載道」的觀念重壓下的作家，是會特別標榜「說教」的效用，但一個文藝作家是可以放棄這種觀念，至少要在創作構思之前完全放棄「載道」的觀念。我所謂創作之前放棄載道，並沒有意味著文藝作品不能有道德的教訓。我的意思是當作品完成之後，把道德成份留給讀者去肯定，不要在構思創作作品之前，就先立下某種教條，或者說「主題」之類的概念。

其四、是作者的主觀意識太濃。我們所看見的是一個代表王默人先生典型的作品，而不是羣體特質的展示。雖然他是很費勁地企圖表現這個時代的苦悶以及這個社會的壓力，但給讀者的震撼力還是太薄弱了。文學作品最重要的是要能表現「羣性」，也就是文學理論家所謂的共同性。

論及「羣性」，我想有一個觀念，必須加以闡釋，那就是社會現象與社會形態是不同的。社會現象，衹是日常我們肉眼所能見的一事一物，這是具體的。而社會形態，是包括社會現象和社會意識的，它是內蘊的，是不一定有具體形象的。而作家所要把握的不是社會現象，而是要把握社會形態，或者說社會意識。所謂「共同性」，也就是社會形態的共同特性。

末後，我用王默人自己在「後記」的一段話來結束這篇短文，他說：「每個人活著，處境都不完全相同，大多數人都喜歡憑直覺去鑑定別人。但實際上，生活的道路大多都是崎嶇的，而內心的過程更是曲折而又複雜，瞭解了這種心境，也就默認了」。

五十八年八月二十四日

刊於青年戰士報副刊

論嘲弄的藝術

——兼談蔣勳的「勞伯伯的畜牧事業」

嘲弄（Irony）不是愚弄，不是譏笑，更不是漫罵。嘲弄是一種藝術，一種屬於理性活動的遊戲。它的反面常常隱藏着某種啓發性的教育意義。根據韋氏大辭典裏的註釋：其一是運用幽默的方式，或者諷刺的語調與所展示出來的意義相對，亦就是將你心意所指的與事實相反。例如原是愚蠢的，而偏說他聰明。其二是情境的組合，以所預期的情境與所期待的結果相反。換句話說，就是事實與預期的相對。

嘲弄的原質，多少是含有同情與憐憫，而漫罵、譏笑、諷刺不一定全有。漫罵是惡意的，而嘲弄大都是善意的。譏笑往往是帶有輕微的卑視和譃虐，而嘲弄却是嚴肅的告誡與警惕，在我國古詩和歌謠中，經常會出現這種醒世的嘲弄，例如在徧輝民謠裏有：「十八歲個大姐七歲郎，說你郎你不是郎，說你是兒不叫娘。還得給你鈕扣脫衣裳，還得把你抱上床。」在徐州一帶流行的「鄉裏老，背稻草，跑上街，買韮菜。韮菜買多少？放在眼前找不到。」像這類民謠，在表面上看起來，都是很諧趣的，它也是可以博得聽者的一笑，但在笑聲後面往往隱含着無限的辛酸和苦痛。譬如徧輝民謠所暗示的「小丈夫」制度的悲劇性，一個少女將最值得珍惜的青春年華，竟埋葬在無知的丈夫的童稚裏，這種悲劇，似乎不是任何的優越條件所能彌補的。

民國五十六年十一月二十七日在徵信新聞報「人間」版，拜讀了蔣勳先生的「勞伯伯的畜牧事業」，使我心裏有着一陣一陣的抽搐，像被關進一間抽空了氧氣的小屋，我心裏感到窒息，感到一陣一陣的緊迫，像逐漸擴大得欲炸裂的感覺。套句批評家的行話說：「這是一篇令人震悸、令人發抖的，挖掘到人性的底層的小說。」作者以僅僅九千多字的篇幅，緊緊地扣出了這一代的心聲。他以帶淚的微笑指摘了上一代的錯誤。作者以一個未滿二十歲的中學生階段的第一人稱，道出他個人的感受，他不但以嚴肅的態度嘲弄着上一代人，同時也是嘲弄着現階段的大多數的人類的行爲。他嘲弄他父母的吝嗇、市儈。他只用一段小小的回憶，竟把他父親的那副德相暴露無遺，他說他在初中的時候，他班上一個窮同學的父親死了，同學們都爲那個同學募捐。而他早已知道他的父親不會有那種慈悲心腸，他只好用偷的方法，偷了他父親的五百元去救濟那個窮同學。後來被父親發現了，他父親竟狠狠地把他痛打一頓，「像是希望能從我的身上抽出一張張鈔票似的。」而且嘴裏一直在罵：「好小子，你倒濶氣，五百塊一豁就出去了。他媽的人家窮死管你屁事，你老子一輩子沒虧人什麼，可也從來不讓人佔點便宜去。」

我們的大多數的同胞都是堅持這一原則，認爲自己不虧欠別人什麼，也就不讓人佔點兒便宜。而事實上，如果一個人活在世間，「老是斤斤計較不讓人佔點便宜，能算是沒虧人什麼嗎？」虧欠與不虧欠，我想不是有限的數字所能展示的眞相。譬如我們想方設法，從別人的身上剝削利益，來壯大自己的私囊，難道我們能說不虧欠別人什麼嗎？再如小說中的那個父親眼看別人死了父親，兒子偷了對他只是九牛一毛的五百元去救助別人，他竟以此而痛打自己的兒子，認爲別人死了父親，與自己毫無瓜葛，認爲自己根本不虧欠他什麼，這種自私自利，見死不救的觀念，難道能說不虧欠別人什麼嗎？我們的祖先一再地告誡我們說：「各人自掃門前雪，莫管他人瓦上霜。」這種告誡眞不知殘害了多少良知。

我們的上一代告訴我們要繼承傳統，但我們不能毫無名目地一味的承納，我們必須有所選擇。傳統的觀念，不一定全對，不一定完全適合於我們。上一代有上一代的際遇，上一代有上一代的生活習慣，上一代有上一代的生存態度，上一代有上一代的法則、秩序、基本觀念，而這些都不一定適合於我們。誠如作者在第二節裏說的：「生活的意義，不是盲目的皈依，不是毫無理由的順從。我們必須曉得開拓的意義，曉得在學習之外還需創造。我們的教育企圖把我們塑造成一個個規規矩矩方方正正的典型聖賢。老一輩的總希望我們照他們的方式再活一次，可是他們不知道他們活的有多可笑。我們有自己的理想，自己的生活方式，我們是人，而不是產品。」我們遵循上一代的生活方式，但不是要我們一成不變的套用上一代的生活方式，而是要有所選擇，有所改善。然而，當我們力圖改善，力圖革新的時候，上一代常常就是板起臉孔責駡我們反叛他們。於是，很多「莫須有」的罪名都戴在這一代的頭上，使這一代又不得不屈服於所謂上一代的尊嚴下。蔣勳在這裏用了一個滑稽的動作嘲弄了他們。他說：「我覺得頭好癢，就一個勁的用力抓了起來，落了一桌白白的頭皮屑。」這個動作在整個故事來說，是個很微小的動作，但他隱喻了這一代的多少煩惱，多少受壓制的壓力。這種滑稽的小動作，在戲劇裏經常會出現，有的作弄他人，有的却是在嘲笑自己。譬如第一節作者以無聲的獨白方式，展示出偷五百元的原始動機，他說：「這事兒且甭管它是什麼善行不善行，就光貼在佈告欄裏的捐款名單上能列個首位也是相當光彩的，我們那時又正好是男女合班。」「男女合班」一語點破了那個中學生時代的心理狀態。正如作者批判上一代的心理狀態時說的：「倒不是因爲我品行頑劣，敗壞家風等道德緣故，却是可恨那五百元新台幣礙於面子關係，就此杳如黃鶴矣。」在這裏作者點明二點：其一是上一代的自私自利，視錢如命的市儈習氣。其二是指摘了現代社會裏的虛僞、矯飾，死要面子的虛假的惡俗。我不知道別人是否經驗過這類事情，但我自己曾親身經驗過，有一次我和我母親上外婆家，因爲自己所預定要做好的新衣，給裁縫師躭擱了，結果弄得場面非常尷尬，我母親只好將我二哥的衣服給我穿上，雖然新一點，但大小不合身，二十幾年前，我大概只有六七歲，那時我已直覺到我哥哥的衣服對我的不合身，穿上去就更顯得不倫不類。現在想來也就因爲上一代的面子問題在作祟。但是，我們檢討一下，這種面子問題，是否存有太多的虛僞與矯飾呢。

緊跟着作者對當前的教育制度，提出了檢討與批判。但作者並沒有板起臉孔說教，他只是運用滑稽的口吻道出了當前的「惡補」，「老師兼課」等等超載的事件所引起的不良後果。現在我們來聽聽那個老師的心聲吧。他說：

「教書這行業，這年頭可也眞不好混嘍，以前是尊師重道，天地君親下面就是師；現在啊，學生眼裏哪兒有你這個老師喲，見了面甭說規規矩矩的給人行個禮說聲好，暗底下不給你送黑信、告你惡性補習、體罰、收紅包就算不錯得很了。」

我們必須追問一句，爲什麼學生會送「黑」信？爲什麼學生會不遵規守矩，爲什麼學生眼裏沒有「師」之尊嚴，這能怪誰呢？怪我們的年輕的一代嗎？怪天天接受惡性補習的可憐蟲嗎？老師不改作業，嫌學生作文寫得太長，這是理由嗎？一個老師身兼三處國文課，夜裏還得趕一個補習班，難道這就是不替學生改作業的正當理由嗎？

學生和老師討論問題、研究學問，竟被校方指爲侮謾師長，行爲傲慢而給記了一個大過。我們試想一想，學生提出問題，向老師請教，就認爲學生有辱師長，行爲傲慢，當老師的能怪學生不尊敬你嗎？那麼，我們又要追問我們的老師們，你是否要把每一個學生都訓練成古埃及的木乃伊呢？你是否要把所有的學生都教育成傀儡呢？

學生無辜。學生有接納老師的教導的義務，但沒有絕對接納的必要，他必須有所選擇。正如下一代接受上一代的教條一樣，適者留之，不適者棄之。否則，下一代僅不過是上一代的拷貝。久而久之，一旦上一代的格言有所遺失或毀損，那麼下一代就會眞的一代不如一代了。譬如我們現在去看一部三十年前已經拍就的電影，無論現在的拷貝技術好到什麼程度，但電影還是三十年前拍攝的，而歷經這三十年的磨損與遺漏，就是再好也不可能有原版的美好。縱使有三十年前一樣美好，那麼又有什麼用呢？它也僅不過是歷史的渣滓而已。年輕的一代，一直要求能夠超越，這不是沒有道理的。超越能使人長進，超越能使人創新。在超越中始能發現「自我」的存有。於是，作者以極其鏗鏘的聲音告示出：「跟現實妥協是中年人的事，向現實屈辱諂媚是老年人的事，我還這樣年輕，我還有資格，有責任去跟反情理的事搏鬥。人應該活着年輕，否則就乾脆死去。」接着他又說：「到生活中去尋找意義，體驗自我。我們實在已經讀够了書，若然，我們不能把生活與自我結合在一起，我們實在不必要讀那樣多的。我們唯有踏踏實實的生活過了，我們才有資格伸手向生命要求意義。」然而，我們稍一回顧我們這一代的伙伴們，我們有幾個人是眞眞實實的，踏踏實實地爲自己生存過一段日子呢？尤其是當老一代的人要求我們這一代塑造成和他一樣的典型時，試想我們的骨子裏又能留下多少自我呢？於是，作者開始藉着小說中的人物發問：「進大學又爲什麼呢？求知識？求眞理？還是爲了求文憑，求一個穩當良好的社會地位？」這一連串的問題正緊緊地纏困着這一代多少年輕人的心，然而，誰能給他們告示出康莊大道，讓他們能不再徬徨，不再迷失，不再戰戰兢兢地爲未竟的前途而無所適從呢？誰又能答覆這些問題。誰又能眞正夠格來答覆這些問題。我們能指望老一代嗎？老一代已經離我們太遠了。

因此，作者再度以年輕的一代的發言，肯定了生存的意義，肯定了生命的價值。他說：「生活要求的是踏實，因此，一個碼頭的苦力不見得就比政府某委員某代表生活得失敗。或許，在生活中跌得越深，生命才越顯其價值。」這也就是乒乓所以要當兵，所以要奔向戰場，所以願意放棄大學之門，而投身那個遙遠的島上去「送死」。

「送死」這是一個多麼剜心的字眼。有幾個人能體驗這種痛楚。那些整天奔走權貴之門，那些緊握着支票薄、名片、電話聽筒的人懂嗎？那些整夜把生命浪擲在舞廳、酒家、夜總會的人懂嗎？那些爲舞女、爲酒女、爲咖啡女郎賣命、跳河、撞牆、吃安眠藥的人懂嗎？他們懂什麼叫做「死」嗎？我相信沒有一個人能回答這個剜心的問題。然而，乒乓能回答這個問題，也只有他才夠格回答這個問題。他用生命來回答了這個問題。換句話說，只有眞正爲國家、爲民族奉獻了生命的人，才夠資格回答什麼叫做「死」。也只有眞正爲社會、爲人類奉獻了生命的人，才夠資格回答什麼叫做「生」，而乒乓他獲得了這個資格。在他有生之年，他慷慨激昂的爲社會的教育制度提出了批判。也曾經爲了某些無知的國文老師對奇情小說的盲從而爭辯。如果我們套一句比較過份的話，他是在爲眞理而爭辯，我們來聽聽他這一段辯辭吧。他說：

「一個作家若是不先去了解社會的病症，人類的災難，實在沒有資格先提筆自我歌頌或是自我哀憫。我討厭透了那些顧影自憐的作品，他們對自我以外的一切都是盲目的：盲目的引導者，他們對我們有什麼價值？」

可是，當乒乓慷慨陳詞以後，不但沒有感動那位閻王面的老師，反而使其惱羞成怒，竟抓起她正向同學生們推介的一本時下頗爲流行的某女作家的小說往乒乓身上扔去，因而引起了一場激烈的師生鬪。任何一個作家，都不會存心鼓勵學生與老師鬪法，但任何一個有良知的作家，都會多多少少在作品中流露出爲正義而吶喊的聲音，那怕是那種吶喊很微弱，但他有責任去爲大多數人類的幸福奮鬪。也有爲整個社會，整個國家的制度盡責的義務。於是，當他從報紙上看到義務敎育已經延長爲九年，他認爲同胞們的未來幸福就是越來越可以信賴了。他開始頌揚這個制度的改革。在頌揚之下，他又憂慮到目前在杏壇上的諸多流弊。於是他說：「人類若沒有先普遍的奠立起高風亮節的品格，以及強烈的愛人之心，一切的制度終究只是制度。而人與人的關係若始終限制於制度，限制於金錢、地位，人類則永無幸福可言。」他的憂慮，正是存留在我們當前杏壇的弊端太多，如勞伯伯之流的老師，幾乎是每一個學校都多多少少的存在着。於是，作者藉乒乓的語氣告示出：如果人類本身不先普遍的奠立起高風亮節的品格，那麼任何的制度，都僅不過是一種形式而已。對人類的幸福，對社會的安寧，對國家的強盛，都不會有多大的助益。然而，今天有幾個人具有高風亮節的品格呢？老師強迫學生補習，收受補習費，做官的設法官商勾結拿回扣，目的無非是貪圖個人的生活享受，紙醉金迷，進出於舞廳、酒家、夜總會，將大把大把的鈔票往那兒送。送完了，又再來「惡補」、「找回扣」……這種惡性的循環，正是加速整個社會的墮落，人心的麻醉，民族自信心的瓦解的根源。於是，凡稍具良知的人，都已自覺到這一危機，正緊緊地威脅着年輕的一代。

「我們要有多大的耐性才能忍得住人類的愚昧。」

這是這一代有血性、有良知的人都會發出的慘痛的呼聲。但有幾個人聽見這慘痛的呼聲，而又有幾個肯聽這種悽厲的聲音呢？正如祖明極力想把乒乓犧牲在戰場上的死亡消息告訴他的父母和那個勞伯伯，然而他們正愉快地談論着他們的畜牧事業，他們正關心着股票市場的跌落，他們正愉快地享有他們的賺錢的機會，他們那裏會關心那個遙遠的小島上的死亡，他們那裏還有閒心去聽那個爲正義、爲眞理、爲國家、爲民族、爲他們有機會經營畜牧事業的壯烈犧牲。他們只知道爲一個古瓶的碎裂而嘆息。他們一再地苛責下一代不成器，嘆息世風日下，說什麼一代不如一代，或者說棒子交不下去啦等等。然而，我們大膽地追問一句，誰使下一代不成器？誰才是眞正的墮落，使世風日下？誰能肯定答覆這個令人絞心的問題？我相信沒有任何一個人能肯定答覆也沒有任何一個人敢於承認自己的錯誤。這也就是我們的現實社會所普遍埋下的暗礁，只要稍具良知血性的人，都會憂慮到這個危機。於是，年輕一代奔向戰場，奔向那個經常有大大小小的戰事發生的島上。誠如乒乓寫給祖明的信中說的：「來此後，看過人負傷，也看過人死亡。然而，却似乎沒有誰想到懼怕，想到呵護自己。在寂寞冷肅的砲彈聲中，他們蹲伏在壕洞裏，肩挨着肩說笑着，他們比誰都懂得捨棄，懂得犧牲。」這就是年輕一代的典範。他們都不是傻瓜，都不是不懂死亡的人。他們一樣懂得夜總會的燈光、舞廳的噪音、酒家的女人，但他們更懂得自己生存的意義，更懂得生命的價值。於是，他們揚棄了一切，勇邁地奔向那個遙遠的小島，然後把自己的鮮血和頭顱都獻出，這就是生命的眞實——一個不朽的生命。

從整篇小說來看，蔣勳的才華並不限於小說的本身價值。而是他透過小說的形式，把哲學、社會學、心理學濃縮在一起，把它構築起一篇如此美好的作品。就小說的技巧而言，他是打破了傳統小說的形式，採用現代小說的形式，一種以散文形式的現代小說。它沒有傳統的故事，沒有特別安排的衝突面，沒有焦點。但我們可以看得出作者的才具，雖然沒有特別突出的衝突面，但幾乎每一小則都有內心的強烈的衝突點。他像一個資深的狙擊手，絕不放鬆任何一點人性的要害。他也像一個資深的狩獵者，每一步都緊逼到人性的內在世界，狩待着他的獵物。他不像一般專講故事的作者，專門編造一些曲折離奇的故事，來勾搭住庸俗的讀者的視線。他緊緊地抓住人性的重心，然後帶着笑臉，含着淚向社會嘲弄。向上一代嘲弄。向我們的教育制度嘲弄。向我們全人類的人性嘲弄。但他們的嘲弄的背後，常常是帶着建設性的激勵，譬如祖明嘲弄他的父親在前面和勞伯伯談生意，談賺錢，談投機、取巧，而他的母親却從後門溜走了。這正暗示着他的父親將大把大把的鈔票從前門弄進來，而他的母親却又大把大把地往後門送出去。另外他嘲弄他父親學着名流寫回憶錄，我們看看目前的文化市場，我們就知道那些所謂名流的回憶錄能值幾許啦。

最後作者把一個古瓶的碎裂和一個年輕人的死放在一起，使兩個情境成一強烈的對比。但古瓶的碎裂有人嘆息，有人悲傷，而一個年輕人的死却使他們漠不關心，這是何等慘烈的嘲弄。

總之，蔣勳這篇「勞伯伯的畜牧事業」，不是一篇解悶消愁的悠閒讀物，而是要讀者用思想，用心靈去感受的小說。它必須令每一個讀者都要用思考力，才能探進它的內層世界，正如一個螺旋形的世界，愈往裏旋轉，愈能發現那內在幽玄奧秘的華麗，愈往裏旋轉，愈能觸及人性的眞實，這就是作者的獨特才具。他已經從傳統的藩籬中走出，自築了一座屬於他自己的世界。

民國五十六年十二月六日

刊於徵信新聞報「人間」副刊

感覺性的小說

——談黃綺的「流浪的種子」

如果我們現在就企圖肯定或者否定黃綺的小說在文學上的價值，似乎都太早了。無論如何一個剛滿二十歲，而寫作年齡不及三年的小女孩，她對生活的體認，對人生的整個價值的肯定與否定，都還有一大段距離。然而，無可否認的，她擁有她這個階段的成就，那就是最近出版的處女作——流浪的種子。

這是一本短篇小說集，共包括她近三年來的創作二十餘篇，除了大部份是在「幼獅文藝」發表的以外，有的是在中國時報的「人間」和聯合報副刊、以及青年戰士報的「新文藝」和她自己執編的臺北師專報刊上發表的。在這二十餘篇的小說中，有一個共同的特質；那就是每一篇作品都像被砸碎的玻璃碎片，漂流在清澈的溪流中，它散射着耀眼的光澤。那些看似完整又零碎的片斷，那些實零碎而又完整的表現，令人有一種渾濛、幽玄的感覺。我們說她的小說是詩，似乎又缺少詩的節奏，我們說她的小說是散文，似乎又沒有散文的說白，它似乎是介於散文與詩之間的一種表現。她不以故事、以情節取悅於讀者，而是以華麗、以謹嚴、以一個句子緊扣住一個句子的逼力，扣住讀者的心弦。她不做作，不矯飾，她只憑着自己早熟的思想，和那內心因早熟而煽起的熾烈的情感，赤裸裸地展示在她的作品中。她常常說：「女人是要被熱愛被保護，但不是要被征服被束縛的。」

在她的作品中常常流露着一種現實與理想的衝突。也流露着過早成熟的一種情感與理智的矛盾，她渴望着愛人，也同時企求着被人所愛。從她整部短篇小說看來，圍繞這部小說核心的，就是她那過早成熟的感情，那種愛人和被愛的一種表白。

「流浪的種子」是書題小說，這是一篇「感覺性小說」，她運用散文的形式來容納她個人的混亂的感覺，和那種由直覺概念所攝取的渾濛的印象。她所塑造的主角人物李傲男，並不是生活在一個有秩序、有層次的安定世界中，而是生活在屬於他那個吹泡泡糖的年代的世界裏。作者一開始就寫李傲男背着旅行包，輕輕地帶上門，走了。這種悄悄的，不吭不響的留書出走，是十七八歲年齡最易發生的，那種對世態似懂非懂的年齡。李傲男就是這樣的年齡，一個高三的學生，他厭棄他住久了的環境，厭棄他的學校，甚至厭棄關心他、愛他的人，他說他「只是一顆不容易穩定的滾動的粒子而已。」他喜歡常常更動自己的環境，他厭惡常久呆在同一個地方。他不喜歡受到任何約束，「他常莫名的想逃，逃出人羣，逃出環境，逃出很煩很煩的思想，他害怕一靜下來那些莫名慌恐的啃嚙。」於是，他在短短的初中三年間，他就有過二次的無緣無故的轉學、插班。這時，眼看着就要高中畢業了，但仍然毫不考慮地放棄了他的學業，他背起行囊，踏上他的人生旅途。「火車乘着太陽的金光，奔跑在原野，奔跑在南下的縱貫鐵路上。……李傲男坐在車廂的角落裏，旅行包塞在椅下空着的地方。」這時，窗外的陽光，灑滿了原野，灑滿了稻田，灑在金黃的穀穗上，穀穗成熟着喜悅和朝氣。他很想快活起來，但是，他仍然快活不起來，他不斷地對自己發問，一連串的問號，一連串的茫然像利箭般的聚集在李傲男的腦子裏，他企圖掙脫這些迷茫。

當李傲男靜靜地坐在火車廂裏，一幕一幕的往事就像車窗外面的景物，一景一景地在他眼前掠過去，他心裏也浮沈着那一幕一幕的令人感慨的情景，他想起房東太太告訴小雲說他是沒有心的人，想起初中時就接二連三的轉學，變更環境。想起小雲不斷地要他用功，要他抓住自己，要他改變自己的生活態度和方式等等。他爲自己的出走想了很多，心裏一直忍不住地追問自己，苛責自己，而又替自己辯解。他就是這樣矛盾地在思想裏、在情感上不斷地冲擊着、掙扎着、紛雜着良知的喚醒和欲掙扎欲生存的渴求。

從創作的方法上說，這篇小說是揉合心理分析方法和意識流手法的綜合表現，作者運用現代小說家們所慣用的那種自言自語式的內心獨白，呈現出李傲男的心理反應，和他不斷的接受自我搏鬥與精神崩潰的掙扎，再從她的表現技巧上看，作者一開始就把小說人物和情境推入嶄新的感覺世界。也是作者個人對外在世界的感覺，所交織成的一種內省與自覺的超越境界。至此，作者已完全揚棄了敍述和說故事的傳統法則，甚至連原有的語法，也予以破壞，而重新組織起新的語言的結構。

在這篇小說裏，我們看不到完整的故事，但我們可以看到人物特性的現示，李傲男所代表的是迷失、徬徨與那種無所適從的漂泊性。正是作爲一個現代人的悲劇性，常常會被一種無可奈何的壓力迫着自我割離，和精神漂泊。李傲男始終在爲着追尋自己而苦惱，一直在爲了認知自己的眞實面貌而徬徨不定，這就是現代人的精神面貌。他旣不滿於現狀社會，又不甘於被現狀社會所吞沒。於是，他企圖掙脫一切束縛，而又被自我築就的藩籬所困。

和「流浪的種子」具有相同的性質的小說，還有「屬於披頭的下午」和「擠扁了的週末」。「屬於披頭的下午」一開始依然把主角推入感覺的世界：「午後的陽光，好猛。屬於冬日的突如其來的陽光，叫人暈眩，也叫人顯得慵懶懶的。就又想起了夏天打瞌睡的下午。燥燥的，儘想起海濱和檸檬水的涼，以及甜甜長長的午睡。可是課好重，那時夏日的午後就像纏着毛蟲似的不安蠢蠢地蠕動着。想到夏日我就莫名其妙的煩了起來，像一隻逃脫了的北極熊受不了赤道的炎熱，遂又想念着北極的寒冷一般。」

現代小說最大的特質，就是扔掉冗長的敍述和描摹。他所要的是那直接了當的把內在的意念和外在的表象世界，同時展現在讀者的眼前，讓讀者去感覺他那內心的跳動，和那一連串的半具象、半抽象的符號。於是象徵和隱喻是現代小說家們，在創作方法上所無法避免的一種技巧，這種技巧可以幫助作者將個人意識隱伏在一個面具後面，而讓讀者從不同的象徵層面去感覺它那豐繁的內涵意義。作家們可以透過象徵或隱喻將人類的內在精神（潛意識的活動）呈現出來，而又不致敗壞他的「原性人格」。而我所謂的「原性人格」，實際上就是人性的眞實面貌。人類從數千年來的傳統教養和有形與無形約束，已把原有的人性逐漸泯滅，所剩下的已經是被約束和被變形的人，他擁有的「原性人格」已微乎其微了。

而黃綺這篇「屬於披頭的下午」和前面介紹的「流浪的種子」，同樣是在作着自我的追尋，和自我的認知。我們看他書中主角的一段話就可印證這一事實。「媽媽，什麼是爭氣；什麼又是不爭氣呢？爲什麼人們都要以印在冷冷的卷子上的分數來估量一個人呢？人眞的淺薄到這麼容易用一種尺度來測量的嗎？人原該努力的，捉住機會好好的充實自己。在自己的方向裏，我是說，在屬於自己的路子當中，在追求眞理和永存的生命的過程中，讓我們的生命充塞在驕傲和有價值的生存中。然而，人類呵！爲什麼你不去追求自己的方向，爲什麼你不眞眞實實的讓自己獲得一點東西，而却總在追求着被外在束縛着的虛僞的表現呢？」

作爲現代人的最大悲劇，莫過於「自我」的喪失。他已經完全處於被動的狀態，甚至連吃飯也是僅僅爲了一種無可奈何的活下去而硬往胃裏塡塞食物一樣。杏杏她所渴望的是屬於她自己的那種無拘無束的生活方式，和那想到要奔馳就可以奔馳的日子，她不願意被屈服在時代的重殼中。她認爲生命是屬於她自己的，自己應該有絕對的權利去支配自己。譬如「擠扁了的週末」中，有一段對白說：「生存的價值在於我們自己。人在活着，只是我們人類自己在掙扎着活着而已，並不是世界需要我們活着。我們生存着，世界依舊如此；我們消逝了，世界依舊存在，宇宙萬物依舊生生不息，生命也不過只是零，而人在活着，人就必須叫自己活着而掙扎、而渴望有某種價値的東西存在，那是一種爲人的責任與尊嚴。」

今天社會上有那麼多的醜惡存在，就是因爲有大部份的人喪失了爲「人」的責任與尊嚴。人所以能被社會所容納，所以能被羣體所承認，就是因爲他有爲人應盡的責任。這個責任不是僅僅爲自己如何活下去就算數，而是要創造羣體的生存，創造人類繼起的生命。人類的綿延不絕，就全賴於各人能盡到各人的責任，去創造那萬世不滅的人類。而人類所以能異於禽獸，就是因爲他有尊嚴。尊嚴使人類抗拒一切醜惡的逼力，尊嚴使人性散射燦爛的光芒；尊嚴使獸性滅絕。人的本質是具有「人性」與「獸性」的雙重性格，因爲人類有了尊嚴，始把獸性呑沒。

「擠扁了的週末」是強調人類生存的責任和價値。而「屬於披頭的下午」是搜捕自我的存在，和自我的認知。「流浪的種子」是展示自我彷徨與無所適從。如果我們把這三個短篇連貫起來，我們立刻就可以發現黃綺在人類生命的肯定所作的努力，由李傲男的流浪、漂泊到杏杏的自我尋覓和自我認知，以至到山山的肯定生命的價值和人類的責任。這是一貫串下來的人類生命的音符，它譜成了人生神聖而偉大的組曲，也譜成了人類生命的樂章。

「沒有名字的山」是黃綺在五十五年參加全國暑期戰鬥文藝營獲得小說第二名的作品。這也是她比較早期的作品。那年她大概還是剛剛跳出「寂寞的十七歲」的年歲。一股過早成熟的憂鬱，使她對愛情有一種歇斯底里的渴求，她渴望她的愛人能帶她逃脫現實，逃脫城市的煩囂，而投入到大自然的山嶺，去那兒享受自然的優美。她說：「人不必於現實中爭奪，只要於自然中追求生命的奧義就够了。」

十八歲是做夢的年齡。黃綺也沒有例外，在那個做夢的年齡裏，她充滿着夢幻和對美麗的遠景的憧憬。她企圖跳出現實，歸返自然。於是她邀一個她所謂的中年人的他，要他帶她到山上去，而那個中年人却希望帶她進咖啡廳，兩個觀念的衝突，是造成這篇小說的最重要的焦點。小林林是那個十七八歲的不知愁的，心裏只有幻想，只有夢的大孩子。她所渴望的，所追求的是那和她的心地一樣純潔的大自然。她的心地不會有什麼雜念，一如那純樸的大自然。而那個中年人的心理，可能就不同了，他所想的也許是屬於他那個年齡的情慾。他渴望愛情，但也同樣需求慾的滿足，一種人類的原始的情慾正自他的心中昇起，這是中年人所無法抑制的一種生理的需求，也是人類生命的衝動，心理學家們所謂的 Libido 的汎濫。Libido 的汎濫，能使一個常態人（Normal People）變爲失常人（Abnormal man），因爲 Libido 的本身就具有生命的衝擊力，這個衝擊力愈受到壓抑，它就產生愈強烈的反射力。

黃綺筆下的中年人，爲了迎合那個只愛夢想的少女的趣味，他陪着她到山上去，去山上聽風聲，聽海棠的歌唱。但他是強迫着自己去適應她的生活方式，去迎合她的趣味。然而，在觀念上，在心理上，在生理的需求上，他們之間依然有着一道鴻溝，依然有着不可及的隔離感。

野海棠只是野海棠。

這不知名的山，呵呵——

草莓。蓮藕片。長不大的青澀澀少女底夢。

於是，我突地掙開了他的身旁，開始奔跑在山徑——我像在逃避什麼似的奔跑着……

他們之間有着永遠不能揉合的隔離，這也是作者刻意要表現的現實與理想的衝突，夢幻與事實的距離，感情與理智的矛盾。但是，這篇小說除了作者所刻意表現的兩種年齡所代表的觀念的衝突，似乎其他部份都顯得過份曖昧，過份渾濛。有一點近似英國女小說家維珍妮亞・吳爾芙（Virginia Woolf 1882-1941）的手法，都是以文字形成一種奇蹟。沈深的哲理嵌飾在她那輕俏而活潑的對白中，使人有一種凝睇閃爍着智慧的光澤的感覺。

我們再往下討論，仍然是屬於黃綺的那個年齡的感覺世界，仍然是屬於她個人的愛的呢喃。那就是「想你・在那種日子裏」、「再見・松松」、「溶在山花裏的」，以及「有太陽的日子，多好」。這都是寫給她的愛人的作品，在那眞摯而帶有淡淡的悒鬱幽情裏，我們多少總會感覺出作者的那種幽怨的情懷。

那一陣，我激動得想哭。

別問我爲什麼，我只能告訴你，我的心正激盪得厲害。

想你，打從我們離開到現在，我那麼想你，心就好煩。坐了一下午，我不知道自己究竟做了些什麼事。滿紙儘是沾着風、渲染着細雨的你的名字，那時我們剛從那座山下來，我們就不再見了。於是我就天天想着那些日子，好煩，我就那樣不耐煩的捧着書本。「噢，如果我不那麼想你，多好。我可以多唸一點書。」

這就是作者個人整個心緒的展示，也是她諸多作品中所要展示的愛的呢喃。沈醉在愛流裏，暖暖的愛流，使她迷茫，使她忘去現實的世界，而醉在夢幻般的、神秘的境界裏。像「溶在山花裏的」日子，只有花香，只有鳥語，只有那些潺潺的流水，使她憂，使她喜，使她哀，也使她感，這似乎就是屬於她那個年齡的典型。

「再見·松松」的主題和「想你·在那種日子裏」極爲相似，前者表現了作者心中的喜悅，和生命的雀躍，後者表現了她內心的憂鬱和淡淡的輕愁。但都是以展示她潛藏在她心底的愛的呢喃。

前面我已經說過，現代小說給人的不是那完整的故事，和緊湊神奇的情節，而是像玻璃碎片漂流在清澈的溪流中，我們所見的是閃爍着智慧的光澤。黃綺在前面介紹的幾個短篇中，大部份是以精粹的語彙取悅於讀者，而不是以故事、情節去扣住讀者的視力。她常常把原有的語言的正規結構解體，然後重又拾起，拼湊好一篇雋永的作品，她所以要這樣作，完全是爲了適應她那內心的千變萬化的瞬間印象，和川流變幻的意念，能很迅速地傳出，所以當我們認眞地讀她的小說時，我們常常會感覺有一股青澀澀的滋味。

然而，黃綺的小說也並非全然爲了愛的呢喃，也並不全是那些不吃人間烟火的山呀！樹呀！溪流，澄湖，也有一部份是涉及現實社會的，涉及人生的批判的，那就是她最近發表在「中國時報」副刊上的「球」，這是一篇對人性的一種嘲弄。她認爲人的最大的悲哀莫過於他不得不爲「球」的那種被踢來踢去。

這篇小說約八千字，但在這短短的八千字中，作者却深刻地挖掘了隱伏在人性後面的眞境。她寫一個名叫么密兒的大女孩。每天搭乘她爸爸的交通車到學校去上課，和她爸爸一起坐交通車的還有她爸爸的同事，一個身近五十的中年男人，臉上永遠掛着一種令人難以揣測的悒鬱，「皺着眉，低垂着眼瞼，正是那種眼觀鼻，鼻觀心的肅穆樣子。」他是一個「從未領受過快樂和幸福是什麼」的悲劇性人物。有一天，突然她在交通車裏沒有看到他的影子，這是她每天都可以看見的面貌，雖然是她既害怕又想看的面貌，而一旦驟然消失了，心裏總有些悒鬱的疑慮。我們看黃綺怎樣描寫么密兒的那一刹間的心理反應——

坐上了交通車。

我怯怯的環視周圍，企圖找尋一對令我心顫的眼睛，可是我沒有找到，一陣放心和失望的感覺頓時落在我的心上。這是矛盾的，我既怕看到那人，又渴望看到那人，那個爸爸要我叫他伯伯的人。

那個人爲什麼會對她那樣重要呢？作者運用倒敍的方法，說出那個人曾經一度幾乎要變成她的父親，因爲她的生父嫌家裏的女孩太多，所以當她一生下來就想把她送給人，而要送的就是她現在每天在交通車上既想見到又怕見到的人。

那個男人因爲沒有兒女，所以一直就很喜愛她，他常常到她家裏去看她。後來他太太生病了，在病中一直想着她，也一直渴望么密兒能去見她一面，但么密兒沒有去，不去的理由是她不願被支配，她應該擁有自己支配自己的權利。

下一代的犧牲，常常作爲上一代的廉價的祭品。么密兒之所以不願被父親支配，那是因爲她懂得自我的孤絕，她認爲向上一代作無謂的順從是一種錯誤。雖然去看一看那位被稱爲伯伯的，對么密兒來說並沒有什麼太多的損失，但她似乎是在維持自己的尊嚴，這是屬於人性的尊嚴，她認爲她不應該像「球」一樣，被踢過來踢過去，她應該有屬於她自己的生存的位置，誠如作者在「流浪的種子」中說的：「我相信世界已爲我留了一席生存之地。」作爲人，無論如何總該有他立足之地。他活着，應該有屬於他天賦的自由和權利。人不能像一個球，可以任由踢過來，踢過去。

黃綺在這篇小說中，所要表現的也正是那點屬於人類的天賦的自由和權利。她創造么密兒反叛她父親的意見，反叛上一代把下一代作爲某種代價的犧牲，正是天賦人權的抬頭。

「金色的日曜日」和「原是別離的日子」都是寫黃綺自己的生活，前者是寫她在實習時期，與小學生們所產生的情感，而後者是她畢業時，自己與學校、與老師、與同學之間的情誼。在題意上來說，兩篇都是同屬於一類的，而這兩篇都寫得非常眞摯，那份赤忱的友情，讀來令人有些眩泣的感覺，這是作者的眞情的流露。在文字方面固然沒有「流浪的種子」和「屬於披頭的下午」，甚至「沒有名字的山」那樣華麗，但字裏行間所流露的情感却並不亞於它們。尤其是作者能那樣眞摯地把師生之間一份情誼躍然於紙上，是值得激賞的。

「不是奇蹟」是比較獨特的題材，而且她擺脫了她一向所喜歡運用的第一人稱的寫法，而用第三人稱寫「她」。其實這個「她」仍然是黃綺自己的反映。她寫一個少女突然接到她的愛人的信，約她見面。當她去赴約時，在車站候車的時候，突然遇到一個陌生人，而這個陌生人開始向她搭訕，問她有沒有空，而她因爲心中一直思念她那在南部的戀人，她就有一搭沒一搭地回答他。

第二天，她又在那個車站等車時，碰到那個陌生人。在車上那個陌生人遞了一張紙條給她，她把紙條揉在自己的皮包裏，而腦子裏却浮起了她那來自南臺灣的叮嚀。

這一段寫得很美，作者運用意識流的交感效用，把兩個情境同時出現，看着一個陌生人的信，想着心上人的叮嚀，這是被作者稱爲「荒謬」的行爲。

人生眞正的愛情只有一次，第二次不是爲了好奇，就是一種責任使然。黃綺筆下所極力渲染的也就是人生的第一次愛情，那是神聖而恆遠的。黃綺一再地強調愛的眞實，情的深厚，這是她這個年齡最易觸及的問題，她認爲愛情能被人們歌頌，是全賴於那眞摯而甜蜜的愛和亘古不變的情。然而，在物質文明所壟斷下的焦慮的人心，有幾個人能眞正懂得那「眞摯而甜蜜的愛和亘古不變的情」呢？藝術家們的最大任務就是把醜惡的人生美化，把原已美化的人生，創造得更爲完美。縱使那些如杜斯妥也夫斯基、波特萊爾般的小說家、詩人也是力圖從醜惡中改變爲完美的人生。

而「沒有罪的人」是作者企圖披露一些人類醜惡，但畢竟年紀太輕，對人生對社會的眞實，瞭解的都太膚淺，不夠深刻。「沒有罪的人」是寫一個「大男人」，力圖自己成爲一家之主，企圖做個眞正的男人，成爲女人所倚賴的男人。當他在家裏受盡他的女人的白眼和卑視時，他負氣出走了，他走出了他的家門，走出了他的女人以製造草繩所賺來的家。他到外面去做苦工，他要賺錢，賺錢來養活他的女人和女兒，他企圖用自己的努力，去扳回男人的自尊和責任。

可是，當他到了外鄉找到了工作時，不及二年，突然他夢見他的女人和唯一的女兒在一座荒山叢林中不住的呼救，而且狂奔着，向着一座深谷狂奔。第二天醒來，他就無心做工，於是他始匆匆趕回家，而回到家始發現他的女人和女兒都被自焚而亡，他望着那一爿因火燒而倒塌的殘垣陋壁，他心裏昇起了無限的痛楚。但一切的悔恨和悲傷都無法挽回那已成的事實——妻子引火自焚，和女兒同葬於火海的悲慘結局。

當他一剷一剷地將泥土覆蓋在他的女人和女兒的棺材上時，他哭了。他想起那些半焦的屍體，泛着人肉燒焦的臭味，他想起那曾是他撫摸過的肉體，那是多不可思議的事。他開始後悔自己沒有供給他女人好好的生活，但也憎恨他的女人爲什麼不能和別的女人一樣，鼓勵他，給他男性的尊嚴和責任，他認爲生活是三個人的事，她不應該卑視他，畢竟她還是他的女人。

這篇小說就是這樣以不同的場景，不同的時間和空間，在作者的意識流動中出現，是一篇受矛盾心理的不斷撲擊的精神分析小說。作者反覆地運用獨白、和簡短的對白將那個大男人的心理剖釋出來。她並不是運用慣常的說故事式的心理分析小說，而是運用人類流動意識和浮光掠影的印象，然後透過作者的瞬間的組織思維，將其內在的心理展示出來。無可否認，這篇小說在表現技巧上是現代的，而且取材也很獨特，她選定一個大男人的受創的尊嚴和被漠視的責任，來反抗那種因金錢所帶來的壓力，她認爲人如果僅爲生存而生活，或者爲了慾望而生活，那是卑微的、醜惡的。

小說中，作者似乎還暗示着女人的自焚，並不是純粹爲了貧窮，似乎還有一種無法滿足的人性的慾望，包括那種原始的情慾。後來，寫那個大男人神經失常，移情於用大把大把的鈔票去勾引一個女人，和在電影院門口誤認別人的小女孩，作爲自己的小女孩，這種種心理變化，作者都寫得很精微，很着力。尤其是最後當那個大男人發現金錢的無效，他才眞正感覺到人性的悲哀。

在這裏我們可以看出作者所刻意表現的金錢的力量，前面是因金錢而使他受辱，使他不得不屈辱於女人的卑視中，後面却有了金錢，但又發現金錢的無效，連他所企圖買到的一個女人都不能達到目的，這是他最大的悲哀，也是作者所刻意表現的強烈對比。由對比而產生出金錢的價值，在某些人可能是比生命還重要，而對某些人來說可能就連果皮都不如了。金錢的價值衡量，在強烈的對比中顯示了它的份量，這是作者就道德價值與社會觀念所提出的批判。

我覺得這篇小說最成功的地方是作者在表現技巧上的超越。她揚棄了一切陳舊的法則，而創造了屬於她自己的方法，一種既非心理分析，也非意識流的，而是一種綜合表現，她揉合了各家之長，獨創一種嶄新的方法。她不斷地變換故事的時間和空間，而能把整個故事銜接起來，讓讀者感受到小說的內涵力，這就是黃綺最成功之處。

「油加利樹下的陰影」，在結構上是較爲鬆弛的作品，雖然作者很吃力地提出一個家庭問題，一個被視爲問題學生的憂鬱，而由於作者僅把那些零碎的拼湊在一起，顯得組織力的薄弱。內容是一篇很充實的作品，却沒有呈現出來，這是最大的遺憾。不過，這篇作品還是值得我們重視。尤其是爲人父母者和師長們，作者提出的問題學生，只是一個小學五年級的學生，那種潛伏在她的幼小心靈中的陰影，是多麼的可怕。也就是說所謂問題學生並不在青少年階段，很可能在幼年時期就已萌芽。於是，家長對子女教育，或老師教導學生都要從小着手。

「午後」、「不是輕愁」、「暖暖的春天」、「奔跑在陽光下」、「自由了的算盤珠子」、

「一朵粉紅色的小紙花」、「媽媽．秋已濃了」、「小城．過客．鳳凰花」……都是很好的散文。

散文是初學寫作者的一切基礎，它無論是用字和內容都是較爲自由的一種文學形式。因此，很多前輩詩人都規勸初學寫詩的人，要先從散文着手，認爲寫好了散文，才能寫詩，這種告誡固然有些武斷，但也不能不承認散文在創作基礎上的訓練工夫，而黃綺的散文，是她創造嶄新詞彙的基本訓練，例如她在「山啊！山啊」一篇中有一句：「上次過年時，媽又走了。頂着潑了一天空的星。」我們看她那個「頂」字和「潑」字，這兩個動詞用得多麼神化，它所繪出的形象多麼鮮活而美妙。這就是作者在操作文字上所下的苦工，它不僅僅是傳出作者的心意，而且能使讀者產生豐繁的聯想。

文學是語言的藝術，如果作者不能有效地運用語言文字，他就等於失敗了一半。形式決定於內容，而內容決定於文字，文字是決定於詞彙，所以前輩作家們總是告誡下一代，寫文章要先從訓練文字操作着手，這不是毫無道理的。美國當代文藝批評家韓德（Theoder W. Hunt）說：「文學是思想經由想像、感情、及趣味的文字的表現。」任何一種文學形式的文字，都是力求新鮮、簡潔、而又準確的表現，黃綺在小說語言中，運用了很多虛詞，這是她刻意要求詞彙華麗的緣故。

我們從她整部作品來看，結構鬆懈是這部作品中的最弱的一環。現代小說家們企圖打破傳統的形式，乃主張運用新的表現技巧，這種新的技巧最明顯的一點是「設計的紊亂」。他爲了能更眞實地傳出作者的心意和那些尙未過渡到理性世界的瞬間印象，他不得不以一種最迅速的方法傳遞到文字上，於是，這些文字所貫穿的作者的思想和情感，表面上看起來是紊亂的。而這種「設計的紊亂」，就如同現代小說的語言，它是搗碎了語言的邏輯結構，而成爲一種看似紊亂實則有秩序的新的語言結構，這種新的語言結構，就是「設計的紊亂」。

這部小說的另一缺點，就是重覆的詞彙太多，內容太狹窄，不够廣濶，所涉及的大都是屬於她那個年紀的感情的絮語，和生活的瑣屑紀錄。詞彙的重覆運用，雖然有時可以產生某種邊際效用，但在文學創作中，常常會顯示作者的詞窮，這是作者最弱的一環。如經常出現在她作品中的陽光、山、以及迷失等，讀起來都令人有一種玄和厭的感覺，反不如「沒有罪的人」來得有肉有血的眞實，雖然它也是虛構的故事，但畢竟作者已表現了故事的眞實性。

黃綺的才華，是現示在她的豐富的想像力和天賦的創作才能上，英國詩人兼劇作家曼斯斐爾(John Masefield) 認爲想像力造就了人類的不平凡。而這三年來，黃綺在現代小說上的不凡表現，除了她的努力，大部份是靠她天賦的想像力。例如經常出現在她作品中的陽光、山、……這都是她對男性世界的膜拜與崇仰，她一直把陽光的熱和山的巍峩來象徵男人的不屈不撓的精神，這也是她所以要重覆運用的最大因素。

黃綺對整個世界充滿着幻想。充滿着憧憬。充滿着熱情和眷戀，但也有她淡淡的憂鬱和哀愁，這可能與她的早熟的情感有關。所以在她的作品中，有太多的屬於個人的呢喃，屬於她自己的幻想，很少觸及整個人生的問題，這也就是我所要說的「流浪的種子」，只是代表她那個「年齡」的作品，而不是屬於她那個「年代」的作品，而一個成功的作家，是應該努力創造屬於他那個「年代」的作品，也唯有如此才能不朽。

趙滋蕃的「半上流社會」

在這一代的小說作家中，趙滋蕃先生是唯一苦心焦慮注視過他的時代，他的環境，他的社會形態的作家。從他的成名作「半下流社會」、「子午線上」，以及最近香港亞洲出版社出版的「半上流社會」，全都是以他所生存過，所經驗過的社會作背景，帶着他那種特有的嘲諷的語調，把那個畸形的、動亂的、複雜的、光怪陸離的社會形態展示出來。

香港是一個畸形的社會，多少罪惡在那兒默默地綿生著，多少善良的靈魂，在那兒迷失和墮落，多少男人和女人，在那兒作着荒淫無恥的勾當，但他們仍然有本領高喊：這是人類生存競爭的必然現象。趙滋蕃先生在「半上流社會」的前記中說，「半上流社會」是名符其實的人吃人的社會，是人類精神虛脫狀態的投影。他們雖然口口聲聲高呼着「人權萬歲」，其實在那塊大英帝國的殖民地上，連最起碼的公民權也享受不到。雖然他們也口口聲聲不離「人道」，但在那兒根本人沒有當作人看待。在那兒，大騙子騙小騙子，小騙子騙老實人。就這樣形成了一個龐大而又複雜的騙子世界，在那些騙子中，有落魄的英雄，有過勢的老爺太太，也有遲暮的美人，也有架空的博士、學者，他們薈萃香江，他們過着沒有社會秩序的生活，但有他們自織的生活法則；他們沒有任何生存的組織，但有他們自組的那種非法的組織，他們像一羣蛆，那兒有其生存的空隙，他們就向那兒鑽；那兒有其可黏身之地，他們就向那兒投靠；他們沒有作爲人的中心思想和立場，但他們仍然句句不離「政治」，仍然不離「人道」。他們仍然開會、發表宣言，儼然以一個「政黨」的組織唬人，「把糜爛的生活和巧妙的殘忍結合起來。把虛假的榮華富貴掩蓋住血淚現實。像笑容可掬的老虎一樣。」他們吃人，也甘爲人所吃，這就是那個「半上流社會」的形態。

就小說的本身來說，這是一部嚴肅的批判多於諄諄的規勸，是一部呈現多於表現的作品。他所呈現的，並不是那個社會的面貌，而是呈現隱藏在那個社會層面下的人類的醜惡和善良。

故事以麗池花園夜總會的老闆黎發財的生日宴展開，而那個「半上流社會」的人物，也就陸續粉墨登場，什麼司令、少將、博士、顧問、名男人、名女人，統統出場，濟濟一堂，男的非富卽貴，女的是千嬌百媚。外表看來，儼然是一個「上流社會」的豪門宴會，其實，那些頭銜早已成爲明日黃花，只是在那兒自我陶醉，自我欺騙。然而，就在宴會的同時，在九龍牛池灣木屋區，熠閃着人性的光華，「那是個孤寒而又悽愴的動人場面。那兒笑起來眞是笑。傷感的時候眞是眼淚巴巴。人們的眼睛裏，洋溢着眞純的感情。」這個場面，正好和麗池花園夜總會的那種虛情假意，成爲一個強烈的對比。作者在這裏是刻意要暴露那個「半上流社會」的醜態。這種運用情節的對比，在詩和戲劇中是較常見的，例如杜甫的「朱門酒肉臭，路有凍死骨。」（見杜氏的自京赴奉先縣詠懷五百字）這是作者企圖透過兩個生活方式的異端，而表現出一個強烈的對比。正如趙滋蕃先生將「麗池花園夜總會」和牛池灣木屋區的情境對列，而形成一種對比，由對比而產生嘲弄。這時「嘲弄」成爲這部小說中的重要呈現，也就是小說家趙滋蕃先生所要採取的對那個紊亂的社會，和那個苦難的時代的批判。作者始終把握住那個時代的特質，和那個離亂年代裏所驟然形成的社會形態，而予以表現。以寫作的技巧而言，是介於浪漫主義與自然主義的綜合表現，有浪漫主義的主觀觀察，也有自然主義的客觀分析。美國當代文藝批評家 Philip Rahv 說：「自然主義的方法是『半科學的』，採用了這種方法，作家在『價值的領域』裏就可以採取中立的態度；至少理論上，他對於善惡等問題，是應該採取中立的態度的。」趙滋蕃先生在「半上流社會」一書中，雖然沒有完全採取「中立」的態度，但他至少已做到了泯滅自己的憤怒情緒，他已經做到盡量把自己置身事外，而讓那個社會形貌展示出來，讓讀者去體認和批判。

作者寫陳思敬、黎發財、鄒又紫、文象斗、夏青萍和韓水湄、劉情、柳鶯……都是着重於他們所構成的糜爛的、荒淫的、腐化的生活面貌之呈現。雖然有些地方似嫌誇張，而不切實際，但作者已盡力廻避了那些節外生枝的說白和襯托。根據自然主義的寫作信條——是準確。「人類行爲隨其社會環境而變，而社會環境的各種特質，是活生生的紀錄在社會的每一個人的身上。」趙滋蕃先生筆下的半上流社會是「言不及義，酒食遊戲相徵逐之中……談話無焦點，爭論無中心，完全意氣用事，言談擧止，魯莽滅裂，比的是粗硬壯實，好像他們的年齡和教養，都長到狗身上去了。」（三八四頁）他們有永遠談不完的空洞的理論，也有永遠找不出結論的爭執。他們似乎永遠循環着一條軌跡，那就是吃喝玩樂、美人、酒色，現買現賣，連情意也是在論價之列，誰擁有美貌青春，誰就能把握住好價，誰能掌握最有利的機會，誰就能擁有那些財富。在那兒，最貶値的是仁義和道德。「既然要活下去，那些東西都是多餘的。這兒的愛情是可以挑精揀肥零售批發的。它不惜分給別人，給得越多顯得越豐富。」（一三八頁）縱慾是那個社會裏的最大指標，也是他們所追求的生活的目的。他們把鈔票大把大把地撈進來，也大把大把地花出去，他們像十一世紀的羅馬時代，所面臨到的人類滅亡的恐怖威脅所發出的吶喊：「明天的生命不能預知，我們應該儘情地享樂，世間的一切，只有女人、酒。」

世紀末的吶喊在每一個「半上流社會」的份子中廻蕩，在那兒，看不見人性的光輝，也聽不到正義的呼聲。他們把一切都建築在金錢之上，連他們整日整夜在搞風攪雨的所謂「民主」，所謂「聯盟」，所謂「自由」、「獨立」……都成爲他們撈錢的幌子，他們在那兒撈到錢，就在女人身上逞威風。書中的陳思敬就是最好的例證。原先不過是一個專吃拖鞋飯的軟骨頭，後來透過韓水湄的關係，攀上了那個所謂「半上流社會」，撈到了一點錢，也就膽敢在女人面前大嚷大叫：「天下的貨品，只要標過價的，都算是便宜的。大把撈進，大把花光。」這就是他的哲學，就是他認爲生存的眞理。而那個社會的「名女人」、「名閨」也是唯金錢至上，「誰出得起銅鈿，誰就可以調派她。」（二〇七頁）她們唯一的生存哲學是：「要賺猪的錢，除非伴猪眠。」她們稱愛情叫「交易」，誰能出得起好價錢，誰就能獲得他所要的「交易」。這就是那個社會的獨特的道德標準，人與人之間，除了利用的「有效」價值之外，情義是最脆弱的玩意兒。趙滋蕃先生帶着批判的口吻說：「人自由自在地生活在一個廣大的風景裏，不怕生活如何艱苦，不怕物質條件如何匱乏，人與人之間，到底還有人味。這一點是香港社會完全沒有的。那些焦黃臉上顯露的眞摯感情，跟『半上流社會』每個人戴一張面具演戲，畢竟是截然不同的。」

作者爲了特別顯示出那個「半上流社會」的醜惡，所以才安排牛池灣和調景嶺的那批忠貞愛國之士，他們在那兒忍饑受凍，大家圍着一個火盆，「有男有女，有老有少。互相傳遞着那個大漱口盅。漱口盅裏邊滿盛着雙蒸米酒，嗅起來蠻像酒，喝到嘴裏，却是很地道的豆豉味兒。私釀的土酒，特別便宜。可是喝多了，可以使你雙目失明。」（三九頁）然而，他們仍然搶着喝那廉價的酒，以便在酒精刺激中取暖。這和麗池花園夜總會裏的拿破崙白蘭地、三星白蘭地，當然有天壤之別，但在這個木屋區裏所流露的眞情，那個史千秋爲丁令威賣血籌措盤纏的眞情，是半上流社會裏永遠找不到的。我前面已經說過，對比是產生嘲弄的最有效的形式，也是藝術表現的重要手段。所以，趙滋蕃先生始終把握住這一形式，將他所要嘲弄的，所要批判的「人性」和「非人性」的兩個世界呈現出來。

這是一個人面臨着『人』與『非人』的重要抉擇的世紀，當尼采向我們宣布上帝對人類的無效時，人類已自覺到所謂人性的價值與尊嚴的存在問題。在半上流社會裏，我們很明顯地可以看到那些活得很豪華的人們，他們正是在物慾的壟斷中麻醉了自己，他們不但靈魂已經完全麻木，幾乎是連那麼一點點可憐的所謂人性的良知，都已經麻木了。他所剩下的就是那一身軀殼，那一身被物質文明所壟斷的軀殼，那是不帶半點靈性的，他們的人性尊嚴，已整個被否定。於是，他們所爭取的也就是那無限的物慾的滿足，在那物慾的滿足中，癱瘓自己的意志，癱瘓自己的良知。所以趙滋蕃先生說：「女人們在空虛的心靈裏邊製造愛情；男人們在空虛的頭腦裏邊製造欺騙。因此，有三種東西貶抑了上流社會的身價，而使它成爲不折不扣的『半上流社會』。那就是：愛情？一種本能。欺騙？一種習慣。人？一種動物。沒有比這三種東西得到的結論更堅定更冷酷的了。」

「半上流社會」一書，除了作者的表現技巧值得我們重視以外，作者在文字上所流露的才華，也是值得我們咀嚼的。在現代小說中最常見的是詩的語法，作者往往在文字的本身舖張一連串的意象，他語言的本身產生豐繁的意義，使讀者產生聯想，這是現代小說的文字技巧。而趙滋蕃先生在「半上流社會」中所運用的，似乎又不是現代小說的語法，但它具有現代小說中的同樣效果。他所運用的是語句本身的暗示和隱喻。譬如第一〇〇頁裏有一句話說：「內心的要求和眞正的激情，不是鈔票能燒起來的。」這裏作者暗示了金錢並非是萬能的，也許在那個半上流社會中，一切都是被建築在金錢上，但在某種情境中，金錢可能就顯得非常脆薄無力了。

語言的獨創表現和語言本身所產生的豐繁意義，並不一定要在文字本身的晦澀或深邃上，而往往是極淺顯，極通俗的語言上，也能產生豐富的意義，譬如趙滋蕃先生在表現那個過勢英雄的粗野和他的不學無術的特性，他只用幾句對白就點明了一切。「老子告訴你，老子天生天養，命大紅頂子，命小紅頸子，讀不讀國民小學沒有關係！」這幾句話，幾乎就說明了那個司令的無知、強蠻，和他的粗俗，不但點明了他的出身，也說明了他的性格。

文字的功力，是趙滋蕃先生在小說上的一大特質，不但在這部「半上流社會」中能展示出他的才華，就是其他如「半下流社會」、「子午線上」、「海笑」都能表現出他的獨特的語法，我想這也是趙滋蕃先生在小說上獲得成功的因素。

最後，我要談及這部小說的人物特性的顯示和它的結構，這是在這部小說中較弱的一環。作者是運用複式結構，但由於他刻意要嘲諷那個半上流社會的糜爛與墮落，因而有大部份的哲理是強灌進去的，這種強灌的後果，自然就影響到結構的嚴謹，和人物特性的顯示。小說中除了鄒又紫這位過勢英雄，和唯利是圖的黎發財，以及交際花劉情等等的形貌較爲清晰以外，其他的人物都很模糊。這可能是因爲人物過份複雜，而影響到作者的組織力，尤其是處理幾個戲劇場面，都沒有處理得好，例如丁令威要到日本去，史千秋爲他賣血籌措旅費，這是一個很感人的場面，卻被作者輕輕幾筆帶過了。而第十五章所顯示的時代背景，也不夠明朗，以趙滋蕃先生的寫作修養，應該有更輝煌的表現才是，這是我個人的一點淺見，提出來就教於作者和讀者。

六十八年刊於青年戰士報副刊

朱炎小說中的鄉土意識

現代小說最大的轉位，是愈來愈接近於詩的表現。如援用象徵、隱喻、比喻、暗示，以及鋪張意象，重視語言的多義性，和運用無聲的獨白等等。而不再以敍述故事，鋪展情節，刻劃人物性格爲滿足。他們摒棄了諸多外在事物的描寫，而著重於某些隱藏在人心底裏的眞實處境之挖掘。我曾經在一篇論文中說過：「現代作家也許已深深地體認到，在這高度物質文明所壟斷中的人類困境。所以，他們已致力於建立人類的新秩序，探討一種新的倫理觀念，甚至有些已從事於長期的探討人的根本存在問題。他們認爲神已經是不可信賴的虛有其名的一種標誌，人類所必須重視的是人的本身，只有人自己能解決人的問題，這是現代作家們在觀念上的最大轉變。」前輩作家們始終堅持文學是人生的反映，認爲文學是在表現人生的萬象，繼而批判人生。而我個人認爲今天的文學，已不僅僅是人生的反映，或者批判人生爲目的，而是應該挖掘隱藏在人心底裏的眞境——人性。

人生的反映是著重於人們整個生活形態和他的歷程的展示，而人性的發掘，是有鑑於當前物慾氾濫中，人性日漸式微的情況，而喚起人性的自覺。無可否認的，我國新文學的發展，無論詩歌、小說，在表現技巧和語法上都深深的受西洋文學的影響。尤其自歐戰以後，西方有一部份作家們提出所謂「反故事、反小說」的主張，以及意識流的心理小說和紀德的純粹小說等等的推波助瀾。加之新派批評家們對佛洛伊德的精神分析學的援用，使文學創作轉向自覺性較少的內在心境之呈現。

現在我就依此觀念來探討六十五年榮獲金筆獎的小說——朱炎的「在河之洲」。

這是一篇以作者故鄉的農村社會爲背景的小說，以其細膩的手法，運用象徵與隱喻將反共意識隱藏在小說裏。同時透過小說的緊密結構，呈現出一個嚴肅的主題，說明國難當頭，人人有責，沒有一個人能獨善其身，置身事外的。所謂「苟全性命於亂世，不求聞達於諸侯」的獨善其身的想法，是失敗主義者，是消極的，是逃避現實的。作者特別强調，今天的處境是要每一個國民都能堅守崗位，積極奮鬥才是成功之路。

小說標題「在河之洲」，是借用詩經「國風」裏的「關關雎鳩，在河之洲。」根據詩經裏的原意「在河之洲」的「河」是指黃河，而「洲」是指浮出水面可居之地。這個題目本身就有一種暗示性，它影射人生的某種處境，想離羣索居，獨善其身，與世隔絕，能居於一洲之地爲滿足的處境。

蓮馨她爹原是一個「古道熱腸，好爲地方上的孤苦百姓挺身出來鳴不平的書生。」但有一次「他代表莊上跟橫徵暴斂的游擊隊交涉，反被某些莊民出賣，害得他房產被燒光，妻兒被燒死；自己則拖著受傷的右腿，抱著女兒連夜逃亡，得以倖免於難。」作者運用旁白的方式，將蓮馨她爹的性格轉變的成因敍述出來。緊跟著一段獨白式的敍述，是影射題意「在河之洲」及蓮馨她爹的心理意識。

據說蓮馨她爹之所以願意來朱家莊敎書，一方面是因爲他與雲生他爹原是老友，盛情難却；另一方面也是因爲他認爲朱家莊離縣城和幾個大鎭較遠，少受戰亂的騷擾。當他搬進葦灣小渚上的三間小屋之後，對那個四面環水的小天地感到非常滿意，就決心在那裏落戶，度其餘生。朱炎爲了强調蓮馨的爹要想逃避現實，過其遺世獨居的生活，特別以他的愛潔癖來加重讀者的印象，同時也藉此來比喻其想獨善其身的孤絕感。

蓮馨她爹是高等小學校裏學識最好的國文老師。斑白的頭髮，向後梳得很妥貼，臉上乾乾淨淨的，沒有一顆顯著的斑點。修長的身個兒上，老是罩著一襲整潔的長袍，好像永遠不沾灰塵似的。

似乎這樣不足以表現蓮馨她爹的愛潔癖，所以，作者連續運用人物的動作和他所處四周的環境來加以强調。「他整潔成癖，閒來無事，總愛用兩個中指去貼摸兩道細長的眉毛和兩撇八字鬍，要不就是用小剪刀修剪鼻毛。他渾身上下總是那麼乾淨俐落，動作也總是那麼溫文爾雅，應對進退更是儘量合乎禮儀。」接著又寫：「蓮馨和她爹把三間房子和前後院子整理得乾乾淨淨，有條不紊。」這兩段敍述，不僅說明了他的愛潔癖，同時也刻劃了一個書生的性格，以一個短篇小說來說，對人物動作能有如此深刻細膩的描寫，是極爲不易的。

用一個人的愛潔癖來象徵其獨善其身，這個意象非常鮮麗。譬如作者一開始寫蓮馨褲襠裏沾了一片汚泥，一方面是象徵蓮馨後來受到欺辱所埋下的伏筆，一方面也暗示她未來的命運將會被「一個粗大尖長的瀰螺」般吸著而無法自拔。我覺得朱炎創造這個意象是非常貼切的。意象和象徵的運用，原是由詩裏轉換而來的，而現代小說作家運用在小說的創作上，的確增加了不少豐繁的意義和層次。朱炎在文學上是受過嚴格的學院薰陶的，他不但在西方學的是現代文學和比較文學，而且回國後在台大也是執教現代小說以及美國文學。一個深受過學院派嚴格訓練的作家，無論在語言的駕馭和意象傳達的層次上，都多少要深受其所承受的教養的影響。從朱炎諸多的小說創作中。很明顯的，我們可以看出當代美國幾位大家的影子，如佛克納、梭羅、海明威等人。尤其佛克納和梭羅在語言上創造的誠摯、細緻、和意象的舖陳，以及海明威對人性的追迫和肯定，都深深地感染了朱炎的小說。

當她低頭伸手把一個蛤蜊摸上來的時候，他看到她的褲襠裏沾了一片汚泥，黏黏的一片汚泥，而且她白嫩的大腿裏子上更緊吸著一個粗大尖長的瀰螺。

蛤蜊的肉體與蓮馨的白嫩大腿，影射出性的刺激，但也暗示了這兩者原都是充滿著青春的純潔的誘惑。「黏黏的一片汚泥」，固然是延伸前一句「沾了一片汚泥」，而加重前一句的助詞片語，但「黏黏的」這個形容詞，就含有强烈的性的象徵，猶如那隻灣螺是男性性的象徵一樣，這是呼應後面蓮馨被她家的僕人老潘凌辱玷侮的暗示，也可以說是這篇小說的悲劇結構的伏筆。朱炎對小說情節的預期和邏輯結構都有極嚴謹的佈局，例如在他尚未推出灣螺、黏黏的一片汚泥之前，先就有了性刺激的預期。

雲生在她後面忙著摸蛤蜊，不經意地看見她的褲管挽得高高的，高得不能再往上挽。他看到她的大腿裏子白嫩細緻得一如剛剝出來的葱白，她那一雙半隱在軟泥裏的腳丫兒，跟水的顏色差不多，像是一對靜伏著的鯉魚。他知道那雙腳丫兒的腰底也跟嫩鯉魚的肚皮一般細白。

這裏作者用了兩個明喻，葱白和鯉魚，都是比喻蓮馨的大腿的膚色，這和白居易在「長恨歌」裏的「春寒賜浴華清池，溫泉水滑洗凝脂」後所展示的肉體的誘惑，是有相同的性挑逗意識。當楊貴妃被侍女從華清池裏扶起後，是一朶出水芙蓉，滿頭烏黑的鬆下的長髮，花般的面貌，輕輕移動的蓮步，都足以引起人的性衝動。在海明威的小說中，也有女人鬆下頭髮是性的暗示的描寫。在「長恨歌」裏最赤裸最大胆表現情慾的莫過於「芙蓉帳暖度春宵」和「玉樓宴罷醉和春」兩句，這兩句詩裏的「春」都是情慾的象徵。甚至作者對女主角蓮馨這個名字的本身，都可能具有象徵意義。從周敦頤的「愛蓮說」，認爲蓮是出汚泥而不染的純潔之生物，以物喻人，象徵一個人的高風亮節的人格結構。

從題材的選擇到主題的確立，「在河之洲」是一篇極完美、極嚴肅的作品。題材的選擇，一方面靠個人的經驗，一方面是民族經驗。個人經驗的來源一則是直接的感受，一則是間接的轉換。直接的感受靠平時對事物的印象和記憶。這類材料有時受社會契約、歷史條件所支配。歷史條件的不同，個人所受的過去經驗亦就相異，而所提供的材料亦就大大的不同，朱炎在「在河之洲」裏所採取的個人經驗，是我國抗戰末期的北方背景的歷史記憶。如果說這是作者個人的經驗，毋能說是我國的民族經驗。

文學反映人生，同時也呈現出一個時代的特質和社會結構。朱炎推出一系列的短篇小說，在題材上都是圍繞著他那個「朱家莊」來勾劃一個時代的背景。但這個時代背景正現示出我國在那一個社會結構中的時代特質，一個極端紊亂，而又令人迷惑的年代。蓮馨父女就是想從那紊亂的世界中逃避現實，從現實中退隱到一個孤絕的世界裏過其獨善其身的隱士生活，但他終被現實所擊敗。

「不是我不想讓你們過好日子，我倒想讓你們平平安安地過一萬年。不過我覺得，人類是一體的，彼此的苦樂當然也是息息相關的。而且，完全隔離的生活，不是正常的生活；久了難免出毛病。」

「會出什麼毛病呢？」蓮馨不以為然，「我爹說，天下萬物沒有比人類更卑鄙更狠毒的，避之則吉！」

「世界上有壞人，也有好人。如果好人都逃避現實，放棄對社會的責任，那麼世界只會越來越壞。」

這幾句對白點明整篇小說的題旨，也是這篇小說藝術的巔峯之處，說明了個人對社會的責任，和人羣關係的義務。人類是整體的，他們的生存結構是合作的，是相互關連的。尤其是在現代的社會結構中，個體是沒入於羣體之中，只有集體的存在，才有個體的存有。昔日的「各人自掃門前雪，莫管他人瓦上霜」的個人本位主義，是落伍的，是衰敗的，是腐化的。所謂「不在其位，不謀其政」是逃避責任的苟且心理。而今天整個民族的慘痛歷史，正是每一個中華兒女的個人痛苦經驗。一部偉大的文學作品，也正是從個體的慘痛經驗中，透視出整個民族的苦難，也唯有將個人與整個民族的苦難聯結在一起，才能表現出文學作品的價值。

無可否認的，近百年來，我國歷遭內憂外患，人們飽受了戰爭的動盪與摧殘，的確已普遍感到對生命的厭倦和對生存的疲乏，因此，多少人企圖想逃避現實，歸隱到與世隔絕的孤絕處境中。然而，人的生存是靠集團安全的護衛而存在的，個體的存有，是因爲有團體的存在。誠如朱炎在小說中說的：「人類是一體的，彼此的苦樂當然也是息息相關的。」而杜威也說：個人不是生活在眞空之中，而是生存在特定的社會文化環境之內。所謂「獨善其身」的意識形態，已經不適合今天人類文明進化的同存結構，那些强調極端個人主義的希臘辯士，亦無法否定社會文化和環境對他的影響力，他不是想從社會中逃出，而是想進入社會，在社會中尋求自己的存在。劉述先在「關於世界主義民族主義個人主義」一文中說：「文明的生活乃是不同的個人結合在一起的共同參與的生活。」在同文中又說：「一個人決不能拋棄他對自己的家庭、社會、國家、民族，乃至世界人類的責任。」我想朱炎這篇小說就是表現人類對自己的共同責任，對文明進化中的同存結構的社會責任、國家責任、民族責任，乃至全人類的共同責任。

六十五年七月二十一日
發表於青年戰士報副刊

象徵與意識流之運用

在沒有討論黃亞瑞的「貓的下午」之前，我先引述一首法國象徵派的詩人波特萊爾（Charles Baudelaire 一八二一——一八六七）的「貓」（les Chats）。有關貓的題材，波特萊爾曾寫過四首詩。我現在所引述的是胡品清教授所選譯的，早年覃子豪先生亦曾譯介過，且作過極有深度的剖析與評介。

來吧，我美麗的貓，來到我愛戀的心上。
隱藏你的指爪吧，
讓我浸沉於你美麗的雙目，
他們是金屬和瑪瑙的混合物。

當我的手指隨意地愛撫着
你的頭，你有彈性的背
當我的手陶醉於
撫摸你荷電的身體的悅樂。
我便想起我的女人。她的目光。
一如你的，可愛的動物
深沉而冷峻，割截如投槍。
從頭顱直到腳趾，
一縷危險的幽香，
漩走於她棕色的身軀。

波特萊爾企圖透過貓的象徵，將人與獸之間作一種混合，一種屬於人獸之間之情慾的混合，猶如「金屬」與「瑪瑙」的混合。所以，一開始他就用呼喚愛人般的溫柔聲調，來呼喚貓。當他呼喚貓的時候，他的心意正把貓作爲自己的戀人；當他的手指隨意愛撫牠的頭，牠那帶有彈性的背時，他下意識的心理，正是撫觸着他的戀人。覃子豪說：「是一種病態的狂熱，是性渴求變態的表現。」其實，這是一種移情作用，將個人愛戀一個女人的情感，移向對貓的愛戀，這時貓與女人成爲共同物，貓是女人，女人是貓，而彼此都有象徵的蘊含。如果貓是女人，貓的溫純、馴良就是女人的特性；如果女人是貓，那麼女人的乖巧、美麗、溫馴，也就是貓的特性。

文學中運用象徵，並非始自今日，而是遠自古遠的年代卽已存在，甚至有的追溯到原始時代的神話，認爲先民時代的神話與傳說都具有一種象徵性，而這種象徵性是非常曖昧的，至今都無法肯定其存在的眞境。但有一點可以肯定的，它的精神力量是原始人類的共同意識之綜合表現，它是超自然，超人類的一種隱潛力量。所以，神話與宗教是結合在一起的，是同一母體的孿生體，因此，在這兩者的共同結合下表現了原始人類的社會意識和文化結構，也使我們追溯到原始社會的文化結構——一個受「圖騰」與「禁忌」所支配的社會形態。

黃亞瑞這篇小說的故事原型是類屬於神話式的，描寫一個憂鬱的少年，透過「貓的下午」，勾劃出他種種似成熟又不成熟的思緒，在猛烈的陽光下，在「幾面粗牆和一座不成形梯階的廢墟裏」，想及自己，想及自己的生存和死亡，以及一些生存過程中必然會遭遇到的戀情……等等。

從表現技巧上來看，這是一篇揉合了象徵與意識流的感覺性小說。作者一開始將主角人物推向純粹感覺性的世界，這手法有點像早年沙特在「牆」（Le Mur）裏將主角人物推向一所白色的大房間，在強烈的光線刺目下，孤獨地掙扎一樣。黃亞瑞亦是將主角推向牆，推向一座廢墟裏的牆角，在那兒孤獨地「閉上眼睛聽自己的呼吸；想一想自己；數數自己的肉體一絲絲死去。」而沙特小說中的人物，是被推進「牆」裏等待死亡，因爲他們都是被宣判死刑的囚徒。而黃亞瑞小說中的死亡是一種幻覺，是他自己想着自己的無聊，無聊到想死，因爲他想到「死不等於結束」。

他期望被一羣盤旋在空中的禿鷹發現。

然後讓自己的靈魂施施然坐在一旁守望。心裏感覺有趣，好笑的看牠們一邊啄他的屍體，一邊解除了飢餓後所發出的枯乾沙啞滿足的叫聲。

然後看着自己的屍體逐漸變成一具粘了肉絲散了的骨梁，和幾灘熱腥血跟禿鷹爭執間留下的羽毛。

然後笑着頭顱骨以兩個染上夕陽的血的眼眶深深向太陽乾笑。

然後夜裏刮來一陣風。

然後看看細沙緩緩地埋掉它。

這一大段獨白，雖然是那個男孩的幻想，但也是他內心的獨白，是意識到自己綣縮在牆角裏的虛無，一種對生命的虛無。這種虛無感，多少含有一點荒謬的意識。自己守着自己的屍體讓禿鷹一絲絲地啄噬，這是多麼荒謬的思想，一個十七歲的少年，可以說還沒有踏入生之旅途，却想到死的終極，而且竟想到如此的方式來處決自己。

牆和猛烈的陽光，是給那個男孩最大的壓迫感，他「木訥的望過右側的牆頭，絕望的看不出一把風來。右側有一面高牆，牆體很跛扈。……陽光撲在牆面上，白花花的。」面對着這兩扇高高的牆，他無形中成了那牆裏的囚徒，感到無比的空寂，他突然對塗滿大地的陽光厭惡起來。我想黃亞瑞在架構這篇小說場景時，多少受了沙特和卡繆的影響。卡繆在「異鄉人」裏塑造的男主角莫洛蘇，也是因爲海濱猛烈的陽光使他心情煩燥，使他無緣無故的開槍射殺那個阿拉伯人。而黃亞瑞塑造的那個十六七歲的男孩，亦正因爲不斷地被猛烈的陽光所照射，才顯得心煩意亂。

他有點莫名憤怒的想起沙漠。

他曾說要獨自跑到一座有沙有石有山的沙漠去，帶管槍，無目的地向前行去。

在途上偶爾放放槍，聽槍在硬板板的天空中喚了聲後無助地斷氣。

沙漠、沙地、倒塌的牆，都是襯托那個少年的空寂的處境（心境）。我不知道這是否就是一般所謂「寂寞的十七歲」的心境。但從整篇小說來看，黃亞瑞的確有這種意圖，想從他感覺的世界中呈現出此一心境。所以，全篇都是運用內在獨白（interior monologue）的語言結構，而這種語言結構最容易傳達個人的內在心境。早年維珍妮亞·吳爾芙（Virginia Woolf 1882-1941）和喬義斯（James Joyce 1882-1941）、佛克納（William Faulkner 1897-1962）都曾經大量的運用過這種語法，這種語法可以獲得極有彈性的表現。也就是所謂語言的多義性，它能耐得住讀者多層次的解釋，而使內容更加豐繁。有人認爲佛克納和喬義斯的小說晦澀，認爲語句過份冗繁，其實，正因爲晦澀和冗繁才使他們的小說具有內在張力（interior extent）。

意識流的小說，有一個最大特質，就是缺少邏輯結構，而着重意象與意念的表達。小說家們爲了急速地傳出自己內心的意念，往往不經過邏輯的思維就將那些意象呈現出來。所以，他的小說語言，成爲意象與意念的聯綴。因爲缺少邏輯結構，而使小說中的敍事觀點沒有一個準據，只隨着作者個人的意識心理的變動，而將種種事物，包括記憶之聯想，和對外在事物的瞬間映象（Vision），能在同一時空裏出現，也可以在同一時間裏，而不在同一空間裏出現；也可以在同一空間裏，而不在同一時間裏出現。這種時空觀念的交錯，亦常常會使小說本身變得紊亂而呈無秩序狀態。

黃亞瑞的「貓的下午」的確援用了不少西洋現代小說的技巧，而最明顯的是意識流的小說技巧，和詩的象徵手法之運用。但黃亞瑞沒有囫圇吞棗式的套取全盤西洋的技巧，他有他的獨創性的語言表現，如小說中重覆出現貓和牆的意象。因爲「貓跟虎」，而「牆跟跛扈」無形中給了那個十七歲少年一種重大的壓力。再加上猛烈的陽光和寂寞的下午，以及那個女孩「有意無意地避開他」。所以，使「他腦裏有種水質的感覺，一種的蒼白，却不徹底，一點混淆，一絲滿足。」最後竟使他無助地靠在牆上，大喊：「死了吧！這個世界」。

黃亞瑞的小說語言最顯着的特色，就是把詩的語言中的稠密度和節奏感運用在他的內在獨白式的語法結構中。

陽光冷了下來。

那幾面牆沈下淡淡水灰色的臉。

風很放肆，把四周的樹葉吹得墨蝶般飛躍。

他望向天空。

天弄皺了臉。那些雲如女人的長髮突然神經地散發開來。

像這種語態結構，已經超越了小說常用敍事語法，而進入到詩的表現方法。我前面已經說過，現代詩講求的是意象的舖陳，和語言的獨創性。而現代小說，尤其是現代的短篇小說，已愈來愈接近於詩的表現。對語言的稠密度和音樂性都已普遍受到重視。且大多數的嚴肅作家們，已朝向這條創作的路向邁進。無疑的，未來的小說世界，將會是一個充滿着詩意的世界，而不再以敍述故事爲滿足。

六十五年七月二十二日
刊於青年戰士報副刊

林玲小說中的情境對比

杜甫自京赴奉先，有一首詠懷詩云：「朱門酒肉臭，路有凍死骨。」這是兩種完全不同的情境，一種是朱門酒肉臭，一種是路有凍死骨。如果我們擴大到社會形態來看，這是兩種完全不同的社會形態。但杜甫在詩中所呈現的內涵，是透過這兩種不相同的情境對比，來達到嘲弄的效果，由嘲弄而產生對社會的批評，這是文學的最終目的。

情境對比一般用在藝術和戲劇上較多，如藝術上利用相鄰部分的色調變化與層次，而產生對比效果；在戲劇上運用不相同的人物性格、動作，以及場景等等，而產生對比的效果。在舞臺上我們常常看到一些滑稽的動作，或聽到一些幽默的對話，而這些滑稽的動作和幽默的對話，都含有濃厚的嘲諷意味。在戲劇裏有所謂「悲劇的嘲諷」(tragic irony) 和「喜劇的嘲諷」(comic irony)。而這兩種形態是相互依存的，也就是說，悲劇中可能有喜劇的成分，而喜劇中又有悲劇的成分。也正因爲如此，才形成戲劇本身的衝突，由衝突而產生高潮。在這人物行爲的發展過程，他的動作和語言都是產生對比最主要因素。對比不僅在舞臺劇裏有其特殊的效果，而在現代電影上的許多對比的情景，也是導源於早期的舞臺喜劇裏的情境對比。至於小說中的對比，是否導源於戲劇，抑或是詩歌的對比，均非本文所要討論的主旨，那是屬於考證的工作。而本文僅就文學中所運用的情境對比作一個概略的介紹，以便探討林玲的「稻子彎腰時」。

林玲的這篇「稻子彎腰時」，無論是故事和主題，都是以今昔之比。在時間上，是近十幾年來和二十年前之比，在空間上是今日的臺灣農村和大陸農村之比。我想作者既然用的是對比手法，不妨就故事內容和時代背景，以及故事結構等方面的對比來探討她這篇小說。

故事展開在五月的屏東，「太陽烈得像一把火傘，烤得每寸土地都是熱熱的，煮煮的。」孩子們剛睡醒午覺，便急着從冰箱裏捧出半個大西瓜來吃，而他的母親惠玉看見孩子們的快樂生活，便聯想到「自已十歲時，跟着母親在匪區的故鄉討生活的情景：那時候，她得上山砍柴；下海撿螺螄，撈海苔；挑水、洗衣服、煮飯……」同樣是十歲大的孩子，但生活的方式和物質生活的享受各有不同，成爲一個強烈的對比。這個對比是因爲故事背景不同，發生的時間和地點的不同，而產生現實情境的對比。同樣是中華民國的國土，却因領導政權的不同，而使人們的生活方式迥異，甚至有着極大的差距。

在臺灣，天氣熱了，有冷氣機調節室內的空氣，有冰箱儲藏大西瓜和其他水果，來供孩子們止渴；而在大陸上「不管是炎夏或寒冬，肚子總是餓着的……」我曾經聽過一個從大陸逃出來的反共義士說：「在大陸，老百姓煮菜用油，是用一塊小布醮着油在鍋壁上擦上一圈，而臺灣炒菜用油，是端起油桶向鍋裏倒的。」事實至爲明顯，臺灣的老百姓都怕油膩的食物，怕發胖，怕營養過多，而大陸上的老百姓却普遍鬧着貧窮，吃飯只是爲了塡塞饑餓，根本談不上營養與不營養。而臺灣的老百姓，尤其是城市裏的老百姓，不僅要吃得好，而且要講求吃的藝術，一桌宴席上萬元臺幣的比比皆是，這和大陸上吃頓飯要繳飯票的宴客方式，眞可以說有天壤之別。

林玲這篇小說，只是透過十歲大的孩子們的生活方式來透視兩個不同的世界，眞有如杜甫詩裏說的，一邊是朱門酒肉臭的豪奢生活，一邊却是路有凍死骨的窮苦生活。貧與富、醜惡與善良、人性與獸性的對比，是這篇小說的主要題旨。

沒有飯吃的日子，飯就會變得特別香了。有一個事實是無法解釋的，在那段日子裏，惠玉的鼻子變得特別的靈，老遠的，她就可以聞到別人家飯煮熟時的那陣陣令人垂涎的香味。但是後來來到了臺灣之後，當她天天都有白米飯可吃時，她就再也聞不到飯煮熟時的那股誘人的香味了。

這種對比，作者並不是僅止於在文字中所呈列的情境對比，而是透過一種對列的感覺，呈現出兩種心境。對惠玉的心境的呈現是多方面的，例如「在大陸上，尤其是在鄉村裏，讀書的人很少。女孩子大多不唸書，就是唸書，也都唸得很遲。往往是十一、十二歲才上學；而且往往是唸完小學就不唸了。」而在臺灣有正規的教育制度，學童到了七歲，不分男女都得接受九年的國民義務教育，國中畢業後，仍然可以繼續升高中、大學、研究所，甚至高級研究所，這一個完整的教育制度，和大陸上的教育制度的比較，無形中顯示了兩個環境之極大差距。

惠玉的童年和她兒女們的童年是一個強烈的對比，不僅在生活方式上，受教育的制度上有極大的差距，而對農村的種種情景的反應也有不同的心境。惠玉所看到的臺灣農村，是清新的、親切的、滿足的，「那一串串珍珠般的顆粒，實在太美、太可愛、也太可貴了。它給人一種紮實的感覺，也給人帶來了信心和力量。」她的孩子們到收割過的稻田裏去撿拾稻穗，只是爲了好奇、好玩而已；但她自己在當年大陸時撿拾稻穗是爲塡塞饑餓，爲了「能吃到一餐白米飯」。這兩種心情是完全不同的。

就以撿拾稻穗的行爲來看，也有兩種完全不同的動作，在臺灣可以自由自在的撿，而且到處都是稻穗，「這兒的稻穗眞多，更奇怪的是這兒沒有拾穗的孩子。」而這裏的孩子是「一個常常要人逼着，哄着才肯吃飯的孩子。」在大陸上，每到稻收時候，到處都是拾穗的孩子，每個人都希望能幸運地多拾一些稻穗；能够眞的吃一餐香噴噴的白米飯。然而，在大陸上連撿拾稻穗也沒有自由的權利，「她不敢跟別的孩子爭奪……別的孩子要怎麼整她，就可以怎麼整她。」她不敢還手，也不敢反抗，「這一來，她要找到一串稻穗就格外的困難了」。撿拾了好長一段時間，才撿了幾串稻穗，可是一個民兵跑到她跟前破口大罵：「呸！小地主！到現在，你還想來剝削農民的血汗啊！」撿拾農民遺落在稻田裏的稻穗，也能算是「剝削農民的血汗」嗎？這個什麼論調？

在自由與不自由的背面，隱含着人性與獸性的對比。「三十八年，故鄉淪陷了，惠玉的祖父因爲擁有幾十畝水田，被共匪以『地主』的罪名鬥死了。……他們的田地，房子，全被沒收了，可憐的母親帶着三個孩子，吃了早餐不知道晚餐的着落，過了今天，不知道明天該怎麼辦。」但還有「比饑餓更可怕的事，是共幹們敲鑼的聲音。三天兩天的，只要他們一高興就抓幾個地主當衆跪在那裏，惡打辱罵一番。惠玉的母親，就是這樣慘受饑餓的威脅和共幹們的侮辱，而每次都帶着遍體鱗傷回來，抱着孩子無助地低泣不已。這是共幹獸性的行爲，完全漠視了人的生存權利。然而在這篇小說中，我們也可以看到人性的一面，那就是惠玉的姑婆和阿財叔所表現的同情和憐憫的愛。當惠玉老遠地跑去找這位姑婆時，「姑婆爲他們煮了兩大碗湯圓」給她們吃，「臨走的時候，他老人家，還瞞自己的兒子，量了幾升米叫他們帶着。」那份甜，那份愛，那份思，是多麼的重大。而阿財叔雖然沒有那位姑婆慷慨，但內心的善良是一樣的。當惠玉在稻田裏撿拾稻穗時，阿財叔看她撿了半天才只撿了幾串稻穗，便說：「才這幾根，够做什麼呢？」便拿起鐮刀，沙沙的兩下，割了一大把稻穗，塞在惠玉的竹簍裏，這種溫情，這種關切，這份愛是多麼感人啊。和前面共幹的猙獰面目成爲強烈的對比，可以說是善良與醜惡的對比，也是人性與獸性的對比。

林玲這篇小說，除了大量運用對比的手法以外，同時也援用了一些電影手法，如對蒙太奇的影像重疊法，林玲將今昔兩種情景，透過兩個意象的重疊，同時展示在讀者的面前，她從現實的景物重疊在過去的景物上。例如以惠玉的十歲的孩子重疊在她自己十歲那年的童年裏，這種種影像的重疊，都明顯地襯托出兩種生活方式的差距。再如她看到臺灣農田裏留着長長的稻根，便想到「當年在淪陷的故鄉，也有這樣長長的稻根的話，我就用不着老遠地爬到山上砍柴了」。一個十歲大的孩子要到山上去砍柴，本來就不是一件容易的事，而她又是「地主」的孩子。所以，經常被一羣匪幹的兒童隊欺壓，自己砍的柴，也經常被他們搶走，而且還受到警告：「這座山是我們的，你們是地主，不可以到這裏來砍，如果再來，我們就打斷你的腿！」

在臺灣的兒童不僅不要上山砍柴，恐怕什麼是柴火都不知道，因爲這些年來臺灣的經濟建設的飛躍進步，已普遍用煤油、電、瓦斯等工業產品作爲燃料了。就是農村也已大量使用電力和煤氣了。那裏還能看到柴火呢？更不會因爲看見留得長長的稻根，而聯想到柴火這個意象。

惠玉對稻草特別敏感，因爲她不僅聯想到它可以作柴燒，而且曾經有兩年的寒冬，她和她母親都是依靠這種「稻草被」熬過的。她說：「雖然稻草被不够暖和貼身；雖然她們經常是在稻草被裏打抖度過漫長寒冷的黑夜；但這比沒有好多了。」

運用影像的重疊法，最大的好處，是能將現實的事象與記憶中的歷史事象，同時展示在同一畫面上，讓觀衆（讀者）能在同一層面上客觀地看到情境的對比。由這些情境的對比而呈現出作者的意念和情感，而讀者亦客觀地從那些情境的對比中感受到作者的情感與意念。我想這是林玲在小說中運用情境對比和意象重疊的最大特質。

六十五年七月二十二日　發表於青年戰士報副刊

「喬太守新記」中的嘲謔手法

現代人最大的悲哀，莫過於將自己的命運託付在機械文明的掌握裏。人類過去的危機，是怕自己變成別人的奴隸，而現在和未來的危機，是怕自己變成自己所創造的機械文明的奴隸。事實至爲明顯，現代人的絕大部份的生活方式已掌握在機械文明中。尤其是在一個以經濟爲重心的工商業社會，人類的心靈時刻都被一種莫名的匆忙感所牽制，被一種速率所壓抑。於是，緊張、恐懼、不安和焦慮成爲現代人的心理特質，而現代作家們也正在苦心焦慮地透過各種文學形式來企圖抓住這一種心理特質。

朱天文的「喬太守新記」正是以嘲謔的手法，對現代某些青年的心理傾向的剖析和批判。在物質文明壟斷著整個人類心靈的社會中，「交易」成爲一切的權益，而「功利」便抹殺了整個人性的尊嚴，甚至連情愛也成爲「交易」的重要條件，男女之間的相愛，先決條件不是彼此的情愛，而是相互能否適應生活的條件，尤其是經濟條件，成爲彼此考慮的首要條件。於是，在工商業社會裏，有一個極普遍的現象，就是男女都要求遲婚，都希望自己有獨立的經濟能力。換句話說，男女之間的婚姻條件是決定在彼此的經濟能力上，情愛往往受經濟能力的壓抑而衰退。但是，現代人的遲婚並不表示他們對情愛的喪失或滯遲，而相反的男女之間的許許多多性行爲，却受到避孕藥的保護而氾濫起來。

近數十年來，由於我國整個社會形態受到西方的衝擊而有了劇烈的變遷，文化結構和社會結構都有了顯著的變化。昔日男女社交關係只限於特殊結構的親朋關係，而一個女人一生能認識的男人恐怕除了自己的丈夫，就只能侷限於倫常之內的親朋幾個而已，而能相識又能相愛的，恐怕就只有丈夫一個男人。因此，在中國的傳統女人的德性中最重要的就是三從四德，從一而終。她一生的幸福賭注全權掌握在媒妁之言和父母之命裏。而如今男女的社交關係已完全公開，對於戀愛和結婚的方式，亦逐漸有了歐化的趨勢。更由於大衆傳播事業的發達，西方的開放式婚姻和美國式戀愛，已大量的在我國各種傳播工具上出現。由於這種耳濡目染和現代青年的心理傾向，造成了當代青年對婚姻方式的大膽嘗試，而這種新的婚姻觀念，或者說新的戀愛觀念，是否適合於我國民俗和社會倫理道德，這是很值得商榷的問題。

朱天文透過嘲弄的手法和輕快的節奏，將時下某些大學生的一些層面的生活面貌，包括擇友、戀愛、爬山、郊遊、游泳、打球、課業，以及對社會、國家的浮淺責任感，都以輕鬆而帶有幾分俏皮的筆調展示出來。以故事和故事的結構，這篇小說都算是單一結構的小說，而敍事觀點是以時下大學生的直覺反應將故事推入現實的環境中，就故事的空間和時間來說，也僅僅是那一個小小的定點而鋪展的，以山嶺上的一所大學爲空間，幾個在學的學生穿梭於學校的林蔭大道、走廊、圖書館、運動場、教室、女生宿舍、餐廳等等，而故事時間前後不會超過半年。以電算系公佈的一張「電腦擇友」的海報爲故事展開了序幕，而以左莎莎、江成宇這一對大學情侶爲故事的骨幹，兩人對電算系的「電腦擇友」抱著玩笑式去應徵，看是否能被撮合在一起。

左莎莎喜歡文藝，富於幻想，江成宇喜歡運動，頭腦簡單，四肢發達，在性格上兩個人都似乎不可能相戀、相愛的，但他們畢竟成天都膩在一起，透過電腦的湊合，左莎莎又認識了一個「文藝氣質」非常濃厚的青年，開口存在，閉口超越，認爲她說二十世紀是被上帝遺棄了的。在這個「被上帝遺棄了的世代，而人類還必須在這樣的世界活著，」認爲是一種極大的荒謬。於是，他們成天嚷著要存在、要肯定自我，要提昇、要超越；不能墮落，不能被湮沒，被迷失。但莎莎和慕雲都不能忘掉他們是被電腦撮合在一起的。相反的，左莎莎和江成宇之間就沒有這些隔離感，他們之間相識、相愛都是順乎自然的。左莎莎特別舉了幾個小動作來證明她與江成宇之間自然、貼切，她說，有一次在小道上，迎面來了人，交錯間，簇擁得面牆而立。慕雲一心避免碰到她半根汗毛，整個人就肌肉緊縮，腳尖墊著，聳立得好高，像具殭屍。莎莎想要是換成江成宇，便再自然不過的，把手臂圈她的肩膀。另外如倆人在草地上玩，她和江成宇就會很自然躺在一起聊天，而和季慕雲就不同了，躺在一起就好像有失彼此的身分。

由於這種種內心的和外在的隔離感，她和季慕雲的相處無法獲得快樂，她「處處都要迎合他，伺候著他的臉色。」

愛情是共同事業，任何一方投資太多都不可能得到諧調，左莎莎和季慕雲的愛情，就是因爲莎莎要處處遷就他，迎合他，甚至要强迫自己做自己所不喜歡做的事去適應他，因而，久而久之，她便感到苦痛，感到無法忍受這種自我折騰。就在這時，汪成宇的影子又重叠進她的心版上而重回到她的懷裏。

從整個故事的結構來看，好像是一篇極爲平常的大學生的戀愛故事，但在故事裏面的確隱含了許多現代半知識分子的苦悶和內在的悲劇精神。他們既想超越，又丢不掉現實的枷鎖；既不甘心爲機械所奴役，又不能不承受現代科技的安排；既要追求精神的安慰，又不能忘懷於肉慾的滿足；既要人謙虛，又不能不爲自己的利益競爭；既要信任他人，又要時時戒懼別人，使得個人左右爲難，時時處在兩相矛盾的心理狀態中。這種心理狀態，也形成了現代人的部份精神特質。

朱天文筆下的左莎莎，在表面上她是徘徊在男女之間的愛情的選擇路上，而其實全篇小說都隱含著時下一般青年，在歐風美雨衝擊下所顯示的精神架空的徬徨。今天有許多年輕人，連砲聲都沒有聽過，居然也學著別人的口吻去謳歌戰爭，或者詛咒那些因戰爭而帶來的死亡和災難，我不知道他們如果有那麼一天能眞正經驗了戰爭以後，是否還會有那種雅興，是否還會有那樣輕鬆的心情去談戰爭、談戰爭的災難和死亡。

也許在山嶺上這一羣大學生都沒有嚴重的生存的壓力，也沒有他們上一代所遭受過的戰爭年代裏的苦難。他們的苦難就是學校的考試，試場並不等於戰場，沒有生死存亡的威脅。所以，他們有太多的空閒來談存在、論回歸。談尼采的「悲劇的誕生」，談阿波羅是理智的象徵，戴奧尼索斯則是感情的化身等等看似切身而又並不切身的問題。他們躺在莊敬館的羅幃帳裏，大談迷失、苦悶、蒼白，這些不知過時幾百年的舶來品。誠如林懷民在評朱天文的這篇小說中說的，在「他們踴躍參加擇友『遊戲』或津津樂道『悲劇的誕生』之前，對這些風尙學說在歐美發生的社會背景並無充分的瞭解，便天眞地擁抱了，這種盲目接受西洋皮毛却成爲這個架空世界裏時髦進步的象徵。」

作爲文學或藝術的重要表現方法，對比技巧是諸多表現方法中極其重要的一種。而朱天文在「喬太守新記」中，將對比的技巧運用得非常貼切。首先從兩個男主角江成宇與季慕雲的名字上，我們就可以看出他們兩人的性格上的對比，成宇象徵著氣壯山河，雄心萬丈的大丈夫氣概；而慕雲就有爲賦新詞强說愁的那種軟弱、依附，或者說得瀟脫一點，有點近乎遊雲的飄逸，愛幻想，不重實際的性格。再從成宇與慕雲之間的體格、衣著亦呈現著强烈的對比。現在先看江成宇，「一套牛仔褲、運動衫，緊緊的趴在身上，誇張著全身扭曲而結實的肌感；那運動衫一看就是地攤上五十塊錢三件的貨色，胸前印著猴子、河馬之類的圖案，眞是熱帶的草莽沼澤。」而慕雲就不同了：「慕雲穿一件雪白長袖襯衫，外罩背心，貼在身上非常熨當的，像綠茵茵的草坪上，英國紳士持著酒杯。」成宇的裝束擧止顯得粗獷、豪邁，而季慕雲就顯得深沉，鬱悒寡歡和憤世嫉俗。尤其是他在言談上更是强烈地反映出這種特性。譬如他指責時下大學生都祇知道郊遊、烤肉、參加舞會，根本不知道讀書報國。其實，他又何嘗知道讀書報國，別人只知道郊遊、烤肉，而他是坐在藍屋咖啡廳聽音樂，坐在望海亭上觀看落日餘暉，看觀音山下的潮漲、潮落，數山邊疏落的路燈。

對比的方式很多，但無論那一種方式，其對比的最終目的都是呈現作者的意念，而這個意念就是作者要對他所處的社會或過去的歷史的一種批判。朱天文自始至終都是以嘲諷的語氣，對那一羣大學生作嚴肅的批判，而這種嘲諷正是自人物和情境的對比形式中展示出來的內涵。江成宇熱衷於運動，他所展示的是一百八十公分的四肢發達的肉體世界。當左莎莎告訴他考試考砸了，他只把她摟進懷裏，認爲那樣做就是一種慰藉，而莎莎卻憤憤地說：「難道我們成天就是這樣醉生夢死？」成宇回答她：「你不覺得我們在一起，太，太——快樂了？」可是，莎莎和季慕雲在一起，季慕雲連汗毛都怕被碰到，他嘴裏所嚷著的仍然是那些過了時的空洞的口號，他嘲諷人家不知道理想爲何物，浪漫爲何物，而他又何嘗知道。嘉陵江畔的斜陽，沙坪壩裏奔騰的熱血，他看見過嗎？還不是在小說裏「現販現賣來的」。這句現販現賣，正表示這一代半知識分子的膚淺，缺少學養，更缺乏愛國的熱誠。像季慕雲一樣只會仰天長嘆，數落日餘暉的青年，在時下不知有多少。朱天文以嘲弄的態度將他和江成宇同時展示在左莎莎的眼前，讓左莎莎去選擇，而莎莎最後竟然選擇了對國家、對社會問題非常冷漠的江成宇，正顯示出這個社會的傾向，年輕一代已普遍厭倦於那些不知重覆播放了多少遍的高調：「抱怨這個社會的話都聽多了，也不必她來此一番」。江成宇的逃避現實，把旺盛的精力發洩在籃球場上，而左莎莎終於回到他身邊，正證明這一代半知識分子所追求的並不是當年沙坪壩上的大學生的愛國熱忱，而是比一切都踏實的存在——肉體。

也許這一代青年的血管裏同樣奔騰著早年沙坪壩上的青年人的熱血，在心靈深處同樣具有當年的愛國熱忱，但那時候，砲聲是轟在我們的窗口，槍聲穿自我們的庭院。我們隨時都有可能踩踏自己同胞的血跡，也隨時都有可能被同胞們踩踏自己的血流，生命是被懸掛在敵人的刺刀尖上。而如今，砲聲遠在遙遠的遙遠的地方，夜總會的鼓聲遠比前線傳來的砲聲悠揚，香檳酒、白蘭地遠比同胞的鮮血芬芳。中東的戰訊、越南的淪亡，只不過是大衆傳播工具上的一點點綴而已。

在整篇小說中，幾乎都有一股崇洋的意味，而明顯的是女主角的名字，和開口「thank you」、閉口「good luck」。江成宇身穿印有動物圖案的運動衫，一方面象徵他的野性，一方面也暗示時下的風尚，喜歡來個華洋雜呈，那怕是厠所也用上英文標示，這種盲目的崇洋心理，已經普遍存在於我們的現實社會中。在街頭，我們經常可以看到一羣青年男女穿著美軍草綠色的軍服，甚至有的還在肩上、臂上繡著軍階等標誌的服裝，而一些成衣商人爲了迎合這些人的心理，還特別在胸前繡上 U. S. Army 等字樣，這種媚外心理，已嚴重地腐蝕著我們的整個社會。而稍有一點良知和血性的人，都應該警覺到這一危機。因此，作者所嘲諷的對象已不僅限於那山嶺上的大學生，而是對整個社會的嘲諷。

故事的結局，男女主角都回到開頭一幕的場景裏，依舊是那座校園，校園裏依舊植滿滿的相思樹，相思樹幹上依舊貼著電腦海報。所不同的是電腦海報早已經褪色了，早已經模糊不清了，似乎一切都成爲過去，成爲草草了。只有那潮水朝夕向觀音訴說著電子計算機的千古韻事。而成宇和莎莎兩人撐著雨傘走過海報欄，好像什麼事都沒有發生過，兩人依舊開心的笑著。他們的笑含有兩種意義，一個是對自己的行爲的嘲笑，一個是對那電腦擇友的嘲笑，也許還有是對他們兩人愛情的歡笑，是一種失落而又獲得的喜悅。

當然，這一切都將成爲過去，無論發生過或者還沒有發生的，都已經成爲過去了。所不能成爲過去的，恐怕只有那每一代每一代大學生都可能遭受到的時尚和風氣，而每一代大學生都有其奮鬥的目標，都有其各個不同的人生意義，也有其所要追求生活方式和戀愛方式，這就是人類綿延不滅的原因。

六十六年三月三日至五日

連載於聯合報副刊

周伯乃談中國新詩的興起與發展

·程　榕　寧·

「新詩」是一種爲人譭譽交加的文體，現在來談談新詩是如何在我們這個「詩的民族」中興起的，如何發展的？

集小說作者、詩人及評論家於一身的周伯乃表示，我國新詩的原型，受西洋詩的影響，是不可否認的事實。

周先生說，最早提出改革中國新詩的是淸末同治十二年的擧人黃遵憲。他是廣東嘉應人，博學多才，精通英、日等國語言，曾出使各國，受外國文藝思潮影響極深，回國後力主改革我國舊詩，他認爲詩人所處的時代不同，而詩的形式和創作方法也不應該墨守成規，承襲古人的法則。他曾說：「人各有面目，正不必與古人同。」今天的詩人，有今天的人生觀、宇宙觀、時代背景、生活濶度及所處的環境，而這些都不是僅僅靠那些有限的形式所能展示的，因此，他極力主張打破傳統的形式和法則，而從事自由的創造，這是我國新詩改革的先聲，也是近世中國文學革命的先驅者。

周伯乃認爲，黃遵憲所作的改革中國詩歌，也只是作局部的改革，而眞正作到徹底改革的，還是要算「五四」運動的文學革命以後。那時，無論就詩的語言和形式，都作了一次徹底的改革。

例如胡適的「應該」：

他也許愛我，——也許還愛我，——
但他總勸我莫再愛他。
他常常怪我：
這一天，他眼淚汪汪的望著我，
說道，「你如何還想著我？
想著我，你又如何能對他？
你要是當眞愛我，
你應該把愛我的心愛他，
你應該把待我的情待他。」
他的話句句都不錯，——

上帝幫我！

我應該這樣做！

周伯乃以爲，這首詩並不是最早的新詩形態，而是革新後最早出現的抒情詩。最早的新詩形式，大都是脫胎於我國的詞調，只是在語言上，由文言而改爲白話文而已。例如胡適的「鴿子」「湖上」都是詞調意味很濃的詩，而這首「應該」要算是完全擺脫舊詩詞的窠臼的新詩。

周伯乃說，胡適當時寫這首詩的主旨，是要表現一個昔日的戀人，已經成爲他人婦，而那婦人仍然思念著她舊日的戀人。一日，兩人相逢了，她的戀人便告訴她，不要再想著他，假如想著他，又如何對得起自己的丈夫？於是，他勸她應該把愛他的心去愛丈夫。這是寫青年男女在愛的糾紛中的一種愛的奉獻，也暗示了某種道德觀念，這是一首情調非常優美的詩。

和胡適同時寫新詩的，有周作人、傅斯年、沈尹默、劉復等人。周作人的詩，大部分與他的散文相似，以極其質樸、自然的情調表出；傅斯年作詩不多，能被後人傳誦的更是寥寥無幾，下面是他的「咱們一伙兒」：

春天杏花開了，

一場大風吹光。

夏天荷花開了，

一場大雨打光。

秋天梔子開了，
十幾天的連陰雨把它淋光。
冬天梅花開了，
顯它那又老又少的勝利在大雪地上。
杏花，荷花，梔子，梅花，
你敗了，我開。
咱們的總名叫「花」，
咱們一伙兒，
太陽出了，月亮落了。
星星出了，太陽落了。
月亮出了，星星落了。
陰天都不出，偏有鬼火照照。
太陽，月亮，星星，鬼火，
咱們輪流照著，
叫它大小有個光，
咱們一伙兒。

傅斯年這首詩，是道道地地的白話詩，運用了純正的口語寫成，但是詩質却完全喪失。

周伯乃評論傅斯年的「咱們一伙兒」說，這首詩缺乏形象，只以堆砌一些散文式的白話子句，沒有半點含蓄，因而顯得內容空洞無物。詩句接續運用「了」、「光」等字，使詩句過份牽強而生硬，讀起來也極不順口，除了有一點刻板的韻脚而外，根本無節奏可言。詩貴在於自然和諧，如果稍有牽強，便顯得生硬難讀，根本談不上詩的韻味。正如朱自清在「新詩的進步」中說的：「初期的新詩人大約對於大衆的實際生活知道的太少，只憑著信仰的理論發揮，所以不免是概念的，空架子，沒力量。」

「春天杏花開了，一場大風吹光。」這原本是一幅很美的畫面，詩意亦濃，但由於作者把握的語言不足以呈現這一畫面，而使詩意喪失。

「冬天梅花開了，顯它那又老又少的勝利在大雪地上。」

這完全是散文的句子，不但沒有詩意，而且顯得太俗。這是作者在創造語言方面的缺乏琢磨，只根據個人的直覺概念，把一些日常生活中所體驗到的直覺印象，直接反映到詩句中。沒有經過琢磨，因而使整個詩句陷於直陳的說白中。

後面一段雖比前一段稍好，但仍然沒有詩意，仍然缺少詩的形象，和前一段同樣手法，只是把「春、夏、秋、冬」改爲「太陽、月亮、星星、鬼火」來作爲對時光的輪迴的呈現，這種手法在初期的中國新詩裏，是用得較多的一種比喻法，但這種比喻似乎顯得過份牽強，就失去了詩的自然美，而且也太平庸。

「周伯乃說，沈尹默的詩，好像是脫胎於我國的古樂府，他的詩似乎比胡適和傅斯年的都要富予詩的質素。例如他的「三絃」：

中午時候，
火一樣的太陽，
沒法去遮攔，
讓它直晒在長街上。
靜悄悄少人行路；
只有悠悠風來，
吹動路旁楊樹。
誰家破大門裏，
半院子綠茸茸細草，
都浮著閃閃的金光。
旁邊有一段低低的土牆，
擋住了個彈三絃鼓盪的聲浪。
門外坐著一個穿破衣裳的老年人，

雙手抱著頭，他不聲不響。

這首詩的立意，是要表現一個老人的孤獨與無助。沈尹默以悽惻哀怨的三絃的絃音與孤獨的老人相襯，使那老人的處境更顯得淒楚動人。

周伯乃解釋說，「中午時候，火一樣的太陽，沒法去遮攔，讓它直曬在長街上。」這不僅顯示了季節感，同時也展示了那長街和老人的寂寞感。「火一樣的太陽」，這無疑的是指夏天的季節，而同時作者也以這個季節的熱情，強調了老人對絃音的依戀，這是很美的意象。接著他又運用破落的大門與土牆襯托出彈三絃的人的貧困與孤寂。「半院子綠茸茸細草，都浮著閃閃的金光。」這是暗示著那個院子已久乏人跡，所以現得那些細草都已長滿了半個院子，這很有鮮活的形象的呈現。

在這首詩裏，作者可能有兩個意圖：一個是作者表現老人對絃音的依戀。一個是表現老人與彈三絃的人同病相憐，斷腸人哭斷腸人的寂寞與窮困的悲哀。

就詩的本質而言，沈尹默這首詩要比胡適和傅斯年的詩，都富於詩的質素，而且沈尹默已運用了人與物的互喻，使詩中有物，物中有人，而人中有詩的情感，這是詩的最基本要素。

周伯乃指出，我國「五四」運動的文學革命，最顯著的特點，是由文言文改為白話文，尤其是新詩，特別強調口語化的新詩。因而，有絕大多數的新詩都流於概念化的說白，缺乏詩的形象與含蓄的美。例如劉復的「一個小農家的暮」，就是一首標準的口語化的新詩。

她在灶下煮飯，
新砍的山柴，
必必剝剝的響。
灶門裏嫣紅的火光，
閃著她嫣紅的臉，
閃紅了她青布的衣裳。
他銜著個十年的煙斗，
慢慢的從田裏回來，
屋角裏掛上了鋤頭，
便坐在稻草上，
調弄著一個親人的狗。
他還踱到欄裏去，
看一看他的牛；
回頭向她說：
「怎樣了——

我們新釀的酒?」

面對面青山的頂上,
已露出了半輪的月亮。

孩子們在場上看月,
還數著天上的星;
「一,二,三,四……」
「五,六,七,八……」
他們數,他們唱:
「地上人多心不平,
天上星多月不亮。」

周伯乃說:這首詩,嚴格地說來,不能算是詩,甚至連散文的句子都還够不上,勉強可稱它爲歌謠的變形。作者是想勾劃出一座農村的晚景;在內容上看還很豐富,有老農夫,有小孩,有狗,有莊稼,但作者只是將這許多事物,直接寫在詩句裏,沒有經過洗鍊的工夫,所以整首詩句流於說白式的直陳，沒有詩的含蓄之美。

朱自清在他的「理想的白話文」裏特別強調說話的語言和寫作的語言應該是有區別的。他說：「在寫白話文的時候，對於說話，不得不作一番洗鍊的工夫，洗是洗濯的洗，鍊是鍊鋼的鍊，就是把說話鍊得比平常說話精粹。渣滓洗去了，鍊得比平常說話精粹了，然而還是說話。依據這種說話寫下來的，是理想的白話文。」

但劉復在這首詩裏，就是缺乏了洗鍊的工夫，整首詩中，除了第四、五、六行較有詩的質素以外，其餘的都不能算是詩的句子。而這三行中，用得最具詩質的是第六行「閃紅了她青布的衣裳」中的「閃紅」兩字，它不但具有形容詞的華美，同時還具有動詞的效果。在我國初期的新詩中，詩人們所慣用的大都是華麗的形容詞，使詩句豔麗，很少人運用名詞或動詞，劉復在這句詩中運用動詞，而使詩句更爲鮮活，形象更爲華美。

後面數段都流於敍述，既缺乏抒情，也沒有表現，我們所能看到的是那些空洞的瑣碎事物的堆積。

第一段所呈現的景色，根本沒有把握住詩的形象，完全以他個人的最初印象，直接反映在詩裏，使詩句成爲流水賬式的記述，而沒有表現。

「一個小農家的暮」的第二段，寫農夫嘴裏銜著煙斗，慢慢的從田野裏回來，回到屋裏，便坐在稻草上戲弄一隻狗。

周伯乃認爲劉復所運用的文字，非常缺乏詩的素養。譬如「屋角裏掛上鋤頭，便坐在稻草上，調弄著一隻親人的狗。」「掛」字用得好，掛上鋤頭，說明莊稼人對農具的愛惜，如果用「扔」字，就給人另一種感覺；但「調弄」狗的「調」字，就用得不好，如果用「戲」字，或許更能展示出詩內的意境，用「戲」字不但能顯示出莊稼人的天性，同時也能展示出詩中的節奏美。

周伯乃指出，民國九年，胡適博士以實驗主義的精神出版了他的「嘗試集」，這是我國最早的新詩集，也是胡適等人提倡文學革命後的最大膽嘗試。他在自序中說：「科學家遇著一個未經實地證明的理論，只可認它做一個假設；須等實地試驗之後，方才用試驗的結果來批評那個假設的價值，我們主張白話可以作詩，因爲未經大家承認，只可說是一個假設的理論，我們三年來，只是想把這個假設用來做一種實地試驗——要看白話是不是可以做好詩，要看白話詩是不是比文言詩更好一點，這是我們這班白話詩人的實驗的精神。」胡適的實驗精神，終於證實了白話是可以寫詩的，不但可以寫詩，而且比文言更能自由地把握住人們的內在情感，也能更自由地展示詩人的才華，所以白話詩、白話文很快地就在中國文壇上萌芽、茁長，而且急速的成爲一株不拔的主幹，支撐著我國的文壇。

周伯乃說，白話文的倡導和改革，是我國文學語言的一大興革，而語言的本身只是一種圖式，一種記號，一種人類心意的表達工具。我國白話文的興革，促使中國文學語言邁進另一個新的境界，它促使文人墨客能更自由，更眞切的傳達出心意，且能更廣濶，更眞實地把人類的感情和思想展示給讀者。

在「五四運動」以前，一般學子們所接觸到的只是那些被翻炒了千萬遍的「古文辭類纂」「昭明文選」「經史百家雜鈔」「唐宋各名家詩集」等。除了「唐宋各名家詩集」外，幾乎大部分是屬於雜文和實用文。「五四運動」以後，雖然有很多學子們注重白話文的運用及價值，但仍受到太多的責難，一般人認爲白話文是膚淺的、粗俗的，它只不過是明清以來官話的變形，和現在的注音字母而已，它唯一的功能，就是作爲國語的普及教育工具。他們認爲，白話文不可能創造文學作品，這種固執的成見相持甚久，一直到胡適、傅斯年、宗白華、劉復他們的新詩不斷地創造出來，仍然有極大多數的人不肯承認白話文學，認爲白話文的新詩是胡鬧，是瞎湊。

因此，有幾位從事新詩創作的詩人，也深深地自覺這種危機，認爲那些過分直陳的白話詩，是沒有什麼含意的，於是讀者厭倦，作者無意再走舊路，而西洋留學回來的學子們，從事套用西洋的格律來作詩，不久大家爭相模仿，我國新詩就成了一種新的格律詩，它擺脫了舊有的平仄押韻的枷鎖，而嵌進了西洋的、新的節奏和韻律，在形式上是一種蛻變，而實質上却仍然受到約束。民國十四年十月，徐志摩在北京接任「晨報」副刊主編，不久，就在晨副上開闢了詩刊，定期刊出新詩。翌年，新月社成立，同時由胡適、梁實秋、徐志摩等人主持「新月書店」，隨後，「新月雜誌」亦誕生了。

「新月雜誌」的出刊，是促使中國新詩發展的另一途徑，他們開始注重音節，注重詩的含蓄和意象的呈現。徐志摩在詩刊弁言中說：「我們的大話是：要把創格的新詩當一件認眞事情做。……再說具體一點，我們幾個人都共同著一點信心：我們信詩是表現人類創造力的一個工具，與音樂與美術是同等性質的；我們信我們這民族這時期的精神解放或精神革命沒有一種像樣的詩式的表現是不完全的；我們信我們自身心靈裏以及周遭空氣裏多的是要求投胎的思想的靈魂，我們的責任是替它們構造適當的驅殼，這就是詩文與各種美術的新格式與新音節的發現；我們信完美的形體是完美的精神唯一的表現；我們信文藝的生命是無形的靈感加上意識的耐心與勤力的成績；最後我們信我們的新文藝，正如我們的民族本體，是有一個偉大美麗的將來的。」

當時，圍繞在新月派的旗幟下的詩人，除了徐志摩，尚有朱湘、聞一多、方瑋德、孫大雨、饒孟侃、林徽音、卞之琳、臧克家、陳夢家、朱大枬、鍾天心、梁實秋等多人，而以徐志摩、朱湘等人的成就較大。

下面是徐志摩的「雲遊」：

那天你翩翩的在空際雲遊，
自在，輕盈，你本不想停留
在天的那方或地的那角，
你的愉快是無攔阻的逍遙。

你更不經意在卑微的地面
有一流澗水，雖則你的明豔
在過路時點染了他的空靈，
使他驚醒，將你的倩影抱緊。
他抱緊的是綠密的憂愁，
因爲美不能在風光中靜止；
他要，你已飛度萬里的山頭，
去更闊大的湖海投射影子！
他在爲你消瘦，那一流澗水，
在無能的盼望，盼望你飛回！

周伯乃指出，這首詩套用西洋的商籟的形式，所表現的是一種豁然飄逸的境界。詩中的「你」，也許是指作者自己，寫他自己曾擁有過的自由自在的日子，那種遨遊凌空，逍遙自在，無拘無束，海濶天空任迴旋的歡樂。也許是徐志摩羨慕別人而作的，而接著他把地面的一流澗水襯托出來。用澗水上的浮光掠影，反映出時光的流逝和他那一閃卽逝的無可捉摸之慨。

從整首詩來看，因它已擺脫了初期的中國新詩的那種說白式的抒寫，而著力於形象的創造，如徐志摩透過空際和澗水，襯托出那人生的際遇本無常的境界，這是很美的表現。

周伯乃說，新月派的詩是完全因襲西洋格律詩而來的，無論是辭式或韻脚都是模仿西洋的，這類詩最大的特性是形式整齊，給人視覺上的整齊美，有韻脚，節奏顯明，具有我國舊詩詞的優美的韻律。缺點是不能自由發揮作者的心意，受制於有限的形式和韻律，落入新的窠臼中。不過，在這時期的新詩，已較初期的新詩富於含蓄性，已不再是口語化的詩句，而趨向新詩的一種新的語言，它含有表現的意圖，不再是說白和告示了。

與新月派同時出現在我國詩壇的，有創造社和象徵派，創造社分前、後期，前期以郭沫若爲首，他的詩大部份流於直陳式說白，沒有什麼深度。後期的創造社，以王獨清的詩較負盛名。王獨清早年留學歐洲，受英國詩人拜倫的影響頗深，他著有「聖母像前」「死前」「威尼市」「埃及人」「鍛鍊」等詩集。他的詩大都是抒發傷感以及淡淡的憂鬱和哀怨，並且充滿著異國的情調，頗富於音樂的旋律和形象美。

創造社成立於民國十年七月，民國十八年二月七日被政府封閉。其成員除了郭沫若、王獨清，還有馮乃超、鄭伯奇、穆木天、田漢、張資平、成仿吾、郁達夫等人，他們都倡言所謂「文學革命」。他們和太陽詩社聯合起來攻擊新月派，認爲新月派的詩，是空洞的、虛玄的、離羣獨處的。於是，馮乃超等喊出了「文學革命」的口號。事實上，他們的詩仍然是神祕的、感傷的、空洞的。甚至他們當年喊的所謂「無產階級的普羅文學」，也只是口號而已。後來，郭沫若走進政治的圈子，詩才日漸枯竭。王獨淸則不願跟著他的脚步走。馮乃超的詩路，轉向象徵派的路子，創造社就此沒落了。

周伯乃說，如果說新月派和創造社的詩是受西洋浪漫主義的影響，那麼中國的象徵派的詩，是道道地地的移植了法蘭西的象徵主義的表現技巧。

法國象徵派之產生，是由於「新浪漫主義」常常喜歡用那種神祕的色彩和象徵的、暗示的手法，表現出潛藏於人心裏的眞實生命。自我表現成爲象徵派的最基本立足點，由於其否定了科學的法則。對於描寫的表層世界已毫無興趣；於是象徵主義產生另一個特色，就是技巧的偏愛，而我國第一個移植這種表現技巧的，要算是李金髮，他早年留學法國，著有詩集「微雨」「爲幸福而歌」，他的詩晦澀難懂，但形象鮮活，意象閃爍不定，給人神祕、幽暗之感，充滿著異國情調。下面是他的「棄婦」：

長髮披徧我兩眼之前，
遂隔斷了一切羞惡之疾視，
與鮮血之急流，枯骨之沉睡。
黑夜與蚊虫聯步徐來，
越此短牆之角，

狂呼在我清白之耳後，
如荒野狂風的怒號；
戰慄了無數遊牧。

靠一對草兒，與上帝之靈往返在空谷裏，
我的哀戚惟遊蜂之腦能得印著；
或與山泉長瀉在懸岩，
然後，隨紅葉而俱去。

棄婦之隱憂堆積在動作上，
夕陽之火不能把時間之煩惱，
化成灰燼，從烟囪裏飛去，
長染在遊鴉之羽，
將同棲止於海嘯之石上，
靜聽舟子之歌。

衰老的裙裾發出哀吟，
徜徉在丘墓之側，
永無熱淚
點滴在草地
爲世界之裝飾。

周伯乃指出，讀象徵派的詩，首先在我們的心理上必須樹立一個基本觀念。就是，象徵不是比喻，比喻是明瞭而確實的，而象徵則是迷濛的。另外一個觀念，就是象徵非符號之顯示。符號只是人類語言上的一種顯示的工具，它足以傳出人們心底的意義。象徵是建立在語言以上的一種意義，這種意義不是我們現實世界已成的一種意義，而是透過現實所建立的一種想像的意義。其次，就是象徵不是隱喻或暗示。隱喻和暗示都僅僅是幫助完成象徵的一種手段，正如比喻和符號一樣。先有了這幾個基本概念，再回頭來看李金髮的「棄婦」，也許就更能瞭解他詩中的象徵性。

象徵派的詩人，除了李金髮以外，尚有汪銘竹、穆木天等多人，其中以汪銘竹的成就較大，也最具西洋象徵主義的風格。但他的詩已經大異於李金髮的晦澀、幽暗、神秘和不可理喻的那種迷濛性，而有了較多的內涵力，更重要的是汪銘竹的詩已注視到人性的批判，和時代的反映，這對中國新詩來說，無形中成爲一種重要的發展。

周伯乃說，在象徵派出現的前後，我國還有一個較大的詩派，就是現代派。這一流派始於「現代書局」發行的「現代」雜誌，最早的是民國十九年發行的「現代文藝」月刊，由葉靈鳳主編。繼而是民國廿年發行的「現代」月刊，由戴杜衡、施蟄存、戴望舒等人執編。民國廿三年發行「今代文藝」月刊，由王萍草執編。而這三個刊物中，以「現代」月刊的陣容較爲強大，無論在詩、小說、散文、文藝理論都保持其相當高的水準，當時經常在該刊發表詩作的有戴望舒、李金髮、施蟄存、何其芳、艾青、廢名、路易士（紀弦）……等人。後來，戴望舒創辦「新詩」雜誌，成爲現代派的同人刊物。

周伯乃指出，現代派的詩，受歐洲的自由詩和象徵派的影響，他們揚棄了象徵派的晦澀、幽祕、矯飾之弊，而採納了自由詩和象徵主義的優點，如音色之優美、內容的含蓄、形象之鮮活等。

換言之，它具有象徵派的含蓄，但沒有象徵派的神祕和幽玄。它具有古典主義的典雅、理性，但沒有古典主義的刻板。它有浪漫主義的奔放熱情，但沒有他們的無羈和狂放。這可以說是集中外各流派之所長，成爲我國新詩的一股主流，而當年領導這一主流的詩人的就是戴望舒，下面是他的作品中最具有現代風格的「殘葉之歌」：

男子

你看，濕了雨珠的殘葉，
靜靜地停在枝頭，
（濕了珠淚的微心，
輕輕地貼在你心頭。）
牠躊躇着怕那微風，
吹牠到縹緲的長空。

女子

你看，那小鳥曾經戀過枝葉，
如今却要飄忽無蹤。
（我底心兒和殘葉一樣，
你啊，忍心人，你要去他方。）
牠可憐地等待著微風，
要依風去追逐愛者底行蹤。

男子

那麼，你是葉兒，我是那微風，

我曾愛你在枝上，
也愛你在街中。
女子
來啊，
你把你微風吹起，
我將殘葉底生命還你。

從這首詩中，很容易就可以看出作者以微風和殘葉的息息相關，象徵著男女間的愛，是表現愛的依戀，情的傾訴，而戴望舒是採用現代詩的表現技巧，把那種富於浪漫情調的氣氛呈現出來，而作者一開始就放棄了韻文的形式，運用散文的形態，這就是現代詩的最大特質。

周伯乃認爲，戴望舒的詩，給人最大的感覺，就是活潑、輕俏，帶有一種淡淡的憂鬱。在形式上，是完全採取放任的態度，一切由內容決定形式，這是現代詩的一大特質。

由於現代派影響所及，後來很多詩人都往這條路上邁步。例如紀弦，他來臺後不久創辦「現代詩社」，同時出版「現代詩」季刊，常寫詩論，對「僞現代詩」，予以嚴正的批判和撻伐，對我國新詩發展，有不可磨滅的貢獻。

至於「三十年代」的新詩人，各人有各人的表現方法，各有各的創作形態，這是因爲他們所受的影響不同而異，但不可否認的，他們採取的創作態度，仍以早年的新月派影響最深，他們仍在格律和韻律上下工夫，而很少能眞正擺脫格律的束縛。不過，有一點可喜的是，在形式上採納散文形態的表現，而沒有刻意追隨新月派的那種方塊體。

在三十年代同時也出現一種小詩，形式上以短小精鍊爲主，在內容的表現上有異於抒情詩和敍事詩。這類詩的最大特質是表現了人類瞬息萬變的感受，它能以極精鍊的手法，運用極簡潔的語言，捕捉住人類的內在意識，和那種受意識左右的情緒的變化，但也有不能盡所欲言的缺點。在這方面表現最爲出色，且寫得最多的是冰心，另外尙有兪平伯、馮雪峯、劉大白、葉紹鈞、郭紹虞、王統照、何植三等人。

而在抗日戰爭期間，詩人們不斷的寫戰鬥詩歌，不斷開朗誦會，這是中國新詩的最大轉變，他們幾乎摒棄了昔日的創作法則，而表現出前所未有的雄渾的氣象，和豪邁壯健的力量。

現在我抄錄一首令狐令得的「七月的黃河」。這是一首充滿着愛國情懷的詩。

黃河，親愛的乳母，
你嗔怒了嗎？
將絕裾以去，
從白沙之汜口

奪潁淮，而入於海？
是的，壞脾氣的乳母
你已忍不可忍了。

黃河，我們稔悉你——
五千餘年了，
你哺我們以金黃的乳汁，
又畀以膏腴的沖積層，
幸福之岸爲我們而展，
光榮的文化胚胎於你，
南北的拓殖也賴你繁育發祥。

你是倔強的，
頑固而又保守，
二十世紀之機械文明，
你摒置不顧，

斯蒂芬不是你的恩人。
你的好心腸的妹子揚子
便掉首逕自東去。
坦濶的中原，
該是你樂於嬉遊之所了。
而且積石山、岷山、西頃山
青海高原和甘肅高原
都愛着你啊。
哦，這些矗立的悍崄的戀人，
是羞澀還是怯懦呢？
你喧豗着疾駛如矢而過，
揚起你的白色的圍巾
和金黃的裙裾。
他們又癡心地遺你以
黃金的沙堆與沙洲。

但這饋贈於你是煩惱的，
你因此而有疾患。
（只夏禹曾一度治癒你，
迄今世上無人不爲你束手。）
你的壞脾氣變得更壞更壞。

於是有時你會猝然嗔怒，
用你的白色圍巾投擲我們，
用你的黃色的裸足蹴踢我們。
於是有時你會厭於故道了，
你尋一條你自己的路走去——
我們無時不在歌頌你的堅貞。

夏日你快樂興奮，
你跳躍，你狂奔，
你唱歌，你嘩笑，

你大聲向天上白雲噡囈。
冬日你便噤默了，
噤默而又悒鬱，
甚至你以冰緘口，
不爲你的孩子們，
低吟一闋催眠曲。

黃河，親愛的壞脾氣的乳母。
黃河，歇斯的利亞的乳母。

我們知道——
你忠實於你的永恒的戀人，
你常是踴躍地投向他的懷抱，
從寒冷的冰和雪的桎梏下，
從白寇的巴顏喀喇山之北麓。
我們知道孿生的

山西高原和陝西高原愛着你，
你却從他們的嶙峋的臂膊間溜出；
厚顏的華山迎面欲擁你入懷，
但你只在龍門給他一親芳澤，
去會你的關山阻隔的
不能相語的永恒的戀人。
有時你會迷路
或者路絕了，
你便慟哭而返。
在你的裙裾掩覆下，
在你的寶輦馳驅下，
廬舍爲墟，
桑田成海，
牲畜禾稼蕩然無存。
黃河，忍心的乳母。
你不感到你的可憐的孩子們

在你淫威下的戰慄麼？

你也稔悉你的孩子們，
如日之於月，如月之於星。
你看我們茹毛飲血，
你看我們穴居野處，
你看我們燧木取第一星火
你看我們構木營第一座巢，
你看我們斬蓬蒿，闢草萊，
執第一支戈
驅除龍蛇象犀虎豹，
你見滿山滿溝的羊群，
你聽牧笛吹盡黃昏，
你見第一支箭使飛禽
劃一道美麗的弧墮落，
你見我們撿起第一墮墜地的果實，

你聽到第一聲機杼聲，
你也見到第一枚
眩日光而絢爛的貝殼，
你扶第一隻獨木舟順流東下，
你舉第一隻白帆在和風中遠航，
從一個部落又到一個部落。
當這些第一次感情
流露於你的顏面時，
我們知道你會歡唱
上遏行雲。

你見會諸侯於孟津的雄師，
你見長城怎樣迤入天際，
你見昭妃滿懷怨幽出塞，
你見匈奴、羯、鮮卑、氐、羌紛擾如蠅，
你見回紇吐蕃入寇，

你見女真挾徽欽二帝以去，
你見成吉思汗的怒馬，
你見愛新覺羅氏入主中原……
是的，你見的太多了，
黃河，親愛的乳母。

是的，你見的太多了，
但你絕沒見過今日的撒旦，
紅的笑從天末吹起，
道義在魔鬼足下呻吟，
惡行如花棒於頂上：
你的孩子們在被侮辱與損害。
我們的哭喊搖撼你——
從血、從骸骨、從閃爍的炮火，
從火燒的城……

你遂覺怒火如焚麼？
是的，你噤默了很久，
你該是忍無可忍了。
黃河，搖一搖身子立起來，
用你的白色的圍巾拂去它們，
用你的金色的裙裾掩覆它們。
黃河，搖一搖身子立起來，
驅你滾滾白色的馬群，
奔過去，
奔過田野，村郭，
把一切舊的，腐的，發臭的，邪惡的渣滓掃蕩！
把撒旦的門徒們
從我們錦繡的但是破碎的河山，
從鼠狼盤据之穴拋到海裏去。
黃河捲起來！

用你的巉崄的金鞭笞撻它們；
黃河，捲起來！
用你的白色的綉球花，
用你的洶湧的赤松樹，
用你的澎湃的白樺林，
用你戀人餽贈的
黃金的沙洲沙堆投擲它們，
黃河，用你的風暴吼出你的千古的憤怒，
黃河，休以你的低語輕唱安慰我們。
黃河黃河，捲起來。
黃河黃河，立起來。

令狐令得這首「七日的黃河」曾刊載於湖南省長沙市的「中國詩藝」創刊號上。在抗戰期間，這是一首極有份量的戰鬪詩。

民國卅八年，一羣忠貞愛國的詩人，如葛賢寧、覃子豪、紀弦、鍾雷、鍾鼎文、左曙萍等人，都隨政府撤退來臺，並且立即在復興基地上，擧起了詩的火炬，照耀著自由中國的文壇。

周伯乃說，這些詩人，深受離鄉背井、流離顚沛之苦，充滿著憤怒和悲慟，他們用最簡潔的語言，最明朗的形象，表現出反共復國的決心和意志。他們的情感，就像一團熊熊烈火，不矯飾、不做作的呈現出來。

例如，紀弦的「十月，在升旗典禮中流了眼淚」。

又是十月來了。
這以無數黃帝子孫高貴的血染紅了的，
神聖的，自由之季節。
我肅立著，在黎明的廣場上，
大聲地唱著國歌；
我擧手敬禮，
看青天白日滿地紅
莊嚴地
升起。

大陸啊，我不勝懷念！
同胞啊，我不勝懷念！
我從來沒有像這樣深切地體驗到國破家亡的痛苦。
而我的止不住的眼淚遂潺潺地滴下——
一滴滴，滲入自由中國的泥土，
化為天地間正氣之一部分，
不滅，永遠。

這首詩不但展示了詩人的心境，同時也是千萬中華兒女的心聲，它是由升旗而引起對自己的祖國的懷念，對敵人的憤慨，這份赤誠的情感，坦率地表露在字裏行間。

再看覃子豪的「旗」，便更能瞭解那一時期詩人們的心態：

旗是戰艦的靈魂
領導我們走向海洋
有了旗的存在
就有正確的方向

如果，在劇烈海戰的時候
兄弟們一個一個地倒下了
在垂死者的眼裏
看見青空裏招展的旗
心頭就充滿了勝利
看啊！兄弟們
旗在微笑著
向歡騰的海洋
呼喊著——
祖國萬歲。

這是覃子豪在大陳島的海上，看見軍艦上的國旗飄揚在大海上，而聯想到千千萬萬的將士們，在激烈的海戰中，爲國家、爲民族壯烈的犧牲，讓滾滾的熱血灌注在滔滔的海洋中。

覃子豪的詩，深沈而帶有濃厚的鄉愁，而紀弦的詩，明朗精粹，富有明快的節奏感，讀來令人滋生慷慨激昂的情懷。覃子豪的詩却有令人沈思反省的韻味，他特別喜歡歌頌海洋，曾著有「海洋詩抄」，被稱爲「海洋詩人」。紀弦却特別重視現實生活，他喜歡歌頌現代工業，以及現代工業影響下的社會，和這個社會裏的人們的生活形態，如他的「鄉愁」「革命！革命！」「飲酒詩」……都是極富於反共意識的戰鬥詩，而且都分別獲得當年最具榮譽性的「中華文藝獎金委員會」的獎金。

與紀弦同時獲得這份殊榮的，有王藍、上官予、鍾雷等詩人，以時間先後而言，鍾雷是最早獲得此一殊榮的詩人，他遠在民國卅九年文獎會剛成立不及半年，就以「豆漿車旁」一詩獲雙十節新詩獎，這首長詩，曾在各種集會和廣播中朗誦，至今還被譽爲那一時期最具有代表性的詩創作。

鍾雷、上官予和已故詩人葛賢寧都是以寫長詩見長。鍾雷除了寫詩以外，大部分時間是從事劇本和小說的創作，葛賢寧除了寫詩，就是從事文藝理論的著述，他著有「中國小說史」「現代小說」「五十年來的中國詩歌」……等。鍾雷和上官予的詩，都有其特殊的表現，而且詩的結構嚴謹，他的詩的語言，是經過一番苦心琢磨過的，使詩有了鮮活的形象。

鍾雷因受我國古詩和西洋格律的影響，詩的旋律非常優美，主要因爲他在少年時代對舊體詩已有深厚的基礎，早年曾受過嚴格的聲韻學的訓練。所以，他的詩的語言，特別富於音樂性。

上官予的詩，較不重視音樂性，如果有一句詩中，有音樂性與意象衝突時，上官予就可能採取意象，而放棄韻律，與鍾雷正好相反。

但他們的詩，都擺脫了葛賢寧式的說白，運用了一些新的和現代的表現技巧，在字義間創造了比喻和暗示，這是新詩的一大進步，也是戰鬥詩的一大轉變，它不再是標語，不再是口號，而是具有詩的質素的戰鬥詩。

周伯乃指出，在此期間的詩，有一個最大的特質，也就是鍾雷在他的「座右銘」一詩中所說的：「認淸時代的戰鬥意識，把握革命的藝術良心，保持純眞剛正的氣節，發揚堅苦創造的精神。」

當年，寫戰鬥詩的詩人很多，幾乎每一位詩人都寫過，而比較特出且寫得比較多的，有何志浩、張自英、明秋水，以及王祿松、瘂弦、蔣國禎等，都有極優異的表現，且獲得我國文藝團體的獎勵。他們的詩，大都揉進了新的技巧，表現出氣魄磅礴、光芒萬丈的戰鬥意識，如明秋水的「骨髓裏的愛情」、蔣國禎的「庫什米的忠魂」、瘂弦的「我們要回去」、王祿松的「偉大的母親」……等長詩，都是足以代表那一時期的共同特質的詩章。

民國四十二年二月一日，紀弦獨資創辦「現代詩」季刊，這是政府遷臺後，第一本出現在文壇的純詩刊物，雖然只有八開的薄薄數張，但它對新詩的貢獻却很大。在它之前，除了自立晚報有一個「新詩周刊」外，大部分詩人的詩作都被用在報紙副刊或雜誌的補白上，很少能用較嚴肅的態度去處理。

「現代詩」季刊的創刊，對我國新詩的發展，具有極大的影響力。最初銷路只有五六百份，後來增加到一千多份，經常在該刊發表新詩的有方思、李莎、楊允達、鄭愁予、羅馬（商禽）、曹陽，女詩人蓉子、林泠、羅英等。他們要求打破一切舊有的觀念和形式，創造新的形式，特別標榜自由詩的形式，認爲「內容決定形式，氣質決定風格」。

他們也認爲新詩之所以「新」，就是不受任何固定的約制，自由的表現出來。於是，緊跟著而來的是受法國詩人阿堡里奈爾的影響的圖象詩，所謂詩的繪畫性和建築性的論調和創作，都相繼在這個刋物上出現。

紀弦曾說：「詩的世界，應該由空間的三次元加上時間的一次元，而構成一個全生命。」詩的空間性的建築，是因襲阿堡里奈爾的，這種詩是具有詩的價值，也證明了詩不是繪畫，詩是一種文字的藝術，是情感的，是思想的，是情緒的綜合表現。它的繪畫性並非建築在文字的排列上，而是在於文字的內容的表現上。所謂「詩情畫意」，是在於它的意義的傳達上，而不是靠視覺官能的感覺上。詩靠心靈的感應，並非靠肉眼的感覺。

現代派詩人特別強調所謂「主知」與「理性」的問題。紀弦在他的第六期的「現代詩」季刋上，特別在社論中指出：「同樣是抒情詩，但是，憑感情衝動的是『舊詩』，由理知駕馭的是『新詩』。作爲理性與知性的產品的『新詩』，決非情緒之全盤的抹煞，而是情緒之微妙的象徵，它是間接的暗示，而非直接的說明；它是立體化的，形態化的，客觀的描繪與塑造，而非平面化的，抽象化的，主觀的嘆息與叫囂。它是冷靜的，凝固的，而非狂熱的，焚燒的。因此，所謂『熱情』，乃是最最靠不住的東西。作爲一個詩人，狂熱一點也許是好的，但是『熱情』的本身不是詩。」紀弦的這段話，說明他摒棄熱情，主張理性的現代詩的觀念。

紀弦對詩的觀念，影響了許多詩人。

周伯乃解釋說，例如當年和他交往最密切的方思，就摒棄了熱情，而著重壓縮後的情緒之展示。他的「豎琴與長笛」一詩，就是一首標準的現代詩，他打破了一切舊有的形式和格律，而採取自由的表現，但他的表現並沒有零亂感，只是把情感壓縮在理性裡，然後，再透過理性的表現展示出來，全詩長達二百多行，下面是其中數行，可窺其梗概：

這是一個關住的夢，關在心的深處，不讓外人知悉
關在古昔的巖石間，傳自永遠，永恆長住
關在浪波、聲音、淺笑、長髮、情誼之間
笑貌、語言，帶著海浪拍岸的聲音，都在迴響
迴響，成長爲輪廓分明的突出的巖石
我發現我在一座島上，以迴響爲範圍
我欲久居
看似巖石般冷峻的，但熱情內心似火山的熔漿的
古典的美，人情的世界，這是永恆的故鄉

周伯乃指出，方思在現代詩社是一員主將，無論就創造和論述上，都有其超人的獨特見解。他的詩深邃而繁複，具有一種超越性，他把時間揉進一座廣漠的空間裏，成一整體，成一完美的宇宙。他的詩有一種令人超脫之感，他反對格律，但他的詩却是最具有內在節奏感的完美，他不刻意鋪張意象，但他詩中的每一個單元，都有一個獨立的意象。

當時的「現代詩」季刊，是最能容納各種形式詩的刋物，雖然在某一方面來看，也有它的一個規範，但不是一個門禁森嚴的禁區。所以，當年有很多年輕詩人的作品，都能在那個刋物上發表。

下面是曾發表在「現代詩」詩刋上的曹陽的「醒醒」：

醒醒！醒醒！醒醒！
你站在月亮上看地球的，醒醒。
你坐在自掘的枯井中低吟的，醒醒。
你無休止地酣睡在百花叢中夢囈的，醒醒。
你徊徘在高貴的地毯上，
用高貴的香煙殘酷地燒著靈感的，醒醒。

啊啊，你自命超人一等的「詩人」啊！
當一個大的已形成的今天，
你給予這世界的是些什麼？
你理解的是些什麼？
唉，你的傑作究竟根植於那個年代？
醒醒吧！醒醒吧！醒醒吧！
給我真實的火，給我時代的光，
啊，光中的顏色多美啊，光中的顏色多美啊！
詩人喲！詩人喲！引導我到前線去吧，
去吧！去錄下戰士們血衣上的點點滴滴。

周伯乃指出，這是一首戰鬥意識非常濃厚的詩，但並沒有像早期的戰鬥詩那樣流於說白。他寫出那些坐井觀天，成天待在象牙塔裏無病呻吟的詩人的迷夢，企圖自現實生活的突擊中，把他們喚醒。所以，作者一開始就以急促的聲音，來搖醒他們，搖醒那些沈醉在夢囈中，沈迷在月亮上看地球的一羣。希望他們不再徘徊在豪華的地毯上，不要再依賴於那些高貴的香烟來點燃靈感，要他們走向戰場，要他們「去錄下戰士們血衣上的點點滴滴。」

曹陽半生潦倒，曾論爲拾荒者，但他並沒有放棄寫詩。

在他的詩作中，看不出任何怨天尤人的論調，他熱愛他自己的人生，他樂觀奮鬥。但十年來，已很少看見他的作品。

當時，在「現代詩」刋上發表新詩的，還有鄭愁予。

周伯乃以爲，鄭愁予是始終把握著自己方向寫詩的詩人，而且始終沒有停止寫詩。他的詩有一種特有的飄逸感，受大多數讀者歡迎。

下面是他的「天窗」：

每夜，星子們都來我的屋瓦上汲水
我在井底仰臥著，好深的井啊。

自從有了天窗
就像親手揭開覆身的冰雪
——我是北地忍不住的春天

星子們都美麗，分佔循環著的七個夜
而那南方的藍色的小星呢？
源自春泉的水已在四壁間蕩著
那叮叮有聲的陶瓶還未垂下來。

啊，星子都美麗
而在夢中也響著的，只有一個名字
那名字，自在的像流水……

周伯乃說：我始終認爲鄭愁予的詩，像寫在雲上，寫在夢土上的那種幻美，那種飄逸。他的詩總是散發著一種芳美，一種音響，一種美麗得使人想偸偸地擁抱的那種麗姿。他的詩，充滿著一種魅力，每一句詩，都猶如夢幻的秀美。如果說現代詩人是主知的，而鄭愁予正是唯一以情感擄獲讀者心曲的詩人，他著有「夢土上」、「衣缽」等。

從幾位現代詩社的詩人的作品，可以略窺出現代詩社的精神，它是一個能承納各種詩作的詩刋，無論是主知的、理性的、戰鬥的、抒情的……它都盡量設法容納。雖然他們也曾標榜「現代主義」的詩，但他們並沒有固守於某一特定的規範，這是促使現代詩迅速發展的最大動力，也是我國新詩能普遍發展的最原始因素。

民國四十二年冬，已故詩人覃子豪籌組「藍星詩社」，在四十三年三月正式定名爲「藍星」。當年發起籌創的詩人有鍾鼎文、覃子豪、夏菁、余光中、鄧禹平、司徒衛、辛魚等人，後來又有梁雲坡、吳望堯、羅門等人加入，形成一個龐大的詩社。

同年六月一日，他們藉「公論報」的七欄版面，每週出版「藍星」詩刊一期，自第一期到一六〇期，是覃子豪主編，自一六一期後，由余光中執編。

藍星詩刊以發表創作詩爲主，經常執筆的詩人有覃子豪、夏菁、余光中、吳望堯、瘂弦、黃用、葉珊、羅門、張健、蓉子、向明、白萩等人，而每期除了大部分報導詩人的動態和詩集的出版等，另外有一篇詩論和評介，每期約刊出一千字左右，大部分由覃子豪、余光中、黃用、夏菁執筆。

就藍星詩社的創作精神來看，是「一個沒有絕對信條或固定理論的詩派」。他們所標榜的是純粹自由詩的創作，他們反對因襲，反對剽竊，反對格律，也反對那些散文式的說白。他們所強調的是純粹的表現，是透過詩人對現實情境的深刻體認，然後運用簡鍊而富於節奏的語言，予以呈現。因此，我們所看到的詩境，並不是具象的眞實，而是抽象的鮮活的形象美。它所表現的不是生活的面貌，而是透過生活經驗所昇華的人性的眞境。它是內省的，是自我呈現。

覃子豪說：「中國現代詩的特質，是表現生活的感受和強調中國的現代精神。」他所謂的中國的現代精神，是基於中國現實生活的眞實性之發掘與表現。

覃子豪認爲：「中國人在身體上和心靈上所遭受的傷害，和所積壓的苦悶，實較之任何一個國家的人民都深切，其表現於詩中的情感，無疑的是更爲深刻、沈痛。中國詩人絕不能放棄中國偉大的現實所蘊藏的寶藏，而完全去捕捉西洋現代詩。」

民國四十六年八月廿三日，黃用在公論報藍星詩刊上，發表了這首「穿越世紀的風雨」：

大漠風吹起中原的砂土
五千歲月的塵埃堆積成一個回憶——
一頂大桂冠的色澤枯淡了，
宇宙拾起它，戴在自己的額上——
哦，這是黃昏。

喜馬拉雅山下，
雲遊者的歌聲流著恆河的淚——
黃昏啊，黃昏總是像黎明。

幾個世紀的風雨
在流水一瞬裏震撼我。
我欣喜地承受它們，
諦聽它們雷鳴的足音
奔過靜息的曠野
我久候著的心。
因爲我知道我也是一片風雨，
我將會合他們
去穿越冰霜和火，
穿越後來的世紀。

周伯乃指出，黃用這首詩中，所表現的主題，是黃用基於自己眞實的生活感受，激發他內在情感的展示。他表現出自己的祖國河山，被赤色羣魔的蹂躪，五千年悠久光榮歷史面臨到枯淡變色的危機。於是，他想到那些不甘被共黨欺凌的同胞們，在喜馬拉雅山下流著淚，在那水深火熱中掙扎、奮鬥。所以，詩人帶著堅定的意志說：「我將會合他們，去穿越冰霜和火，穿越後來的世紀。」這是詩人復仇的意志，也是全國同胞每一個人的心志，大家都期望著早日反攻大陸，完成復國建國的責任。

周伯乃指出，余光中的詩，似乎是一直在求變中成長，從早期的帶有濃重的少年愁的格律詩，到今天的具有現代精神面貌的自由詩，在這漫長的創作路途上，他的變化繁複。有抒情的，也有主知的；有古典的，也有浪漫；有受中國新月派影響的，也有受西洋浪漫派、象徵派、現代派所影響的。

余光中在藍星詩社是一員主將，無論在創作和理論都有極豐富的產量，也是始終從事詩創作的詩人。黃用的作品早年產量雖然豐富，但近幾年來已不再見他的作品公開發表，是否已停止寫詩，不得而知。

周伯乃說，夏菁和吳望堯的詩，都含有濃重的人生哲理，而夏菁的詩用字簡練，句法明朗，不似羅門那樣冗長繁複，他永遠有他個人的哲學觀念作基礎。

例如夏菁在「雨中」所說的：「在這世紀的風雨中，等待陽光原是一種虐待。」這就是他對這個時代的批評，以及他對這個苦難的時代的深刻感受。

吳望堯的詩，却堆滿了科學名詞，和現代科學的常識上的種種事物，甚至於愛因斯坦的相對論，天文學上的種種推理，都被廣濶的運用在詩中。

藍星詩刊交由余光中執編後，覃子豪又和藍星詩社的詩友們集資出版同仁刊物，如「藍星詩選」是一本不定期的刋物，一共出了二期。

後來，「藍星詩刋」不再附屬在公論報的副刋上，而單獨出版一張詩頁，由藍星詩社的詩友們輪流執編，一共出了五十多期。

另外，覃子豪又出版了一種「藍星季刋」，是一本很夠份量的詩刋，有翻譯、創作、評論、詩壇動態等等。這份季刋一直維持到民國五十二年覃子豪逝世後才告停刋。

後來，藍星詩社的詩友們又籌組出版一種「藍星詩刋年刋」，但只出了一期卽告終止。藍星詩社也似乎就此沈默下來，雖然余光中、夏菁、羅門仍繼續在寫詩，但已沒有當年維護「藍星詩社」的那種豪情，只是個人寫個人的詩和詩論。

在臺北的「藍星詩社」成立後，臺灣的南部詩友，在民國四十三年秋，成立「創世紀」詩社，並在當年十月十日出版「創世紀」詩刋。

周伯乃指出，「創世紀」的詩友們，特別標榜「新民族詩型」的形式的新詩。既不揚棄舊有的傳統，也不摒拒新的技巧，可說是綜各家之長，去各派之短的一種新與詩型——其本質乃屬於美感的，亦卽意境至上主義。從自然與生活中採取詩素，運用各種新學詩派之技巧，通過鮮活的形象，來表達中國「天人合一」「心物一體」的最高深、最微妙、最淨化之境界。它的中心意識受儒家思想(仁)之影響，而不拘泥於儒家思想之界域，受道家思想（自然）之啓導，而不限於道家思想之範疇，所追求的是一種入世的、愛人的精神，做到以詩來批判世界、教育世界、美化世界。

「創世紀」詩友在形式上也有獨特的主張，他們要求具有中國風、東方味的民族性的詩型，他們排除純理性、純情緒的呈現，而主張「美學上的直覺的、意象的表現」，他們主張「形象第一，意境至上」，這就是創世紀詩社初期的主張，也是他們作爲創作的座標。

當時經常在「創世紀」詩刋寫詩的有張默、洛夫、季紅、瘂弦、林亨泰、葉笛等，而由張默和洛夫執編，主要的內容以發表詩創作爲主，偶爾也有一二篇詩論和評介。從四十三年十月創刋，到四十七年四月一日，共出了十期，可說是前期的「創世紀」，在這期間的詩，大都還能把握住他們所謂「新民族詩型」的目標，運用「中國特有的語言文字，及中國人特殊的生活經驗，表達出我民族的精神與氣質」。因此，他們在表現技巧上是贊同移植西洋現代詩的技巧，而在內涵和精神氣質上是繼承我國優良的傳統精神。這在詩的創作上的確是一條正確的道路，和覃子豪提倡的「中國的現代精神」是有相通之處。

不過，在創作方法上，藍星詩社的詩人特別著重訴之於經驗的表現和想像的創造，而「創世紀詩社」却強調「感性」創作。

他們在社論中說：「詩的創作必須融會貫通著作者的意識和經驗，以及對人生的態度和對生活的信仰，這些都是因『感性』作用而攝取的，像這種由作者的意識、經驗和客觀現實的融合，然後通過他對世界的敏感性，藉著一種特殊的技巧表現在作品中的東西，這就是『感性』，由感性所得到的境界，就是『天人合一』的境界。」

他們除了強調「感性」的創作以外，也接納西洋的各個流派的技巧，如象徵派、達達派、未來派、表現派，以及超現實主義等。於是，在後期的創世紀詩社，也就是從民國四十八年四月出版的「創世紀」詩刊後，他們在創作路線上，似乎就有了新的轉變。

大致說來，季紅和林亨泰移植了美國的意象派的表現技巧，洛夫是接受了西洋的超現實主義，而瘂弦比較折衷，他的創作方法是綜合性的，他幾乎取了各家之長，而且有其獨特的表現，他的詩，也是比較能讓大多數人所接受的一種。

「創世紀詩社」的最大貢獻，是編選了「六十年代詩選」、「七十年代詩選」和「中國現代詩選」，雖然這三本詩選，都不能概括中國現代詩人的作品，但多少已代表了他們「創世紀詩社」的主觀態度。

民國五十三年春，笠詩社成立，詩友大部分是臺籍詩人，有些在日據時代卽已寫詩，如吳瀛濤、桓夫等人，都是曾經用日文寫詩，而後才改用國語寫詩。

「笠」詩刊自第一期至第七期，都是附屬在「曙光文藝」的出版執照下出版的，而自第八期以後，由黃騰輝任發行人，單獨出版，由詩人趙天儀、李魁賢、杜國清、林煥彰、徐和鄰、林錫嘉等人負責，無論就編務和經驗都是採取分工制。

笠詩社最大的特色，是設立「笠下影」和「作品合評」等專欄，尤其是「作品合評」，可說是眞正做到了客觀批評；他們把一首創作分給各詩友輪流欣賞，然後讓各人提出意見，詩友們都能毫不保留的提出中肯的批評意見。

周伯乃以爲，這種批評方式雖然稍嫌繁複，但對一首詩的瞭解和它的好壞，都有極客觀的評語，對我國文藝批評風氣的建立，大有貢獻。

笠詩社除了大量刋登年輕詩人的創作外，也介紹一些西洋的和日本的詩作和詩人動態。另外，笠詩社推介國內詩刋、詩集、詩創作到日本各圖書館去展覽，並邀請日本當代詩人來臺訪問，對中日文化交流，也有不少貢獻。

至於笠詩社的詩人的創作態度，是採用比較明朗的一種表現方法。可能是由於他們經常在一起研討。所以，在笠詩社的幾位詩友的作品中，有一個共同的特色，就是用字簡鍊，形象鮮活，而且帶有一種深沈的哲學意味。

民國五十一年七月，葡萄園詩社正式成立，並且創刋「葡萄園」詩季刋一種，由王在軍任發行人，陳敏華擔任社長。藍雲、古丁、史義仁、文曉村等人輪流執編。

周伯乃說，「葡萄園」詩社的詩友，絕大多數是中國文藝協會主辦的文學創作研究班的學員。他們最初在研究班獲得一些詩創作方法和對新詩的認識；結業後，他們就邀集對新詩有特別愛好的詩友，籌辦「葡萄園」詩刋。

「葡萄園」詩刋以發表年輕詩人的創作爲主，偶爾也有一些譯作和評論。他們的創作方向，是以運用現代的語言爲主，排斥那些陳腐的、冷僻的和矯揉造作的語法。以他們的詩的表現特質而言，是現代的，是自然而眞實的，是抒情重於理性的。他們有一條信條，就是現代詩是表現現代現象的藝術之一。

他們說：「現代詩的內含，必須概括著現代人的生活特色，這特色自民族的環境，生活的方式，到機械文明給現代人帶來的轉變的影響，和體驗的經過，自各種不同的角度，將之表現於詩中。」

同時，他們強調明朗的表現手法。他們認爲藝術作品應是「透過主觀的創作與客觀的欣賞」，才能構成一種價值。

換言之，「藝術作品需要被他人接受而引起共鳴。如果藝術的表現沒有人能夠理解，也就失去它存在的意義。」

周伯乃說，這句話，乍看頗有道理，但藝術品畢竟有它被鑑賞的層次，並不是非要人人都能懂的詩，才有存在的意義。周伯乃覺得這一點，是由於他們太過溺愛「明朗」，而忽略了詩的「深奧」之眞境。

臺灣各大專院校，甚至於中學以上的各專業性學校，幾乎都設有新詩詩社，並且由各校校方或學生負責籌組出版新詩刊物，如臺大早年的「海洋詩社」、政大的「縱橫詩社」、師大的「噴泉詩社」，都先後出版過詩刊、詩集，而且舉辦各種活動，如朗誦、詩展等。

在各學校詩社中，以臺大的海洋詩社歷史最久，而且是唯一能維持經常出版詩刊的詩社。它最初由幾位來自香港和澳洲僑生負責籌辦，然後經校方核准爲校內刊物，且獲得校方的部分經濟的支援，得以繼續出版。

海洋詩社強調的是具有濃厚民族意識、較爲明朗的新詩，而且特別頌揚富於戰鬥精神的革命詩章。

在特別頌揚具有戰鬥精神的詩章中，功不可沒的是「今日新詩」。「今日新詩」是由左曙萍、上官予、鍾雷、紀弦、覃子豪、鍾鼎文、李莎、彭邦楨等人所聯合執編的。

在民國四十六年創刊的「今日新詩」的創刊詞裏，他們大聲疾呼：「詩是時代的呼吸與脈搏，也是發自民族的心聲；所以今日的中國新詩，雖然受着西洋詩的各種流派的影響，但其精神與內涵，仍然承襲著中國文化傳統固有的氣質。……我們需要我們這一代的詩，我們需要我們這一民族的詩！今日我們所處的時代，正是我們中華民族團結奮鬥，挽救危亡，力圖國家民族生存延續復興的偉大時代；我們的一切都在戰鬥，新詩當然毫不例外的也要走向戰鬥。」

周伯乃指出，「今日新詩」是結合了我國詩壇的瑰寶，無論是年輕的，年老的，或是中年一代的，只要是具有民族意識的，只要是富於戰鬥精神的詩，他們都會刊出。

一如他們說的：『我們要藉著『今日新詩』的陣線，團結海內外所有愛好自由、愛好眞理的詩人們，憑著正義與良識，發揚詩人天賦的靈才與熱情，同聲唱出戰鬥的與勝利的歌。所以，我們不問詩人們所受流派的影響如何，作品的風格又如何，但我們歡迎一切戰鬥性的充滿著革命熱力的詩篇。」

「今日新詩」的出版，是基於當年我國詩壇的紊亂、派系林立的情況下，所以，他們的態度一直是比較超然的，他們容納各個詩社的詩人的作品，他們雖然也有一張編輯委員的名單，但他們毫無同仁刋物的那種門戶之見，「今日新詩」眞正做到團結海內外詩人的宗旨。

除了「今日新詩」月刋，早年還有一份「南北笛詩刋」，是藉嘉義市出版的商工日報的副刋版面，按期出版詩刋，由黃仲琮、羅行、彭邦楨等人負責集稿執編。

據周伯乃統計，近幾年來，在臺灣興起的詩刋，尙有「桂冠」「大地」「主流」「龍族」「秋水」「詩人」「消息」「大海洋詩刋」及青年戰士報的「詩隊伍」雙周刋等等，這些詩刋所擁有的詩人，大都是較爲年輕的詩人，如林煥彰、羅青、許茂昌、傅敏、王潤華、蘇紹蓮、李仙生、宋穎豪、商略、季野、蕭蕭、掌杉、陳芳明、晴夜、余中生、劉廣華、淡瑩、溫任平、沈臨彬、施善繼……等人。

年輕一代的詩，有一個最大的特點，就是都已經不再過份舖張意象，而從事較爲明朗的創作，運用明快的節奏，清麗的語言，表現出與現實社會生活情調相結合的情緻。這類詩無疑的更能讓大衆接受，但有些詩也許爲了表現得更接近於生活情調，而流於說白式的堆集。但絕大多數尙能保留着抒情和知性的共同營建，使詩仍然有其適當的純度，不是口語的告示。

周伯乃常常有一個想法，就是現代詩是否要完全切斷傳統，而立於自己的基石上向前邁進，創造出一個屬於自己聲音的時代？抑或是接受傳統，承襲傳統的語法，在傳統的護翼下，創造屬於這一代的聲音呢？

有一點，他認爲非常重要的，詩絕不是大衆的讀物，它是文學中的貴族。因此，他個人認爲現代詩人不必太過份遷就讀者，更毋須遷就廣大的羣衆。

（這篇訪問稿是六十五年元月間，應大華晚報記者（現任該報採訪主任）程榕寧小姐之邀，在該報「讀書人」版的『學海論叢』中以訪問稿刊出。前後近半年，自元月十八日至六十五年五月二十三日才連載完畢，特此補誌。）

談文化的自覺與反省

歷來對文化一詞的釋義，都有各種不同的說法，而最爲普遍引用的是英國人類學家泰勒（Edward B. Tylor）所說的，文化是「複雜的整體，包括知識、信仰、藝術、道德、法律、風俗，以及其他作爲社會一份子所習得的任何才能和習慣。」人類所以會異於其他生物，也正因爲他擁有綿延不滅的文化背景和文化資產。這種文化資產是由於長遠的社會演化所累積的人類遺存，它包括了物質的和非物質的兩大類。「所謂物質的，係指具體之器物——住宅、衣飾、器皿、工具和器械（如斧和撬杆），觀念的具體表現（如書籍圖畫）；所謂非物質的，是指思想、觀念、製作器物的技術、思想和行爲的方式、價值和情緒的反應，以及一般的人類抽象發明（如語言文字、科學、法律、宗教等）。」（引自 Samuel Koenig 著「社會學」一書）

在一般人的概念裡認爲文化就是知識，而知識是來自於教育。於是，常常把文化與教育混爲一談，凡是受過教育的個人或團體，都被視爲文化人或文化團體。未受過教育的個人或團體，便被視爲缺乏文化或沒有文化的個人和團體。歷來的讀書人也就是知識分子，而知識分子又與文化人相題並論。換句話說，在一般人的概念中，文化的絕續存亡是知識分子的責任，與其他人無關。以人類學家和社會學家、哲學家們的意見，文化是人類共同的責任。任何一個人投入到社會，他就要受到社會環境的影響和約制，逐漸形成爲社會化的人。在這形成社會化的過程中，他必然要受到原有的環境，以及其本身所創造的環境所影響。一個嬰兒最初受影響的是他的母親，然後擴及他的父親、家人，以及童年遊伴、同學、同事等等。除了受人的影響，也受自然環境和超自然環境的影響，如民俗 (folkways)、民德 (mores) 和制度 (institutions)。根據美國耶魯大學教授孫慕南 (Sumner) 的解說：民俗是自然形成於一個團體中的行爲和活動的習用方式，用以解決生活上的種種問題。他說：「動植物的適應環境，主要是改變其結構，但是人類爲解決問題而有所發明，於是用以適應環境。結果人類的社會生活幾乎全由種種民俗所組成。」孫氏所謂「民德」，「是通行的習慣和傳統，所不同者，民德含有一個判斷。認爲與社會福利有關，同時民德雖非任何權威所制定，但有強迫個人遵守的力量。個人可以多少違背民俗而免罰，卻不能干犯民德而不遭受嚴厲懲罰。」

在古代的社會裏，社會秩序的維持，人與人之間的和諧相處，關係之維持，全賴於民俗和民德來共同維持。甚至於個人的一舉一動都必須儘量合符那個社會的民俗和民德，才不會被社會所摒棄或排拒。當一個人投入到一個社會裡，他不僅是成爲該社會的一份子，而且必須對那個社會克盡職責，爲它付出個人的畢生精力與心血。換句話說，作爲人，其一生都必須依附於社會而生，絕不可能離群索居。因而，當他隻身投身到社會的第一步，是受該社會的保護與教養，逐漸爲自己所創造的社會保護、生活。這時他不僅是在依附社會生存，同時也在創造社會給別的人生活，以取得和諧相處。Samuel Koenig 說：「研究社會的學者認爲無文化的個人或團體是不可能的。蓋文化包涵各人類團體之間種種思維和行爲的方法的整個累積體，個人必定分享其所屬之團體的文化。」

制度是人爲的，是透過民俗、民德和社會成員之共同需要所制定的一種制度，而這種制度必須是獲得多數人所認同與遵守的法則。在另一方面來說，制度也是自然形成的，是被一叢民俗和民德所包圍的一種活動，如父母與子女之間，形成家庭制度；學校裡的老師與學生之間，形成知識傳授，乃有學校制度。再如有些國家採取一夫一妻制；而有些國家卻仍然實行一妻多夫制或一夫多妻制，這些制度都是自然力和人爲力量所共同形成的一種結構體。譬如神，是一種概念的存在，是抽象的存有；而拜神是民俗，是具有具體的形式之存在。在神與拜神者之間，必然存在着神廟、教堂和特設的場地，以及某些儀式或教義，這一切合併起來，便形成一種制度，一種膜拜的制度。

從這裡我們可以看出，制度是需要精神和物質來共同維護的，如教堂與神壇的建築裝設，都是物質的。但維持神與膜拜者之間的無形力量，是精神的。若只有教堂或神壇，沒有膜拜者，那只是一座空洞的建築物；若只有膜拜者，而沒有教堂或神壇來作爲膜拜的場所，其精神則無從集中，更無法長久的保存和延續下去。再如一個家庭，它是人類存在的最基層結構體，家庭制度，是維護人類綿延不滅的一種體制，它一方面是自然力的結合，另一方面又是人爲需要所組合的。同樣的，戲院、運動場也是一種制度，但其重要性就不如家庭制度。它對人類的存在是次要的，甚至是可有可無的，它只是提供人類的娛樂與運動的需要。所以，它的興起是在人類生活上的調諧作用。

社會學家認爲任何一種制度，都是爲了完滿的應付人類本能的需要而起。如最簡單的家庭制度，是爲了調節人類的愛情、婚姻、育幼、養老等關係；而國家的經濟制度，是爲了調節和控制人類的食物、財產等所有事宜。教會制度，是爲了宗教與信仰有關，戲院制度，是爲了娛樂和娛樂的調節。學校制度，是爲了教與學之間的調節。人類愈進步，各種制度便愈多，也愈來愈複雜。不過，有些制度，也隨着社會變遷而消失。如農業社會中的奴隸制度、農奴制度，在工商業社會裡便完全不存在。在農業社會裡，農奴不但被視爲勞動力的私有財產，而且常常被作爲有價值的財產交易。在這種制度下，人性的尊嚴，人格的價值，卻完全被貶值了。

任何的制度，都不可能永遠一成不變。同樣的，任何族群的民俗民德，也不可能永遠不變。昔日被教會和國家所認許的奴隸制度，今日已被民主制度、人權主義所否定。中國古代女人的三從四德，到如今已成爲歷史名詞。甚至數十年前的一些習俗，都已經不適於今日的道德標準。譬如數十年前，中國女人絕不會在外面拋頭露面，甚至連手脚都不輕易露在外面。而今，不但有露背露腰露肚的在街頭招搖過市，而且已被視爲當然。如果以我們老祖母的道德尺度來衡量今日海灘上的三點式泳裝，那一定會認爲不可思議，甚至會責爲傷風敗俗，不知廉恥。然而，隨着社會環境的變遷，人類知識的累積，和經濟結構的改變，一些新的風俗、新的道德觀念和倫理價值，便相繼出現。而一些舊的風俗、律法、制度，也相繼有所取捨，這便形成民族文化的累積。無論是物質的和非物質的都是如此，部份被保存、流傳，部份則被遺棄或改變。

中華文化，自相傳盤古開天闢地以來，歷經三皇五帝，禹湯文武周公，在物質文化和非物質文化，都有極偉大的締造，如舟車、宮室、衣裳、火藥、印刷術、指南車之發明，文字、禮教、封建及井田制度之建創，在在都說明我中華文化的輝煌歷史。這不僅開創了我國文化的先河，而且將世界人類帶進了嶄新的生存境界。自戰國以降，各家學說競相迸呈，知識界的英才輩出，老、莊、孔、孟、墨諸子之學說，便蔚成中國學術界之思想巨流，而且很快的流遍了中國各地。我國的學術風氣所以會如此鼎盛，我想與孔子的周遊列國，廣收弟子有關。孔子目睹舊貴族的衰落，封建制度的崩潰，和社會組織的急遽變遷，人們的道德信念亦因生活的顛沛而引起動搖。社會秩序隨着國與國之間的併呑和人與人之間的殘殺，而顯得動盪不安。孔子基於悲天憫人的偉人情懷，乃倡導「尊王攘夷」學說，游說諸侯，以期平息戰爭，安定社會。另一方面，他目睹「世衰道微，邪說暴行有作。臣弒其君者有之，子弒其父者有之。」（孟子語）乃與弟子刪詩書、訂禮樂、修春秋以教後世。施仁義之教，啓導人心，希望每個人都能具有「王者之德，天子之智慧。」這種高境界的道德理想，對當時的諸侯和士大夫階層的人來說，頗具教化作用，要求他們以先聖先賢的一言一行作爲自己的行爲準則，且以天命爲誡，端正自己的心意。所謂：「天視自我民視，天聽自我民聽。」

我國一向以農立國，數千年來養成人們安土重遷，視土地如自己的生命的觀念。世世代代以守住自己祖宗的產業爲榮，培育了人們保守、質樸、敦厚的性格。以農爲業，旣要靠自己的努力耕種，也要靠天時地利。所以，中國人對天意抱有絕對的虔誠的崇敬與信賴，認爲人是靠天吃飯的。古代帝王謂之天子，他是直接祀天，一切作爲都是承天命而做的。孔子認爲天子的仁心，乃是承天心而來。故立人道，亦卽承天道。中國人一向對祀祖祭天的觀念特別濃厚。禮記郊特性說：「萬物本乎天，人本乎祖，此所以配上帝也。郊之祭也，大報本反始也。」

古人祀祖祭天的觀念，大抵都是源起於報本反始和愼終追遠的思想。以現代人的觀念來說，應該是屬於感恩圖報的外現行爲，是人性的眞情流露。譬如詩經大雅生民篇中所述周室祀天的由來，就是因爲姜嫄氏（炎帝之後）能潔祀天帝，使其懷孕而生下后稷，才不致絕後，且教以稼穡，繁榮了他們的後世子孫。子孫們爲了感恩於天帝的眷顧，乃立敬祀天帝的禮儀。周公制禮作樂，就是根據這個報本反始的觀念而來。古時只有天子才有資格主祭天帝，庶民和其他的人都只有陪祭的份，從這裏也可以看出古人對祭天之典的隆重與莊嚴。

中國自古以來，就認定天子是受命於天，是代天行道，他不但具有至高無上的超人智慧，而且上天也賦予他至高無上的權威。久而久之，這種無上的權威，便演變成無限的權力。到了秦漢統一以後，雖然列國混爭的局面已經不存在，但君王的權力却日益擴張，反而忽視了孔子當初的「直仁忠恕」之道的理想。孔子的一貫之道就是忠恕，忠恕之道謂之仁。孔子說：「仁遠乎哉，吾欲仁斯仁至矣。」他認爲不仁之人，決沒有眞性情，雖然他能行禮樂之文，也是虛僞的。所以孔子特別重視人要有眞性情，惡虛僞，尚質直。他說：「人而不仁如禮何！人而不仁如樂何！」又說：「君子義以爲質，禮以行之，孫以出之，信以成之。」（論語）

歷來的聖主明君都希望能廣施仁政，兼治天下爲其政治理想，而孔孟亦以「道之以德，齊之以禮」爲最高的政治理想。他教育弟子，除了授予六藝的知識之外，亦常常以禮教來約束他們，使他們懂得如何在個人性情的自由之外，尚有社會規範的約制。所謂社會規範，就是人們共同遵守的風俗習慣和道德、法律及制度，也就是我前面所說的民俗、民德和制度。孔子認爲仁是人類的眞性情之合禮的流露，是本乎人類的同情心以推己及人者。所謂己所不欲，勿施於人。如果每一位聖主明君都能持己之所欲，才施於人；以己之欲，推以知人之欲，體察民情，瞭解人們的疾苦，以人民的利益爲利益，以人民的需求爲治國之本，做到「興天下之利，除天下之害」的富國之道，則萬民共戴。國家必然趨於富強康樂，社會必然趨向於諧和幸福之境。

幾近二千多年來，儒家的這種道德理想和歷代帝王、士大夫的政治抱負結合起來，成爲鎭懾人心的無上權威。士人和官吏也就動輒搬出先聖先賢們的一些教條，作爲說服力的最大法寶。甚至有的將先賢們的格言，作爲律法般的實行。久而久之，這種泥古風氣，遂使人只往古代探索，只向古人學習，缺乏自創的精神和意志。也因此而造成人們的固步自封的心理，認爲自己的一切都只有效法古人，學習古人，便可成爲完人。加上數千年來，我國以農立國，家族主義重於國族主義，固守一方土地，便視爲無限的財富，自己亦就以守住祖先的產業爲榮，不求發展。甚至認爲競爭是一種不道德的行爲。生活在這種保守、自求多福的社會裡，自然會養成人們「獨善其身」和「各人自掃門前雪」的本位主義。這類人在社會裏愈多，這個社會就不能改革，也就愈不會進步。

本來，以農立國，守土爲業的社會，在本質上是缺乏競爭性，他所競爭的對象不是人，而是天，加上中國的地廣人稀和邊境的天然屛障。數千年來，無論政治、經濟、文化都是完全獨立的。從不與外面接觸，縱使有一些接觸，亦是在不如己的情況下接觸、交往，在這極端優越的條件下，自滿、自驕的心理，就愈來愈濃厚。也促使他們愈來愈固步自封，愈來愈自我圍堵、閉塞。偶爾被外族人侵入，也能以巨大的影響力和堅靱的民族性，將他們同化、改變。使其不久就能認同自己的文化，適應於自己的風格習慣和傳統禮儀、制度。這種長期的累積發展，形成了中華民族的獨特的文化特質。如重倫理、重人際關係、重理性、重實踐力行等等。而這些文化特質，也緊密地影響到中國政治的實際問題。

道德與政治結合，原是孔子期以行仁政的理想。而歷來的聖主明君和稍具志節之士，也都能朝着這個理想努力。可是，我們也不能否認，有許多士大夫和昏君卻陶醉於個人的權力與名利，而使孔子當初期以行仁政的理想變質，反而，使道德的尊嚴助長了政治權力的擴張，使人們承擔着道德與政治的雙重壓力，這是孔子所始料不到的。對整個社會來說，這種雙重壓力，往往會形成該社會進步的一種阻力。尤其是那些經典教條，會扼制個人人格的發展，而變得毫無個性和獨立性的庸人，甚至在苛求的道德教條束縛下，個人已喪失了自立能力，只是盲目地遵循社會規範來生活，很難有突破性和冒險性的表現。

如果以一種學說來看孔孟的思想，它是具有誘導政治、教化百姓的作用的，但後人却將它視爲教條，乃助長了爲政者的權力之運用，反而使人們在這種禮教的約束下不能自由發揮自己的本能，一擧一動都得師法古人，一切以先人的行爲標準作準繩，這種默守成規，食古不化的愚昧，正是扼殺民族文化生機的最大壓力。

西方近代歷史上有兩次文化的自覺運動，其一是文藝復興運動，這次運動使西方社會擺脫了神權的無限權力之約束和打破人們對來世的幻夢，重新肯定人本身的價值與地位，並發現現世的重要性；其二是啓蒙運動，使人們重視理性，一切以理性爲衡量之準繩，對傳統價值作重新估評。這兩次文化自覺運動，是促成西方文明進步的最大因素，也是奠定其今日民主科學的基石。

我國自鴉片戰爭以後，有識之士眞正體認到西方的船堅砲利的厲害，乃深感國人盲目排外之不足以強國，反而誤國，才在「師夷長技以制夷」的觀念下發展洋務，認爲只有學習西方的「壘固兵強，堅甲利器」，便能富國強兵，抵禦外侵。不幸，甲午之戰，三十年的洋務又告失敗。乃有康有爲、梁啓超的維新運動。他們主張：「破資格以勵人材。厚俸祿以養廉恥。停捐納、汰冗員、專職司以正官制。變科擧、廣學校、譯西書以成人材。懸淸秩功牌以獎新藝新器之能。創農政商學以爲阜財富民之本。改定地方新法，推行保民仁政，若衞生濟貧，潔監獄免酷刑，修道路，整市場，鑄鈔幣，創郵船，徙貧民，開礦學，保民險，重煙稅，罷釐征，以鐵路爲通，以兵船爲護。」

康、梁維新，遭到當時以西太后爲中心的守舊派勢力所阻，不及一百零三天卽告夭折。康有爲、梁啓超亡命海外；楊深秀、楊銳、林旭、譚嗣同、劉光第及康廣仁等人被殺，這就是所謂「戊戌政變」。

國父有鑑於淸廷的腐敗和外強的蠶食，國勢日衰，民族命脈僅繫於一線生機之際，如再不喚起民衆奮發圖強，國家民族勢必要慘遭淪亡之厄運。他說：「尙有一線生機之可望者，惟人民之發憤耳。」國父認爲「中國今日，政府日非，綱維日壞，強鄰欺侮百姓。其原因皆由衆心不一，祇圖目前之秋，不顧長久大局。……識時賢者，能無責乎？故特聯絡四方賢才志士，切實講求當今富國強兵之學，化民成俗之經，力爲推廣，曉諭愚蒙，務使擧國之人皆能通曉，聯智愚爲一心，合遐邇爲一德。群策群力，投大遺艱。則中國雖危，無難挽救。」

國父領導國民革命，以怒濤排壑之勢，推翻了滿清政府，締造了民國。未幾，袁世凱稱帝，軍閥割據稱雄，國家又再度陷於四分五裂、動盪不安的局面。幸而有先總統　蔣公秉承　國父之職志，誓師北伐，統一中國，繼而領導全國軍民對日抗戰，獲得最後勝利，廢除了不平等條約。如果沒有中共叛亂，中國之富強是指日可見的。無奈，當時國人對共產邪說認識不清，知識分子更是深中邪毒而不覺，盲目附從，被中共所利用，致使國家慘遭赤色之禍。

撫今思昔，中華民國建國七十年來，所承受的內憂外患，接踵而至的打擊與挫敗，不知凡幾，但每次都能轉危爲安，愈挫愈勇，這股堅靱的毅力和不屈的精神，全賴於我中華民族有五千年悠久彌堅的文化背景。這悠久的歷史文化孕育了我們特有的堅靱民族性，和國民的威武不屈之精神，使其面臨最艱苦、最危難時，仍能屹立不移，奮鬪不懈，這股潛在力量，就是民族文化的力量。

在任何一個有悠久歷史文化的社會裏，知識分子是肩負着繼承傳統、開展文化的社會菁英，他對自己所處的社會負有凝聚與開創的責任。我曾經在「知識分子與社會責任」一文中說過：「人類創造文化，文化延續了人類的歷史，肯定了人類生命的意義和價值。這是一個綿延不絕、相因相乘的人類循環秩序，而每一代的知識分子正是這綿延不絕的文化創造者，是社會演變潮流中的中流砥柱，是歷史的見證。」

近百年來，由於西方文明的引進，我國的社會形態有了極大的突破性，以往的閉關自守、安自尊大的心理已逐漸消失，上一代所堅持的「安土重遷」的保守觀念，亦被日趨繁複的工商業社會意識所突破。尤其在最近三十年來的臺灣社會，在風雨飄搖中崛起，在國脉如縷中開創出一個現代化的國家，成爲三民主義的模範省，這不能不說是一種奇蹟。如果我們對這個奇蹟稍加回顧一下，就能肯定它是孕育於中華民族的深遠的文化根基裡。

就物質文化而言，在今天我們所處的環境裡，不但突破了中國數千年來的物質文明的界限，而且已超越了世界上許許多多的國家，甚至可齊肩於許多開發的歐美國家之林。以我們全力推展經濟建設和科技發展的時間來說，不過是短短十數年的光景，而在這短短的十數年間，有這個輝煌的成就，是非常令人震驚的。從這一事實來看，一個國家或社會中，物質的貧窮或缺如都不足以憂慮，只要大家胼手胝足，共同努力，有計畫地朝着一個方向努力奮鬪，很快就能立竿見影，造成一個有具體存在感的實績。

隨着物質文明的演變和科技工業的發達，社會形態和社會意識亦有了極強烈的遽變，而最顯著的現象，就是都市化與工業化的急速發展取代了保守的、閉塞的農村社會形態；昔日「獨善其身」的心理，已被現代頻繁接觸的人際關係和突變階層意識所融化，所謂各人自掃門前雪的個人約束，也被大衆的互惠關係和公共秩序所瓦解。因而，在現代化的社會不再有世襲的功業，也不再有一成不變的生活方式。說不定今天的職業與明日的職業就有很大的突變，今日的生活方式與明天的生活方式隨着職業的變遷而有很大的差距。在這隨時可能遭到變遷的心態下，要想一個人平靜下來塑造自己的人格、德性是非常困難的。要想固執在自囿於一格的生活方式中更非易事。所以，現代社會學家和心理學家們都一再呼籲，要現代人儘量設法適應或者樂於接受當代變遷頻繁的社會現象，和隨時準備承納這個社會的遽變現象所帶來的心緒平衡。

在這變遷頻繁的社會裡，人類集體意識中所表現的是徬徨、恐懼、焦慮與不安的情緒，人類的生存被架構在經濟力的價值之下，人與人的關係全然建築在互惠的條件上，社會責任感普遍低落，所謂道義，所謂羞惡，所謂榮譽，所謂惻隱已完全不存在了。換句話說，個體必須投身於龐大物質所架構的安全感中，而人便淪爲物質的奴隸，原有的一點人性尊嚴和精神價值，逐漸在科技工業的敲擊下分崩離析。舉目所視，都是在物質文明所壟斷下的緊張、忙碌，心靈一片蒼白、貧瘠的生活。人與人之間的交往，除了建立在物質的互惠的需求外，似乎就一無所需。於是，人們每天所忙碌的不是生存的問題，而是尋找各種生活的刺激，誰擁有最大的財力，誰就能獲得最大的安全保障。這時，人變成爲金錢而活，爲物質的滿足慾而活，所謂良知、所謂道義，都被拋得遠遠的，上一代的和平、博愛的理想成爲一個幻影，農業社會的純樸、休戚相關、守望相助的生命交感，早已失去踪影，而宗教家們所依賴的一點神的權威，也早已喪失殆盡。人們面臨着這個失去了神的權威和道德價值觀的局面，而又同時必須面對財力而競爭的場面，人的本身就產生了一股強烈的矛盾衝突，由衝突而顯示出不平衡、不協調的心緒，這是現代人在心理上所遭到的最沉重的挫傷和震撼。

爲了抑制這種挫傷和平衡這種震撼，在高度物質文明的享有之下，要竭力倡導國民追求精緻文化的享有。所謂精緻文化，就是專指文學、藝術、音樂、戲劇等等的活動而言。今天，我們不一定要求每一個國民都要作文學家、藝術家、音樂家，但至少每一個人要懂得一點文學、藝術、音樂，或其他藝術。因爲這些都是屬陶冶性靈的精緻文化，也可以說是人類的精神生活的必須元素。先總統　蔣公曾經昭示過：「一個人之所以能叫做一個人，全靠有靈魂。換句話說，就是有精神、有感覺、有靈明思想，能動作行爲，否則這個人就是只有一個軀殼，不能叫做一個活的人了。所以有靈魂，就有生命，就叫做人；一旦失掉了靈魂，便馬上失掉了生命，這個人就是死了。國家也是一樣，國家既然是一個有機體，一定也是有一個靈魂的。如果國家失了這個靈魂，這個國家便沒有生命，就是要滅亡的。所以我說國家的盛衰存亡，即繫於國魂之強弱興替。」（摘自「中國魂」）

任何一個國家民族能恆遠地屹立於寰宇之中，持久不衰，乃是基於其立國精神，也就是所謂的國之靈魂。英文裏有一個字叫 Spirit。這個字如果用中文翻譯過來，便含有精神、勇氣、心境、靈魂等等意義。一個國家倘若喪失其立國的精神，也就喪失了國魂，沒有靈魂的國家，那是烏合之衆，是一個被架空的群體而已，它將是缺乏生命力的一個軀殼。

最近十年來，國人在高度的物質文明滿足後，已漸趨於精緻文化的追求，如高水準音樂會之演奏，已座無虛席，各個畫廊在展出期間，已擠滿了人潮，且有極多收藏家或商賈們搶購名畫。

再如許多新建的大厦、高樓，都有書橱、壁畫和音樂的設計，而比起早年只考慮酒橱、蔴將間來看，人們的確已自覺到精神生活的享受遠比物質生活的擁有更爲重要，更難以達到滿足的目的。我擧一個極簡單的例子，在同一時間、同一空間裡，我們可以飽餐一頓豐盛的午宴或晚餐，但當你吃飽後，就再也不想吃什麼，甚至連一杯咖啡，一片水果都覺得淡而無味。同樣的，如果在同一時間，同一空間裡欣賞一幅名畫，或聽一支名曲，你會百看不厭，百聽不倦，希望能重覆地看它、聽它，好像永遠不能滿足。這就說明了一個道理，人類生存意義與生命價值之肯定，是精神文化重於物質文化。

這些年來，政府在全力推動經濟建設中，能同時兼顧文化建設，這正是我國優良的傳統文化命脈。否則，只有物質建設而沒有文化建設，國家勢必淪爲以功利爲本的物質主義，國民勢必要遭物質所奴役，民族勢必淪亡衰敗之境。在我國的悠久歷史中，每一次遭受到存亡絕續的危機時，都有新一代的知識分子緊握住千秋之筆，振聾發聵，激發起全民的自覺，喚醒國魂，以集體的方式和道德的勇氣，形成一股強大的民族凝聚力，激勵起民族的求生意志，讓中華民族的文化傳統綿延不絕，亘遠長存。所以，我個人認爲我們這一代的知識分子和新一代的知識分子，都要有道德的勇氣和社會的責任感，在重重的苦難與磨礪中，開創民族的生機，使我國固有的人文精神更加發皇向榮，不致因時代環境的變遷而終斷，也不致因物質文明的壟斷而衰亡，這是我們每一位知識分子所必須有的自覺與反省。

（本文發表於民國七十年元月十二日至十七日新生報副刊，時值政府正醞釀籌設文化建設委員會，是年十一月十一日行政院正式成立文化建設委員會）

滄海叢刊已刊行書目（一）

書名	作者	類別
中國學術思想史論叢（一）（二）（三）（四）（五）（六）（七）（八）	錢穆	國學
國父道德言論類輯	陳立夫	國父遺教
兩漢經學今古文平議	錢穆	國學
先秦諸子論叢	唐端正	國學
先秦諸子論叢（續篇）	唐端正	國學
儒學傳統與文化創新	黃俊傑	國學
宋代理學三書隨劄	錢穆	國學
湖上閒思錄	錢穆	哲學
人生十論	錢穆	哲學
中國百位哲學家	黎建球	哲學
西洋百位哲學家	鄔昆如	哲學
比較哲學與文化（一）（二）	吳森	哲學
文化哲學講錄（一）（二）（三）	鄔昆如	哲學
哲學淺論	張康	哲學
哲學十大問題	鄔昆如	哲學
哲學智慧的尋求	何秀煌	哲學
哲學的智慧與歷史的聰明	何秀煌	哲學
內心悅樂之源泉	吳經熊	哲學
愛的哲學	蘇昌美	哲學
是與非	張身華譯	哲學
語言哲學	劉福增	哲學
邏輯與設基法	劉福增	哲學
中國管理哲學	曾仕強	哲學
老子的哲學	王邦雄	中國哲學
孔學漫談	余家菊	中國哲學
中庸誠的哲學	吳怡	中國哲學
哲學演講錄	吳怡	中國哲學
墨家的哲學方法	鍾友聯	中國哲學
韓非子的哲學	王邦雄	中國哲學
墨家哲學	蔡仁厚	中國哲學

滄海叢刊已刊行書目 (二)

書名	作者	類別
知識、理性與生命	孫寶琛	中國哲學
逍遙的莊子	吳怡	中國哲學
中國哲學的生命和方法	吳怡	中國哲學
希臘哲學趣談	鄔昆如	西洋哲學
中世哲學趣談	鄔昆如	西洋哲學
近代哲學趣談	鄔昆如	西洋哲學
現代哲學趣談	鄔昆如	西洋哲學
佛學研究	周中一	佛學
佛學論著	周中一	佛學
禪話	周中一	佛學
天人之際	李杏邨	佛學
公案禪語	吳怡	佛學
佛教思想新論	楊惠南	佛學
禪學講話	芝峯法師	佛學
當代佛門人物	陳慧劍	佛學
不疑不懼	王洪鈞	教育
文化與教育	錢穆	教育
教育叢談	上官業佑	教育
印度文化十八篇	糜文開	社會
清代科舉	劉兆璸	社會
世界局勢與中國文化	錢穆	社會
國家論	薩孟武譯	社會
紅樓夢與中國舊家庭	薩孟武	社會
社會學與中國研究	蔡文輝	社會
我國社會的變遷與發展	朱岑樓主編	社會
開放的多元社會	楊國樞	社會
社會、文化和知識份子	葉啓政	社會
財經文存	王作榮	經濟
財經時論	楊道淮	經濟
中國歷代政治得失	錢穆	政治
周禮的政治思想	周世輔 周文湘	政治
儒家政論衍義	薩孟武	政治
先秦政治思想史	梁啓超原著 賈馥茗標點	政治
憲法論集	林紀東	法律

滄海叢刊已刊行書目（三）

書名	作者	類別
憲法論叢	鄭彥棻	法律
師友風義	鄭彥棻	歷史
黃帝	錢穆	歷史
歷史與人物	吳相湘	歷史
歷史與文化論叢	錢穆	歷史
中國人的故事	夏雨人	歷史
老台灣	陳冠學	歷史
古史地理論叢	錢穆	歷史
我這半生	毛振翔	歷史
弘一大師傳	陳慧劍	傳記
蘇曼殊大師新傳	劉心皇	傳記
孤兒心影錄	張國柱	傳記
精忠岳飛傳	李安	傳記
師友雜憶 八十憶雙親 合刊	錢穆	傳記
中國歷史精神	錢穆	史學
國史新論	錢穆	史學
與西方史家論中國史學	杜維運	史學
清代史學與史家	杜維運	史學
中國文字學	潘重規	語言
中國聲韻學	潘重規 陳紹棠	語言
文學與音律	謝雲飛	語言
還鄉夢的幻滅	賴景瑚	文學
葫蘆・再見	鄭明娳	文學
大地之歌	大地詩社	文學
青春	葉蟬貞	文學
比較文學的墾拓在臺灣	古添洪 陳慧樺	文學
從比較神話到文學	古添洪 陳慧樺	文學
牧場的情思	張媛媛	文學
萍踪憶語	賴景瑚	文學
讀書與生活	琦君	文學
中西文學關係研究	王潤華	文學
文開隨筆	糜文開	文學

滄海叢刊已刊行書目(四)

書名	作者	類別
知識之劍	陳鼎環	文學
野草詞	韋瀚章	文學
現代散文欣賞	鄭明娳	文學
現代文學評論	亞菁	文學
當代台灣作家論	何欣	文學
藍天白雲集	梁容若	文學
思齊集	鄭彥棻	文學
寫作是藝術	張秀亞	文學
孟武自選文集	薩孟武	文學
歷史圈外	朱桂	文學
小說創作論	羅盤	文學
往日旋律	幼柏	文學
現實的探索	陳銘磻編	文學
金排附	鍾延豪	文學
放鷹	吳錦發	文學
黃巢殺人八百萬	宋澤萊	文學
燈下燈	蕭蕭	文學
陽關千唱	陳煌	文學
種籽	向陽	文學
泥土的香味	彭瑞金	文學
無緣廟	陳艷秋	文學
鄉事	林清玄	文學
余忠雄的春天	鍾鐵民	文學
卡薩爾斯之琴	葉石濤	文學
青囊夜燈	許振江	文學
我永遠年輕	唐文標	文學
思想起	陌上塵	文學
心酸記	李喬	文學
離訣	林蒼鬱	文學
孤獨園	林蒼鬱	文學
托塔少年	林文欽編	文學
北美情逅	卜貴美	文學
女兵自傳	謝冰瑩	文學
抗戰日記	謝冰瑩	文學
給青年朋友的信(上)(下)	謝冰瑩	文學

滄海叢刊已刊行書目(五)

書名	作者	類別
孤寂中的廻響	洛夫	文學
火天使	趙衞民	文學
無塵的鏡子	張默	文學
大漢心聲	張起鈞	文學
回首叫雲飛起	羊令野	文學
文學邊緣	周玉山	文學
大陸文藝新探	周玉山	文學
累廬聲氣集	姜超嶽	文學
實用文纂	姜超嶽	文學
林下生涯	姜超嶽	文學
材與不材之間	王邦雄	文學
人生小語	何秀煌	文學
印度文學歷代名著選(上)(下)	糜文開	文學
比較詩學	葉維廉	比較文學
結構主義與中國文學	周英雄	比較文學
主題學研究論文集	陳鵬翔主編	比較文學
中國小說比較研究	侯健	比較文學
現象學與文學批評	鄭樹森譯編	比較文學
韓非子析論	謝雲飛	中國文學
陶淵明評論	李辰冬	中國文學
中國文學論叢	錢穆	中國文學
文學新論	李辰冬	中國文學
分析文學	陳啓佑	中國文學
離騷九歌九章淺釋	繆天華	中國文學
苕華詞與人間詞話述評	王宗樂	中國文學
杜甫作品繫年	李辰冬	中國文學
元曲六大家	應裕康 王忠林	中國文學
詩經研讀指導	裴普賢	中國文學
莊子及其文學	黃錦鋐	中國文學
歐陽修詩本義研究	裴普賢	中國文學
清真詞研究	王支洪	中國文學
宋儒風範	董金裕	中國文學
紅樓夢的文學價值	羅盤	中國文學

滄海叢刊已刊行書目(六)

書名	作者	類別
中國文學鑑賞舉隅	黃慶萱 許家鸞	中國文學
唐代黨爭與文學的關係	傅錫壬	中國文學
浮士德研究	李辰冬譯	西洋文學
蘇忍尼辛選集	劉安雲譯	西洋文學
文學欣賞的靈魂	劉述先	西洋文學
西洋兒童文學史	葉詠琍	西洋文學
現代藝術哲學	孫旗譯	藝術
音樂人生	黃友棣	音樂
音樂與我	趙琴	音樂
音樂伴我遊	趙琴	音樂
爐邊閒話	李抱忱	音樂
琴臺碎語	黃友棣	音樂
音樂隨筆	趙琴	音樂
樂林蓽露	黃友棣	音樂
樂谷鳴泉	黃友棣	音樂
樂韻飄香	黃友棣	音樂
水彩技巧與創作	劉其偉	美術
繪畫隨筆	陳景容	美術
素描的技法	陳景容	美術
人體工學與安全	劉其偉	美術
立體造形基本設計	張長傑	美術
工藝材料	李鈞棫	美術
石膏工藝	李鈞棫	美術
裝飾工藝	張長傑	美術
都市計劃概論	王紀鯤	建築
建築設計方法	陳政雄	建築
建築基本畫	陳榮美 楊麗黛	建築
中國的建築藝術	張紹載	建築
室內環境設計	李琬琬	建築
現代工藝概論	張長傑	雕刻
藤竹工	張長傑	雕刻
戲劇藝術之發展及其原理	趙如琳	戲劇
戲劇編寫法	方寸	戲劇